他言せず

天野節子

幻冬舎文庫

他言せず

目次

プロローグ

洗濯物は陽のあるうちに取り込む。そう言われてから五年経ちました。今も太陽こそ見えませんが、春の日差しは十分残っていて、取り込む洗濯物もほんわかと温かい。それがなんとも心地よいのです。

洗濯機というものを初めて見たのも五年前。洗濯は盥《たらい》と洗濯板と洗濯石鹸を使い、手で擦り洗いするもの。それ以外の方法を知りませんでしたから、初めて洗濯機での洗濯を見た時はびっくりしました。ひとりでに水が回り、その中で衣類が水と一緒に回っているのです。微かに石鹸の匂いがしました。不思議なものだと、ぼーっと眺めていて叱られたことを覚えています。

衣類を抱えて裏口から入り、一間《ひとま》だけある四畳半の和室に放り込む。洗濯物が多いのでそれを何回も繰り返します。そうしながら、とりとめのないことを想像しては、頰を熱くしたり、いきなり胸がドキドキしたりと、多少情緒不安定であることを自覚しているのです。

五日後に結婚します。相手は五歳年上、二十五歳の消防士。このお屋敷に出入りしている人が仲立ちをして、見合いをしたのが十ヶ月前。付き合って三ヶ月ほど経って求婚されました。これと言って断る理由がなかったので承諾しました。その人に恋愛感情を持ったわけではない。そう思っていますが、そもそも恋愛というものをしたことがありませんからよく分かりません。

　だからなのか、婚約をしたからと言って、気持ちが昂《たかぶ》るとか、照れくさいなどということはなく、いたって冷静な目で相手を見つめ、物静かな近所のお兄さん、そんな感じで接していました。

　ところが、少しずつ結婚の日が近づいてくると、気持ちに変化が現れました。それはたぶん、夫婦となった日の夜のことを考えるからだと思います。婚前交渉などもってのほかの時代で、そんな言葉があることさえ知りませんでした。ただ、結婚式の夜、必ず通過する儀式のような行為は漠然とですが分かっていました。

　だからなのでしょうか。デートのたびに気恥ずかしく、言動がギクシャクしてしまうのです。それまではお相手の前で普通に食事ができたのに、妙な緊張感に襲われて箸を落としたり、何でもない会話の時、厳しく躾《しつ》けられて矯正されたはずの方言が出てしまうのです。そんな時は、決まりが悪くて頬がカッと熱くなりました。

　お相手の人がお屋敷のそばまで送ってくれるのですが、帰宅するとどっと疲れが出ました。そんな自分がおかしくて一人笑いしてしまいます。新居はお相手の官舎。間取りは六畳と四畳半の二間に台所。風呂はありません。

有難いことに、嫁入り道具一式をお屋敷のご主人様が整えてくださいました。住居が狭いので家具類は少ないのですが、その中で一番嬉しい家具は鏡台です。故郷の家に鏡台はありません。今の部屋にもありません。小さくて四角い立て鏡を使っていますが、近くに置くと顔しか映らないのです。

一度だけ新居を見に行きましたが、鏡台はどこに置こうか、そんなことを考えながら、何もないがらんとした部屋の隅に立っていたことを覚えています。


取り込む衣類はこれで最後、そう思いながら物干し竿まで歩き、まだいらっしゃる、そう思って首を傾《かし》げました。何をなさっておいでなのだろう。洗濯物を取り込み始めた時から、そこにいらっしゃることには気づいていました。

庭が広く、すみれ、にちにち草、ミソハギ、クロッカスなどがそれぞれ分類されて咲いています。チューリップも咲いています。庭の隅の桜の花はまだ蕾《つぼみ》が硬そう。緑の芝生が広がり、雑草は至る所に生えています。そのお方は、草の中にしゃがんでおいでででした。初めに見た時からずっと同じ姿勢のようですが、時々右肩が動くように見えます。

物干し竿に数枚の衣類が残っていましたが、ふと興味が湧き、そのお方に近づきました。

普段は決してそんなことはしないのに、間もなくお別れだという感傷が、日頃の緊張を束の間、解放させたのかもしれません。

驚かせては申し訳ないので、いつもと変わらない速度で歩きました。大きくはないけれど、下駄の足音はします。そのお方が振り返ったら、「何をしておいでですか」と、申し上げるつもりでした。そのお方は振り返りません。ますます興味が湧きます。いつの間にか忍び足になっていました。

そのお方の斜め後ろに立ちました。それでもお気づきになりません。よほど何かに集中しておいでのようです。肩越しに首を伸ばし、そっと覗《のぞ》いてみました。そのお方は右手に石を持っておいでです。そのお方の前の大きな石が、半分裏返っていて、そこに何十匹ものナナホシてんとう虫がへばりついています。時期的にまだ動きが鈍いのでしょう。飛び立つ様子がありません。

なあんだ、てんとう虫を見ておいでだったのかと思った時、そのお方の左手が伸び、一匹を摘まむと地面に置き、右手に持った石で、叩き潰しました。ぎょっとして、息が止まりそうになりました。すぐに次のてんとう虫を摘まみ石で潰す。それを繰り返していらっしゃるのです。目を逸らそうとした時、そのお方のしゃがんだ足の周りに、無残に潰れたてんとう虫が十四以上、転がっているのが見えました。

そっと後ずさりをし、次に向きを変えて歩きました。足が縺《もつ》れそうです。それでも下駄の音を立てないように気遣いながら速足で歩きました。

残っている衣類を取り込みながら、動悸が治まりません。裏口から家の中へ走り込み、ホカホカと温かい洗濯物を抱えながら、全身の震えが止まりませんでした。

第一章　奉公

1

202×年　篠田《しのだ》家の春

その館は、薄靄《うすもや》の中で白い光を浴びていた。

周りに住宅があるのだが、今はそれが靄に覆われて見えない。その館だけが宙に浮いているかのようだ。この時代には珍しい洋館。緑色の屋根に白い壁、四角い窓が行儀よく並び、それぞれがこげ茶色に縁どられている。その館も、ところどころ霞《かす》んで見えるのは、これが夢だから。夢を見ながら夢だということが分かっている。時々こんな風な夢を見る。

五時二十分に目が覚めた。

アラームは五時半にセットしてあるが、必ず五時二十分に目が覚める。違う時間に目覚めたり、アラーム音でびっくりして飛び起きる、などということはまずない。目が覚めた後、アラームをオフにして五分間そのままでいる。

老人はいきなり起き上がってはいけない。

七十を過ぎた頃、そんな話を聞いた。その理由を医学的見地から説明され、納得できたのでしばらく続けているうちに習慣になった。今ではその五分が心地いい。

歳の割には眠りが深く、途中で目が覚めることはあまりない。七時間はしっかり眠る。そのためだと思うが、目覚めると頭がすっきりしていて、若返ったような気分なのだ。そう話すと、人は丈夫な証拠だと言う。

今のところ、体のどこにも不具合がないから丈夫なのだろう。他人の眠り具合を知らないが、聞くところによると、歳と共に寝つきが悪くなり、寝ても二時間ほどで目覚める。その後、輾転反側《てんてんはんそく》を繰り返しつつ夜が明けるのだそうだ。

私は基本的に楽天家なのだろう。何かに腹を立て、悪態をつきながら布団に入っても、十分もあれば睡魔が勝って眠りに落ち、決まった時間に目覚める。

今も寝室の天井を見ながら、この五分間を楽しんでいる。

特に何かを考えるというものではない。これから判で押したような一日が始まる。その手順や段取りを確認する。そんな風に言えば体裁がいいが、特に確認しなくても、何かを案じなくても、身に付いた行動が自動的に流れていく。そんな安穏とした日々なのだ。つまりは、早朝のほのかな明かりの中で、ぼーっと天井を見ながら、無事に目覚め、平和な朝を迎えたことに感謝している。ただそれだけのこと。

それにしても、よくもまあ、この歳まで大病もせず、達者に生きてきたと思う。

秋田の横手から上京したのは十四歳の春。その頃は、六、三制の義務教育が確立されていた。新制中学校を卒業する同級生の二割ほどが新制高等学校に進学した。私は高等学校には進学せず、上京して、あるお屋敷に就職した。いわゆる、女中である。

そのころは、家政婦、お手伝いなどという言葉はなく、家事一般の手伝いをする女子のことを女中と言った。もっと昔、北国の子沢山の家が口減らしのために娘を女中奉公に出す。そんな暗く悲惨なイメージなど全くなく、女中は立派な仕事として確立していた。

家が貧乏だったということもあるが、私は高校へ進学するという意識は全くなかった。中学校を卒業したら東京へ出て、女中になる。そのころの故郷ではごく普通のことであり、むしろ、東京で働くことに憧れていた。憧れて上京するのだから悲惨な影などあるはずがない。

ここで、篠田家の朝のひとコマを披露してみる。

毎朝、便所の話から始まるのは篠田家の不思議の一つだ。一日で最も忙《せわ》しない時間帯。それぞれが慌ただしく出かける準備をしながら、一番便所の長いのは誰か、回数はどうか、そのことで誰がどんな迷惑を被るか、などを早口でまくし立てる。

「もう！　父さんの便所長過ぎ、ばあちゃん、何とか言ってよ！」

「私はね、便所の中にいる人とはしゃべらない主義」

「二階の便所へ行けばいいだけだ」

「お前が行け！」

「僕はもう済んだ」

そこへ息子の浩平《こうへい》が便所から出てきて、食卓の上に新聞をばさりと置く。

「きったねえなあ！　便所で読んだ新聞をテーブルに置かない！　便所の臭いがする」

「そんなバカなことがあるか。嗅いでみろ、印刷のいい匂いだ」

それに反論する余裕のない切羽詰まった啓太《けいた》がどたばたと廊下を走る。浩平の妻で、二人の息子の母親である奈緒美《なおみ》が新聞を持つ。臭いを嗅ぎ、首を傾げながらちょっと顔をしかめる。雄太《ゆうた》が「臭い？」と聞き、奈緒美が「そんなことないみたい」と答える。

大体こんな光景から一日が始まる。

篠田家の人間は、なぜか全員がトイレとは言わず便所と言う。そのことを私は気に入っている。ちなみに奈緒美はお便所と言う。

やがて静かになり、浩平が真面目な顔つきで人数分の納豆を勢いよく、あきれるほど懸命に混ぜる。納豆は、全体が白くなるまで混ぜると栄養価が高くなる。そう信じているらしい。「いただきます」の声と同時に全員が同時に味噌汁をすする。ご飯を食べる。タラコを食べる。時々、香の物を嚙《か》む小気味よい音が聞こえる。

その間、私は椅子に座らない。流し台を片付けながら、「お代わり」の声を聞くと差し出された茶碗にご飯をよそう。味噌汁をよそう。

二人の子供に一杯飯は許さない。子供は二杯目のご飯で大きくなる。幼い頃からそう言い聞かせてある。中学生と高校生の孫は、二杯目で大きくなるなどという、迷信とも親のこじつけとも言えることとは関係なく、たっぷり二杯食べる。時にはお代わり二回のときもある。同じことを聞いて育った浩平は今でも当然のように二杯食べる。私は一杯。奈緒美は、美と健康を理由にご飯は一杯。その分、生野菜を多く食べ、何度聞いても名前を覚えられないサプリメントを二粒飲む。それに対して男連中は何も文句を言わない。というよりも関心を示さない。

四人を送りだしてから、私は録画しておいた朝のテレビドラマを観ながらゆっくりと朝食を楽しむ。録画の作業も自分でする。


五月のある日、私は外出した。

運転免許証は四年前に返納している。その当時は車の有難さが身に沁み、歳は取りたくないものだとぼやいたが、今は歩くことが億劫《おっくう》でない。最寄りの駅までの二十分をさっさと歩く。膝痛もなければ腰痛もない。

今日の目的地は、隣県にある有料老人ホーム。同じ故郷の二歳年上の友人が二年前に入所し、訪ねるのは今日が二度目。隣県と言っても、文京区に居住する篠田家から距離はさほど遠くない。電車を一回乗り換えるだけで、自宅から老人ホームまで一時間半で行ける。

家を出たのが十時。老人ホーム着十一時半。

タクシーを降りて建物を見上げた。

まことに立派な三階建て。シックで清潔でお洒落なホーム。

こういう施設に入居することはないだろうと、私は勝手に思う。茅ヶ崎《ちがさき》にあるその施設は《松風苑》という。


しばらく門扉の前に佇《たたず》み、中をうかがう。一番の魅力は前庭が広いこと。まるで遊具のない公園のよう。丈の低い樹木、四季折々の草花。その間をコンクリートの遊歩道が通り、ところどころに白衣を着たホームのスタッフの姿が見える。車椅子の人。杖を突く人。この人が入居者？　そう思わせるほど若々しく健康そうに見える夫婦らしき男女。

門扉の横に取り付けられたボタンを押した。

今日訪問することは、一週間前に連絡済み。これはホームの決まり事である。金属音がして潜り戸のロックが外された。私は鉄柵を押し敷地内に入る。背後でまた金属音。ロックが掛かったのだ。

正面玄関へ続く通路は広い。小型車ならすれ違うことができるだろう。その道が緩やかなカーブを描いて玄関へと続いている。

十五メートルほど歩いた時、前方から車椅子が近づいてきた。白髪の女性が座っている。俯き加減なので顔も年齢も見当がつかないが、私よりも年長者だということは分かる。私は通路の端に身を寄せ歩調を緩めた。三メートルほどに近づいた時、車椅子を押す白衣の女性が「こんにちは」と挨拶をし、私もそれに応えた。

そのとき、車椅子の女性が顔を上げ、前方を見た。私を見たのではない。前を見たのだ。色の白い、皮膚がすべすべしているような上品な顔立ち。その顔は微かに笑みを浮かべている。前方に知った人間がいるのかと思い、振り返って見たが誰もいない。今通った門扉が見えるだけ。その女性はお互いがゆっくりすれ違うまでずっと微笑《ほほえ》んでいた。

少し歩いてから後ろを見た。車椅子がわき道に入り、芝桜らしきピンクの花が一面に広がる花壇の向こうをゆっくり移動している。白衣の女性は前を見、白髪の女性は俯いているようだった。

私は玄関に向かいながら不意に立ち止まり、首を傾げた。もう一度振り向き、車椅子を目で追う。車椅子は木立の向こうに姿を消し、再び現れゆっくり前進していく。その間、私の頭の隅で、心の奥底で、しきりに何かが反応していた。この微かな、不可解な刺激は何だろう。

1958年（昭和三十三年）

下目黒交番、通称坂下交番の脇田《わきた》英雄《ひでお》巡査部長は、拾得物を書き連ねた筆記帳を閉じた。引き出しに筆記帳を戻し、閉めようとしたがガタガタと音を立てるだけで動かない。何かが引っかかっているらしい。脇田が腰をかがめ、手を引き出しの奥に突っ込んだ時、入り口に人影が差した。

「おはようございます」

鼠色のジャンパーを着た五十年輩の男が立っている。

「はい、おはようございます」

脇田が立ち上がりながら挨拶を返した時、嘘のようにすっと引き出しが収まった。首をひねりながら引き出しを見た後、

「何か？」と、男に聞いた。

男は腹の前で掌を揉み合わせるようにしながら「あの」と言った。

「はい、何でしょう。落とし物でもしましたか」

「いえ、そうではないんです。ちょっと、ご相談したいことがありまして……」

「あ、そう。どんなことかな。まあ、掛けてください」

脇田はそう言って、目の前の椅子を勧めた。男は頭を下げながら椅子に座った。体格のいい男で、椅子がギーっと音を立てた。脇田も椅子に座り、机を挟んで男と向かい合う。

訪問者の顔を、丸か三角か四角かに分類すると四角に近い。頭は短髪で、目玉がぎょろりとしているので一見強面《こわおもて》のようだが、眉尻が下がっているせいか、見方によっては温厚そうにも見える。職人？　大工？　警察官という職業柄か、一瞬にしてそんな推測をしていた。

「実はですね」と、男は言った。

「ええ。あ、その前にお名前は？」

「ああ、申し遅れました。山崎幸助《やまざきこうすけ》と言います」

脇田はさっきとは別の筆記帳を開き、まず、六月七日と書いて、その横に山崎の説明する漢字で山崎幸助と書いた。

「うちは下目黒一丁目にある食料品店で、屋号は《山幸》といいます。戦前から続いてます」

「《山幸》さん。食料品店のご主人ですね」

勘が外れた、と思いながら、聞き覚えのある屋号だとも思った。だが、どこにあるどんな店かまでは分からない。

「戦前からということは、戦禍を免れたということだ」

「ええ、まあ。以前の店は戦争で焼けてしまいましたが、建て直しをして、私が五代目です」

「五代目？　それは大した老舗《しにせ》です。で、相談の内容とは？」、と促した。

「実は、奉公人が行方をくらましまして――」

「行方をくらました？　行方不明ということですか？　いつから？」

「昨日からです」

「昨日？　昨日のいつ頃からです？」

「配達のために店を出たのが午後三時。たいてい五時前には帰ってくるのですが……」

脇田は、山崎の説明する要点を筆記帳に書き込みながら、腕時計を見た。午前九時を回ったところだった。一晩家を空けただけで、行方不明というのは早過ぎる。そんなふうに思いながら山崎を見る。山崎は脇田の考えとは裏腹にずいぶん深刻な顔をしている。

「奉公人というと、住み込みですか。男ですよね。歳は？」

「はい、住み込みの男です。歳は、二十歳になりました。一月の成人式には山形の実家へ帰っています」

「今までに今回のようなことはなかったですか。住み込んでからどのくらいです？」

「十五の時からですから丸五年です。真面目な子で、夜遊びなどしたことがなく、家を空けるなんてことは一度もありません。――人様の大切な子を預かっているわけですから、心配なわけです」

「うむ、それは心配ですな。本人の名前を聞きましょう」

「川瀬《かわせ》武夫《たけお》。二十歳。出身地は山形県寒河江《さがえ》市です」

「さがえ？」

「はい。寒いにさんずいの河、江戸の江です」

脇田は、言われた漢字を三文字書いた。さがえという読み方が珍しい、初めて聞く地名だ。

「使用人は一人だけですか」

「三人いますが、一人は通いの女性で、この人は店番係。住み込みは、武夫より一つ年上の佐山健二《さやまけんじ》というのがいます。これは店番と雑用をしていますが、配達もします。彼は福島県磐梯《ばんだい》村の出身です」

「二人でひと部屋？」

「そうです」

「二人の仲はどうでした？」

「仲は、――普通だったと思います」

「普通？」

「特に仲がいいとも思いませんが、気まずい様子は見たことはないです。性格が全く違うんです。武夫は真面目で実直。健二は楽天的で、若いのに客あしらいがうまい。休日はよく遊びに出ていました」

「武夫君は真面目で実直。具体的には？」

「武夫は勉強好きだったようで、うちに来て四年目から、定時制高校に通い始めました。三年間コツコツお金を貯めて、学費にあてたようです。今、二年生です。たぶん将来は、高校を卒業して、会社勤めをしたいんだと思います」

「定時制高校？　ということは、夕べは学校を休んだ？」

「はい。授業が五時半から始まりますから、六時過ぎに学校へ電話しました。武夫は休んでいました。武夫から何の連絡もなかったそうです」

「健二君は、今回のことで何か言っていませんか」

「武夫は配達に出る時、いつもと変わらなかったと言ってます」

「――突然里心がついて、故郷へ帰ったようなことは考えられませんか」

「考えられません。今年は一月に成人式で帰るから正月は帰らないと言って、うちで三が日を過ごしました。そんな子なんです。成人式で帰った時も二泊しただけです。今度の正月には帰ると言ってました」

なるほどと思った。山崎幸助の話は簡潔で聞きとりやすい。脇田巡査部長は話の要点を筆記してから言った。

「分かっていると思いますが成人に達した男が一晩家を空けたからと言って、警察がすぐ捜査するということはありません。ご心配なことは分かりますが、もう少し様子を見たらどうですか」

「もう少し、と言いますと？」

脇田は返事に詰まり、顎を撫でていたが、

「まあ、今日明日ということですかね。ほら、本人は二十歳でしょう。女友達がいても不思議ではないし――。それに、今のところ、事故や事件の情報もありませんから、こちらとしてもなす術《すべ》がないわけです。それは分かっていただきたい。それに、事故や事件の情報がないということは、そちらにとっても安心材料になるでしょう」

山崎幸助は、不満げな顔つきを見せたが、強く抗議することもなく、「待ってみます」と言って立ち上がった。

翌々日の午後七時過ぎ、山崎幸助が再び交番を訪れた。

脇田が交番の外で中年の女性に道案内をしている時で、山崎は軽く頭を下げると、道を訊く女性の後ろを通って交番内に入って行った。その日は、相棒の佐藤和弘《さとうかずひろ》巡査がいた。中年女性が大きな声で礼を言って立ち去った。しばらくその後姿を見送る。その間、佐藤巡査が山崎の相手をしていた。

交番は道を尋ねる人が多い。そのたびに地図を広げて説明する。男性は飲み込みが早いが、なぜか女性、特に年配の女性は地図で方角を認識することが苦手のようで、この地図、逆さまにしていいですか、などと面喰らうようなことを言ったりする。

そこへきて、来年三十四年一月より、尺貫法からメートル法に変わる。段階を追ってメートル法に移行するよう、新聞やラジオで呼びかけ、すでに百貨店や大きな商店では、メートル法を取り入れている。だが、一般市民、特に中高年層には一向に定着しない。警察官としては立場上、メートル法で説明するのだが、ほとんどが伝わらない。結局、尺貫法に戻るので二倍の時間がかかる。

道案内やその他の業務は佐藤巡査に任せ、一昨日と同様に、脇田巡査部長が山崎の話を聞くことになる。脇田は山崎に一昨日と同じ椅子を勧めた。佐藤巡査は手が空くと、脇田の隣に座り、山崎の話に耳を傾けた。

山崎幸助が二人に話した内容は、次のようなものだった。

今日の昼を過ぎても川瀬武夫は帰らなかった。

山崎幸助はいてもたってもいられなくなった。妻の千恵は、心配で食事の支度も手につかない様子で、武夫の実家に知らせろと夫をせっつき、ひょっとしたら、今頃武夫は実家にいるかもしれないなどと口走った。

妻の言い分は信じがたいが、このまま手をこまねいているわけにはいかない。山崎は実家に知らせる決心をした。

農業を営む武夫の実家には電話がない。緊急時の連絡先は近所の雑貨屋である。山崎食料品店《山幸》に就職するときの履歴書に、雑貨屋の住所と電話番号が書いてある。緊急時連絡先は重要なことなので、履歴書を書くに当たり、武夫の家では雑貨屋の了解を得ておくことになる。

「よし!」、と自分に号令をかけるような思いで、事務机の端にある電話機の前に座った。受話器を外し、ダイヤルを回そうとして指を止めた。椅子に座り直して改めて考えてみる。山形県は直通ではないので、一〇六をダイヤルして交換手を呼び出す。交換手が応答したら、雑貨屋の電話番号と、こちらの電話番号と名前を伝え、電話を繋いでもらう。たぶん、雑貨屋に繋がるまで一時間はかかるだろう。もっとかもしれない。

山崎は電話機を見ながら想像する。

山崎の話を聞いた雑貨屋の人が、受話器を外したまま、川瀬武夫の家まで知らせに走る。その距離を知らないが、先方が留守の場合も十分考えられる。昼間ならなおさらだ。野良仕事に出ている可能性が高い。雑貨屋の人は、走って店に戻り、留守であることを山崎に伝える。

なんと手間のかかることだろう。よしんば、川瀬家に誰かがいて、電話で話ができたとしても、こちらから伝えることは、ただ一つ。武夫がいなくなった、それだけだ。他に伝える材料が何もない。手間はかかるのに、結局は、先方に大きな不安を与えるだけで終わってしまう。

電報にしようかとも思った。だが、武夫がいなくなった、という電報を受け取ったときの家族は、電話で知らされたときの何倍もの不安を抱くと思う。電信紙を持ったまま、硬い表情で立ち尽くす家族の姿が目に浮かぶようだ。そんなふうにあれこれ考えていると、決心がだんだんに萎《な》えてくる。そもそも山崎は、はなから武夫が実家に帰っているとは思っていない。

山崎はしばらく電話機を見つめていたが、机の引き出しから台帳を出した。表紙に、お客様配達記録と書かれている。これを開くのは二度目である。中ほどのページが文字で半分ほど埋まっている。六月六日の日付の横に書かれた文字に目を遣《や》る。

宮本様（味噌一キロ。酢ひと瓶）。倉元《くらもと》様（マヨネーズひと瓶、蜂蜜ひと瓶）。吉田様（砂糖一キロ）。

その他にもう一軒、配達予定になっていたが、武夫が配達したのは吉田家までだった。未配達の家から電話があり、山崎がそのことを知ったのは六日の午後六時半。定時制高校に電話をし、武夫が学校に行っていないことを知った後だった。未配達の家には詫びを兼ねて、直接山崎が小型トラックで商品を届けた。帰ったときは七時を過ぎていた。

山崎は昨日の夕刻、武夫が配達した家を一軒ずつ訪ねた。

《山幸》のお客はほとんどが店売りで現金払い。配達する家は全体の一割にも満たない。そのどの家も古くからのお得意様だった。時には細々《こまごま》したものを女中らしき人が買いに来るが、そのとき買う品も支払いは月末である。

配達の品物もその周期も、大体決まっている。だからと言って、そろそろ時期だからと、勝手に商品を届けることはできないし、注文の電話を待っているだけでいいというものでもない。頃合いを見計らい、電話をもらう前に注文を聞くタイミングは大切なことで、配達の途中などに、折を見ては注文伺いに立ち寄る。武夫や健二の主な仕事がそれである。

配達するどの家も暮らし向きがよさそうで、月末の支払いが滞るなどということは全くない。この辺りでは中流階級と呼ばれる家庭。ほとんどが門構えで、玄関の他に勝手口があり、商人の出入りは、その勝手口から自由にできる。

その家々は、《山幸》を中心に、半径約一・五キロにわたって点在しており、武夫も健二もその道のりを自転車で廻る。山幸には、小型トラックが一台あるが、免許証を持っているのは主人の山崎幸助だけ。場所が遠かったり、商品が重かったり嵩《かさ》張《ば》ったりするときは、山崎のトラックの出番となる。

山崎幸助の長い説明が終わった。話し方が整然としているので聞きやすいし、メモも取りやすい。

「三軒の家には品物が届いていた。直接、武夫君から受け取ったんでしょうか？　その三軒の家の人は」

「はい、どちら様も、直接受け取ったとおっしゃっていました。時間もちょうど武夫が廻りそうな時間帯です」

「で、吉田さんが最後で、あとの一軒が未配達。未配達の家の品物は何だったんです？」

「田中様というお宅で、砂糖一キロとごま油ひと瓶です」

山崎幸助は商人らしく、お客に対して常に様付けだった。

半年が過ぎた。

脇田巡査部長も佐藤巡査も異動がなく、下目黒交番、通称坂下交番に勤務していた。

パトロール、紛失物受付、拾得物受付、道案内と、交番の主なる仕事が一段落つき、佐藤巡査がお茶を淹《い》れている。脇田巡査部長は書類を整理し、机の引き出しに仕舞うと両手を上げて大きく伸びをした。その時、「失礼します」と言って、初老の男が入ってきた。出そうだった欠伸《あくび》が止まった。

佐藤巡査が手を止めて、「はい、何でしょう？」と応じると、男は、「相談がありまして」と言った。脇田が姿勢を正し、男に椅子を勧めた。初老の男は椅子に座ると言った。

「実は、雇人の一人が昨日から帰らないのです」

2

レタスを初めて見たのは十五歳の時でした。

ずいぶんすかすかした軽いキャベツだと思ったことを覚えています。女中頭の聡子《さとこ》さん、といっても女中は聡子さんと私だけなのですが――。

聡子さんはすかすかしたキャベツの葉を指先でばりばりはがし、次にちぎりました。私はキャベツをちぎったことはありません。聡子さんはキュウリをすりこぎで叩き、崩れかけたキュウリを今度はザクザクと切ります。その他に、白や黄緑色の野菜らしき物を、細切りや薄切りにし、ちぎったキャベツとこれらを、小型のしゃもじと小型の熊手のような物でざっくりと混ぜ、木製の大きな鉢のような容れものに入れます。

薄桃色の肉の塊を薄く切り、長四角の黄色い木材のような物と一緒に短冊切りにして、混ぜた野菜の上にパラパラと乗せます。最後にくし切りにしたトマトを木製の器の縁にずらりと並べると、見た目がとても綺麗です。

つまり、聡子さんは生野菜サラダを作っていたのです。私がキャベツと思ったのはレタス。白や黄緑色の野菜らしき物は、白アスパラガスとセロリ。薄桃色の肉の塊はハム。長四角の黄色い物はチーズでした。

もちろん、女中である私の口には入りません。食べたいとも思いません。私の故郷では野菜を生で食べる習慣はないのです。生で食べるのはせいぜいトマトとキュウリくらい。その当時、聡子さんの作ったサラダの素材をほとんど知りませんでした。

このお屋敷の住人は八人。御主人の倉元宗一郎《そういちろう》様、奥様の瑤子《ようこ》様。御主人と前の奥様の間に生まれた、大学院生の和樹《かずき》様、大学三年生の真希子《まきこ》様。御主人の義理の弟、青山信二郎《あおやましんじろう》様、奥様の青山優子《ゆうこ》様。優子様はご主人様の妹です。そして、聡子さんと私。これで八人。

家が広く部屋数も多いので六人家族に女中が二人いても、全く問題ありません。誰も使わず空いている部屋も一つあります。私の部屋はこの家でただ一つの和室で四畳半。その部屋は台所に近く、外への出入り口があります。そこから外に出ると部屋の横に物置小屋が続いていて、庭の掃除道具や、枯れ草や枯れ木などを運ぶ、二輪車の手押し車が一台。他に、シャベル、鍬《くわ》、熊手、簡単な大工道具などが入っています。物置の横が洗濯場で洗濯機が置かれています。庭の掃除も洗濯も私の役目ですから近くて都合がいいのですが、その一角だけが大きなお屋敷に取って付けたような感じで、屋根も低く木造でした。

聡子さんと私は雇い主のご家族を呼ぶ時、様を付けます。さん付けは駄目なのです。これは初めに聡子さんから厳しく言い渡されました。宗一郎様はご主人様。奥様は瑤子奥様。ご子息は和樹様。ご息女は真希子様。そして、信二郎様と優子様。

聡子さんは私をよし江さんと呼び、私も聡子さんと呼びます。ご家族の皆様も、聡子さんと呼び、私のことはよし江ちゃんと呼びます。私は、三月三十日生まれ。三月十五日が卒業式で、こちらのお屋敷に上がったのが三月二十日でした。ですから、その時はまだ十四歳。髪は三つ編み。十四歳の三つ編みの女の子には、さんよりもちゃんの方が似合っていたのでしょう。それがそのまま続いているのです。

瑶子奥様だけが、聡子さんと私を呼び捨てにします。他の皆様にはさん付け。ご主人様は奥様を瑶子と呼びますが、瑶子奥様がご主人様を呼ぶのを聞いたことがありません。でも、ご夫婦だからそれでも分かり合えるのかもしれません。私はご主人様から名前を呼ばれたことがありません。話したこともありません。考えてみれば、子供のような私に、名前を呼んで話すことなどなくて当然なのです。

和樹様はご主人様と瑶子奥様を、お父さん、お母さんと呼び、真希子様は、お父様、お母様。信二郎様は、ご主人様をお義兄さん、瑶子奥様をお義姉さん。優子様は、お兄様、お義姉様と呼びます。

聡子さんは周りに人がいない時、瑶子奥様を「お嬢様」と呼んでいます。そう呼んでいるのを、ご主人様も他の皆様も知っていますが、そのことに触れることはしません。聡子さんは、瑶子奥様がお生まれになる以前から、瑶子奥様の家で女中をしていたのです。瑶子奥様が三歳になるまでに、ご両親が相次いで病死し、瑶子奥様は三歳で一人きりになられました。それ以来ずっと聡子さんが一人で瑶子奥様をお育てしてきたのです。

瑶子奥様がこのお屋敷へ嫁ぐ時も、当たり前としてついてきました。これはお二人が婚約した時の条件だったそうです。このような話は、ご奉公に上がって一年ほど経った頃、真希子様が教えてくださいました。他にも教えてくださったことがあります。瑶子奥様のお家は、元華族で伯爵家の末裔《まつえい》だということ。その内容も話してくださいましたが、ほとんど理解できませんでした。まだ十五歳だった私が、華族とは何か、伯爵とは、末裔とは、と教えられても、まるでチンプンカンプン。ただ、由緒正しきお家柄だということだけは漠然と分かったような気がしました。

このお屋敷に上がって、初めて瑤子奥様とお会いした時、世の中にこんなにも美しい人がいたのかと驚き、そのお顔をじっと見たまま、口に鍵が掛かったように声が出ませんでした。自己紹介ができず、聡子さんにわき腹を突かれ、慌てて名前を言ったのですが、瑤子奥様は微かに首を傾げました。東北地方特有の訛《なま》りが強く出てしまい、瑤子奥様は聞き取れなかったらしいのです。

聡子さんが綺麗な標準語で言い直すと、瑤子奥様は、「よし江はいくつ?」とお訊きになりました。「十四歳です」と言ったのですが、これもうまく伝わらなかったらしく、聡子さんがまた私の代弁をしました。瑤子奥様は小さく頷《うなず》くようにした後、どこかへ行ってしまいました。その時には、驚きが消え、恥ずかしさに耳が熱くなったことを覚えています。

秋田の女は色の白い美人が多い。そんな風に言われることを知っていましたが、秋田から他県へ行ったことのない私には実感が湧きません。『色の白いは七難隠す』という諺《ことわざ》のあることも知っています。なぜ秋田県には色白美人が多いのか、それについても、様々に言われています。陽の光に当たる時間が他県と比べて少ない。陽に焼けることが少ないから色白。理屈に合っていて、分かりやすいです。何しろ、日本で一番日照時間が少ないのが秋田県なのですから。

と言って、私は自分が特に色白とは思っていないし、美人だとも思っていません。周りの友達にしてもそうです。びっくりするほど色白の美人はいませんでした。

瑤子奥様は、秋田美人とは違います。言葉で言い表すのは難しいのですが、とにかく肌が綺麗、ただ白いのではありません。濁りがなく透き通っていて、つるりと滑りそうな肌なのです。思わず指を伸ばして触りたい衝動に駆られます。

染み一つないとよく言いますが、瑤子奥様のお顔には、針の先ほどのほくろもないのです。瓜実顔《うりざねがお》で、眉は柳眉、目は切れ長ですけど細目ではありません。瞳が黒く、白目の部分が幼児のように青みを帯びています。鼻筋が通り小鼻が小さい。口は小さめで、ちょっと厚めの唇は輪郭がはっきりしていてその色は薄い赤。

ここまで説明できるようになったのは、初めてお会いし、その美しさにしどろもどろになって十日ほど経ってからです。瑤子奥様は自室にいらっしゃることが多く、お食事以外に食堂や居間においでになることは少ないのですが、おいでの時は必ず紅茶をお出しするので、その時にちらちらと観察しました。とにかくこれほど美しい顔立ちの人を見たのは初めてだったのです。

瑤子奥様へ、初対面のしどろもどろの挨拶が終わった後、聡子さんは私を台所に連れていき、「椅子に座って」、そう言うと、私より先に聡子さんが座りました。聡子さんは立っているときも歩いているときも姿勢がいいのです。椅子に座っても同じで、背筋をピンと伸ばし、長めのスカートから出ている両足がきちんと揃っています。

私も同じように姿勢を正して聡子さんの前に座りました。姿勢を正しくは、学校で毎日のように言われていたので、誰に言われなくてもできます。聡子さんは私をじっと見ると言いました。

「お屋敷にご奉公に上がった人の、一番大切なことは何だと思う？」

「はい、お屋敷内のことをよその人に話してはいけないことです」

このことは、中学校を卒業する前に、就職係の先生に言われました。その年、上京して就職する人が四十人ほどいましたが、十五人の女子の仕事が女中奉公でした。先生は、奉公先の内々のことは決して人に話してはいけない。奉公人は口が堅いこと、これが一番大切なことです。そうおっしゃいました。

「その通りです。ご家族のことはもちろん、お屋敷の中で見たり聞いたりしたことを他人に話してはいけません。世間には面白半分に聞きたがる人がいるのです。愚かなことです。そういう人には、知りません、分かりませんと、はっきり言うこと。初めが肝心です。この子は口が堅いと思えば、その後は訊いたりしません」

私は元気な声で、「はい」、と返事をしました。

「気持ちのいい返事ですね。ところで、あなたは自転車に乗れますか」

「いいえ、乗れません。家に自転車はありませんでした」

「そう。お屋敷で必要な物は、大体届けてもらうけど、ちょっとしたものをお店に買いに行くことがあります。自転車に乗れると便利だと思って。私はこう見えても自転車に乗れるのよ」

思わず訊きました。「女でもですか」と。故郷で自転車を持っている家はまだ少なく、それに、自転車に乗るのはほとんどが男でした。女の人が自転車に乗るのを見たことがないように思います。

「ええ、女でも。十七歳のときに乗り方を教えてもらったの。自転車はとても便利。もう十年以上も乗っていないけど、自転車って一度覚えたら一生、乗り方を忘れないそうよ。本当かしらね。それはともかく」

その後で聡子さんから大きな宿題を出されました。瑤子奥様にご挨拶をしたとき、東北訛りが強く出てしまったので、聡子さんに注意されたのです。

「あなたがまずすることは訛りを取ること。今のままでは皆様に必要なことが伝わりません。電話に出ても、相手様が面喰らいます」

方言はその地方だけで使う言葉なので、使わないように注意すればいいのですが、訛りは地方特有の発音です。赤ん坊の時から聞いて育ち、その発音で日常会話を十五年も続けてきたのです。おいそれと取れるものではありません。

聡子さんは新聞や雑誌の音読を命じました。その他に、休憩時間や夜、ラジオのニュースを聞くことを勧めました。「アナウンサーは標準語を話す専門家です。ただ聞くのではなく、あなたも一緒に話しなさい」

びっくりして聡子さんをじっと見てしまいました。そんなこと、できるはずがありません。そういう気持ちが私の顔に出たのでしょう。聡子さんは言いました。

「同時には話せない。当たり前です。少し遅れて、アナウンサーの言葉を追いかけるように話すのです」

これは大変だと思いましたが、面白そうだな、とも思いました。

私は標準語に憧れていました。綺麗な標準語が話せたらどんなに素敵だろうと思っていました。「そうだわ」、と聡子さんが続けました。

「『尋ね人の時間』を聞きなさい。この時のアナウンサーの話し方は抑揚がなく淡々としていて、ゆっくりめに話すから、追いかけやすいと思う」

戦後の混乱の中で、連絡不能になった人物の特徴を記した内容を、アナウンサーが朗読し、消息を知る人や、本人からの連絡を待つという、『尋ね人の時間です』。ラジオを点けていれば、毎日、耳に入ります。故郷にいる時、私もよく聞きました。お屋敷にはラジオが何台もあります。台所にも私の部屋にもあります。

雑誌や新聞記事の音読。アナウンサーの言葉の追いかけっこ。仕事の合間を見ては練習しました。寝る前に練習しました。朝起きると練習しました。『尋ね人の時間です』の放送時間が大体分かってきたので、その時間になるとラジオの音量を上げ、アナウンサーの言葉を追いかけました。

それが嫌ではありませんでした。同じ記事を何回も音読し、暗記ができると聡子さんに聞いてもらいます。注意されることもありましたが、褒められることもありました。褒められると嬉しくて、ますます練習に励みました。一年経つころにはかなり効果が上がりました。

お屋敷に上がって一年半が過ぎました。

女中の仕事がどういうものであるか大体飲み込み、聡子さんの指示を待たなくても手順が分かるので、前もって準備しておくこともできます。聡子さんからも、「飲み込みが早いわね」、などと言われ、最近では料理に関わる仕事も少しずつ増えてきています。

その日の午後、私は台所の流し台で野菜の皮剝きをしていました。

聡子さんは庭の花壇の手入れをしています。料理の下ごしらえは私の役目、料理をするのは聡子さん。家族全員がお食事をするのは朝食だけですが、皆様のお出かけの時間が違いますから、召し上がる時間も違うのです。

女中の聡子さんと私は、朝食も夕食も先に食べます。朝食は大体六時半。夕食は五時半から六時の間。その後、ご家族のお食事となります。聡子さんは、朝食も夕食も、皆様のお食事の間、食堂の隅に控え、微動だにしないで立っています。皆様から何かご要望のあるときは即座に対応するのです。私は食堂には入りません。台所に控えていて、聡子さんからの指示に備えます。

夕食はその日によって食べる人数が違います。必ずいらっしゃるのは、瑤子奥様、真希子様、優子様。男性三人はまちまちで、六人の皆様が全員お揃いになるのは、週に一回あるかないかです。

今日の夕食は五人。今日は和樹様がいらっしゃいません。夕食を召し上がらない時は、朝、聡子さんに伝える決まりになっています。それは、聡子さんと私が玄関でお見送りする時で、靴をお履きになる時に「今日は遅くなる」とおっしゃいます。それが、夕飯はいらないという伝達のようです。

ご主人様は会社からお迎えの車が来ますから、聡子さんと私は、車までお見送りに出て、ご乗車になるときにお辞儀をします。車が走り出してもその場を動かず、車が門扉を出るときにもう一度お辞儀をして、ご主人様の朝のお見送りが終わるのです。

瑤子奥様がお見送りするのはご主人様だけ、それも玄関ホールまでです。ご主人様が玄関ドアをお出になると、瑤子奥様は居間か自室に戻り、他の皆様のお見送りはしません。

信二郎様は自家用車でご出勤されますが、聡子さんと私のお見送りは玄関ドアまでです。真希子様は時々、信二郎様のお車に同乗され、駅まで送っていただいていました。

お食事も、お出かけも、五人の皆様に少しずつ時間差がありますから、聡子さんと私は、台所と食堂と玄関を行ったり来たりと、けっこう慌ただしいのです。

そんなことを思い浮かべながら人参の皮を剝いているとき、

「こんにちは、山幸です」、と台所の出入り口の向こうで声がしました。やがてガラス戸が開き、荷物を抱えた若い男性が入ってきました。若者は荷物を持ったまま頭を下げると、

「ご注文のお品をお持ちしました。砂糖二キロとごま油ひと瓶です」と、にこりともしないで言いました。

「ご苦労様でした。そこへ置いてください」

若者は台所の床に、砂糖とごま油の入った薄茶色の紙袋を置きました。

「今日は何かご注文はありませんでしょうか」

「今日はありません」

「分かりました。では、また寄らせていただきます。ありがとうございました」

若者は向きを変えようとして、不意に立ち止まり、私の肩越しに目を当てました。大きな目を一層大きくしてじっと一点を見つめています。何だろうと思い若者の視線を追うようにして私も向きを変えました。そこに瑤子奥様が立っていらっしゃいました。

「どうもありがとうございました」。若者はもう一度礼を言い、瑤子奥様にとも、私にとも、とれるような曖昧な角度でお辞儀をして出て行きました。

私が振り返ると、瑤子奥様は無表情のまま、「紅茶」、とおっしゃって居間へ向かわれました。

紅茶をお持ちすると、瑤子奥様はいつもお使いになるソファに座り、飾り棚の置物に目を当てておいでです。置物はたくさん並んでいるので、何を見ていらっしゃるのかは分かりません。テーブルの上に紅茶を置き、下がろうとすると、「今の誰?」、と瑤子奥様がお訊きになりました。

「はい、何か？」。聞こえはしたのですが、誰のことなのか自信が持てなかったので、念のために訊き返したのです。瑤子奥様は黙っておいでです。どうすることもできないので答えました。「山幸という食料品店の店員でございます」と。

瑤子奥様は表情を変えないまま、微かに頷かれました。というよりも頷いたような気がしたという方が正しいです。

瑤子奥様の物言いや、仕草には慣れているのでそのまま下がりました。

出入りの商人は何軒もありますが、《山幸》は食料品店。主に調味料の配達が多いのです。食品を家まで配達してもらう。これも初めて知ったことです。故郷にも様々な小売店があり、買い物は大体子供の役目。お店から届けてもらうなど、想像もしませんでした。東京では皆そうなのかと思いましたがそうではなく、女中を雇うようなお金持ちの家だけということも分かってきました。

酒屋、精肉店、魚屋と出入りしますから、配達人の顔も自然に覚えます。今の、《山幸》の配達人は、体形ががっしりしていて色が浅黒く、いつも汗をかいているように、顔全体がテカテカ光っています。見るからに地方出身らしく、口数が少なく、笑顔も少ないのですが、礼儀正しくて、言うべきことはきちんと言います。真面目そうな若者で、歳は二十歳くらい？

届けられた品を、仕舞うべき場所へ仕舞いながら、そんなことを思いました。

3

脇田巡査部長は、精肉店の主人、大塚梅夫《おおつかうめお》が提出した、捜索願届書の内容に目を通した。大塚は昨日、雇人が行方不明になった経緯を訥々《とつとつ》と話した。こちらの質問に対して間違いはないか、時々首を傾げるその表情は、大塚の誠実さを物語っていた。脇田は大塚の長い話が終わった後、捜索願届の提出を勧めた。

大塚は何度も頷くようにすると、間違いがあるといけないから家族にも聞いてみると言い、書類を持ち帰り、一晩過ぎて今日、交番に提出したのだ。

脇田は目の前で思案気にしている大塚に言った。

「事情は分かりました。捜索願届書も受理しました。しかし、昨日の今日の話ですからね。あと一日二日様子を見たらどうです？　明日あたり、ひょっこり帰ってくることだって考えられる」

大塚は不満と不安を顔に残したまま帰って行った。

脇田は大塚を見送り椅子に座る。特に差し迫って処理すべき業務がないから、当然のように大塚との会話を振り返る。昨日のことであり、メモもあるので話の内容が鮮明に再生された。しばらく思案に耽《ふけ》る。改めて捜索願届書を読む。

大塚が昨日、口頭で話したことが、文字になって羅列されている。

○右上に行方不明者の顔写真
○氏名　村上将太《むらかみしょうた》
○住所　目黒区下目黒三丁目六の×　大塚精肉店内
○本籍　福島県田村郡三春町
○職業　大塚精肉店従業員　住み込みで勤めて三年目
○生年月日　昭和十二年二月九日生　失踪時二十一歳
○体格　身長　百六十五センチくらい、体重　六十キロくらい、色が浅黒くがっしりした体形
○血液型　B型
○失踪時の服装　茶色のとっくりのセーター、黒いズボン、黒の運動靴
○失踪した日時と場所　昭和三十三年十二月十日　午後三時半ごろ、自転車で得意先に注文の品物を届けに出る。行方不明になった場所と時間は不明

○届け出の日時　昭和三十三年十二月十二日

昨日、大塚梅夫が交番に姿を見せ、雇人の行方が分からなくなったと訴えたとき、お馴染みの案件だと思いながら、佐藤巡査と一緒に大塚の話を聞いた。

村上将太は、真面目で実直な性格で、東北の人間らしく辛抱強い。仕事仲間との関係は悪くはないが、人懐っこい方ではない。大勢でわいわい騒ぐより、どちらかと言うと、一人でラジオを聴いたり、雑誌を読んだりしていることが多い。

雇人は三人いるが、二人は通い。住み込みは村上将太だけで、三畳の部屋を一人で使っている。几帳面で、男にしてはよく部屋を掃除して、清潔に使っている。行方が分からなくなってから、部屋の中を見てみたが、私物は何も持ち出した形跡はない。貯金通帳と印鑑が小引き出しの中に入っていた。

貯金通帳もそのまま、というところが気になると言えば気になるところだが、そういう例がないわけではない。脇田は、大塚梅夫の話を聞きながら、いつもの要領でメモをしたのだった。

大塚梅夫が帰り、その姿が見えなくなると、佐藤巡査が向きを変えて脇田を見た。

「若者の失踪。よくある話ですよね。住み込んで三年目でしょう。転職を考えるのは、二年目から三年目が多いそうですからね。住み込みが窮屈になって、通いのできる店か何かに変わりたいと思ってたんじゃないですか」

「君もちょうどそのくらいだろう。転職を考えているのかな」

「自分は違いますよ。子供の頃から警察官になるのが夢だったんですから」

「それは結構なことだ。――それにしても、逃げるようにいなくなるというのは確かにおかしいな。私物はそのままだと言ってただろう」

「ええ、そう言ってましたね」

「貯金通帳もそのまま」

「そうです」

何となく落ち着かない。すっきりしない。それは、不可解な緊張感でもあり、不安定な心の揺らぎのようでもある。大塚梅夫の訴えに、基本に則った助言をした。だが、改めてその内容を吟味してみると、頭の中で得体の知れない何かが点滅しているようなのだ。その正体が摑めそうで摑めない。

「部長、巡回に行ってきます」

「ああ、ご苦労さん」

佐藤巡査を見送る。自転車に乗る佐藤巡査の後姿が、人波の中に溶け込むように見えなくなった。それと同時に、中年の男性が道を尋ねに入ってきた。

脇田は机上の捜索願を引き出しに入れて立ち上がった。地図を広げ、尋ねられた場所を案内する。複雑な道筋だったので時間がかかった。男が礼を言って立ち去り、ほっとひと息つくと、消えていた点滅が頭の中で再開した。

脇田は後ろの戸棚からバインダーを取り出す。川瀬武夫の捜索願届書の複写はすぐに見つかった。

○右上に行方不明者の顔写真
○氏名　川瀬武夫
○住所　目黒区下目黒一丁目六の×　山崎食料品店内
○本籍　山形県寒河江市
○職業　山崎食料品店従業員　住み込みで勤めて丸五年
○生年月日　昭和十三年四月二十日生　失踪時二十歳
○体格　身長　百六十五センチくらい、体重　六十キロくらい、色が浅黒くがっしりした体形

○血液型　O型
○失踪時の服装　灰色のシャツ、白のズボン、白の運動靴
○失踪した日時と場所　昭和三十三年六月六日　午後三時、自転車で得意先に注文の品物を届けに出る。行方不明になった時間と場所は不明
○届け出の日時　昭和三十三年六月九日

川瀬武夫はまだ行方不明のまま。一般家出人扱いだから、警察署に氏名や写真など、家出人の情報が登録されるだけ。警察が捜索することはない。これは村上将太も同じ。

さっき引き出しに仕舞った村上将太の捜索願届書を出す。

机の上に二枚の用紙が並んだ。一枚は当てのないまま戸棚に眠っていた。一枚は新しいというだけで、警察署に情報が登録された後、九分九厘、他の捜索願届書と同じように、バインダーに綴《と》じられたまま忘れ去られてしまう。

いつもとは異質な感覚の正体とは何なのか、雑念を捨て、もう一度集中して読み比べた。

やがて、気持ちの落ち着かない理由に行き当たった。そんなに特別なことではない。二枚に書かれた内容が似通っているのだ。

今日、大塚梅夫から村上将太の事情を訊いているとき、どこかで同じようなことを聞いた

覚えがある。そんな考えが頭をよぎっていた。そもそも、捜索願届の内容はどれも似ている。形式が同じだから自然にそうなる。だからそれほど気にしなかった。

だが、今になって改めて思う。似過ぎていないだろうか。同じと言っても過言ではない気さえする。半年前、川瀬武夫の行方不明について、熱心に要領よく話していた、実直そうな山崎幸助の記憶が徐々に鮮明になってくる。脇田は、一つ大きく深呼吸をした。

そのとき、佐藤巡査が巡回から戻ってきた。

「特別なことはありませんでした」

「ご苦労さん」

佐藤巡査は、達磨《だるま》ストーブの上で湯気を上げている薬缶《やかん》を持ち上げ、急須に熱湯を入れる。急須を軽く振り、二つの茶碗に注ぐと、一つを脇田の前に置いて、二枚の用紙を覗き込んだ。

「――ええとお、これは、村上将太の捜索願届書。こっちは誰ですか」

「誰だと思う？」

佐藤巡査が、脇田の隣に移動し、一枚の用紙に目を近づけた。首を傾げている。

「思い出さない？」

「川瀬武夫、川瀬……川瀬、――ああ、はいはい、山崎食料品店の従業員だった男です。あの件、立ち消えって感じですよね。どうして今頃ここに？　どうして二枚並べているんです？　川瀬武夫が行方不明になったのは、かなり前ですよね」

「かなりと言っても半年前だ」

「へえ、まだそんなもんですか。なんだかずいぶん遠い日のことのように思えます」

「交番は雑多なことが多くて目まぐるしいからな。月日の流れるのが早い」

「で、どうしたんですか。さっき外から見えた脇田部長、ずいぶん深刻な顔をしていましたよ」

「そうかね。君、この二枚を見比べて何か感じないか」

佐藤巡査は、脇田の前の椅子に座ると、失礼します、と言って、二枚の用紙の向きを変えた。佐藤巡査は色白で丸顔で目も鼻も丸い。童顔であることを自覚しているようで、警察官としては威厳に欠けると思っているらしい。その童顔が、今は引き締まり、二枚に書かれた内容を、熱心に読み比べている。ずいぶん時間をかけて読んでいたが、やがて顔を上げ、

「これは、変です」

「変？　何がどんな風に変？」

「ええと、——変というか、おかしいです」

「おかしい？」

「はい。だって、この二枚同じです。内容がそっくりです。違うのは名前だけっていう感じ

です」

「君もそう思うかね」

「思います。脇田さん、この案件、裏に何かありますよ、きっと。自分はそう感じます」

若い者は気が早くて率直だ。脇田は裏に何かあるとまでは思っていない。だが、不自然なほど、二人の行方不明の状況が似ているのは確かだと思う。

川瀬武夫の捜索願届にもう一度目を通す。半年前のあの日、脇田に勧められて《山幸》の主人、山崎幸助が書いたものだ。現物は目黒南警察署が保管しているので、脇田が見ているのは複写である。

半年前の六月、山崎幸助の知らせに、武夫の父親が山形県寒河江市から上京し、二泊したが、なす術がなく、何の手掛かりもないまま帰って行った。《山幸》では、一ヶ月後に新しい住み込み店員を雇った。つまり、川瀬武夫の失踪はうやむやのまま立ち消えになったということになる。

ほとんどの行方不明者が同じような道をたどる。脇田は経験上、そのことをよく承知しているのだが、今回は少し違うような気がするのだ。

あの時は、よくある家出人として判で押したような対応をし、警察官としての義務は果たした。半月もすると、川瀬武夫の行方不明は記憶から遠ざかった。交番の業務は雑多だ。仕事は山ほどある。実証のない案件に時間を割いてはいられない。

だが今、二枚の捜索願届書を見比べながら、〝事件〟の二文字が、脳内の壁に張り付いたような気がしている。

「近隣地区内で二人の青年が行方不明。年齢が一つ違い、二人とも東北出身。二人とも食料品関係の店に住み込みで勤務。二人とも商品を自転車で配達中に行方不明になった」

佐藤巡査は、「二人とも」、を心持ち強く言う。脇田はそのことがおかしくて笑った。

「おかしいですか？　でも事実です」

「事実だが、都内にはこういう環境の人間はざらにいる」

「それはそうですが、この二人、揃って色が浅黒く体形ががっしりしてますよね」

「この頃の地方の子供は大体そうだ。男手は戦争に取られ、残された女子供で農作業をした。この二人、歳が近いだろう。出身地も東北。子供の頃から、水汲みやら、背丈より高い鍬を持って田畑を耕すから体が鍛えられている。五、六歳から十歳頃までが戦時中。中学卒業までは戦後の混乱期。たぶん、学校を卒業するまで、野良仕事に明け暮れていたはずだ。二人の体形ががっしりしていても不思議ではない。——そう言えば君もこの二人と歳が同じくらいじゃなかったかかな？」

「そうです。自分は村上将太の一つ上です。だから、脇田部長の話、分かるような気がします。自分は東北ではないですが、群馬県の田舎で、家の手伝いで一番嫌いだったのは水汲みでした。井戸のある家なんてなくて、共同井戸だったから、学校から帰るとまず水汲み。親が仕事から帰ってくるまでに、水瓶をいっぱいにしておくんです。二つのバケツを持って井戸まで五回は往復しました。途中に坂があって、せっかく汲んだ水をよく溢《こぼ》したもんです」

「そのお陰で立派な体格になって警察官になれた。水汲みに感謝だな」

「水汲みで色黒にはなりませんでしたけどね」

そう言って佐藤巡査は笑い、

「川瀬武夫は上京して六年目、村上将太が三年目。日焼けで黒いんだったら、もう取れてますよ。二人とも地黒なんです、きっと」

「そんなに気になるかね、色が浅黒くて、がっしりした体形が」

「ええ、気になります。だって、他の項目は事実の記載ですが、色が浅黒くてがっしりしているって、第三者の印象ですよね。そこまで同じというのが引っかかるんです。脇田部長のおっしゃることも分かりますが、自分はそう感じます」

「なるほどねえ。第三者の見る目も同じ……」

「――いつだったか、人から聞いた話なんですけど、上流階級の女子の中には、異性の好みがすごく偏っている人がいる。地位や金のある男には興味を持たず、むしろ、下級の生活をしている男を好む」

「上流階級ねえ。どこからそんな話を仕入れてくるの」

「聞きかじりです。今回の件には当てはまりませんが、聞いた話では、ある女子は、お屋敷の近くで土木作業をしていた男と駆け落ちしたそうです。上流階級の女子の中には、自分とは全く環境の違う男性に憧れを持つ者がいる。自分のような貧乏人には理解不能ですけどね」

「話が飛び過ぎているな」

「はい。だから、今回の話には当てはまらないと言ったんです。今の話は別として、この二人の行方不明、何かありますよ。一般家出人ではないかもしれない。二人の届書を並べて同時に見なければ、見逃してしまった。でも、現に二枚揃ってここにあります。二人が叫んでいるようです。一般家出人ではない。特異家出人だと」

「しかし、子供ならともかく、二人とも成人男子。特異家出人と断定する犯罪的要素も根拠もない。書類を見ての印象だけだ。これではどうにもならん」

「それはそうですね」


その後脇田と佐藤は、書類には記載されない、警察官と届出人との間で交わされた話の内容を再確認すべく、机を挟んで向き合った。脇田が言った。

「まず、川瀬武夫だが、その日、つまり、昭和三十三年六月六日午後三時、自転車で得意先に注文の品物を届けに出た。たいてい五時前には帰ってくるが、その日は帰ってこなかった」

佐藤がその後を引き継ぐように、

「四軒の配達予定だったが、実際に配達されたのは三軒」

「そうだ。宮本家へ味噌一キロ、酢ひと瓶。倉元家へマヨネーズひと瓶、蜂蜜ひと瓶。吉田家へ砂糖一キロ」

「田中家の砂糖一キロとごま油ひと瓶が届いていない。ということは、吉田家が最後ということですよね。それからが不明」

「うむ、我々は、二人の行方不明時の状況が酷似していることに拘《こだわ》りを持っている。書類上のことだけではなく、二人の性格、普段の生活態度など、書面には記載されないところで共通項はないか、それを調べてみたい。君が、色が浅黒くてがっしりした体形に拘っただろう。実は私もそうだ。二枚の用紙を見比べた時、まずそこに目が行った。確たる根拠があるわけじゃないがね。それこそ何となくだ」

佐藤が大きく頷き、

「川瀬は真面目一徹。口数は多くないし、愛想がいいというわけでもないが、仕事は陰ひなたなく働き、要領もいい。真面目で頭もいいというわけですよね。勤めて四年目になってから定時制高校に通っていたんでしょう」

「そうだ、将来高校を卒業したら会社勤めをするのが夢だったようだが、その高校も行かないままだ」

「その高校でガールフレンドができて、どこかで一緒に暮らしているとか……」

「そう。そういうことがないとは言えないから、一般家出人扱いとなる」

「そうですよね。だけど、考えにくいなあ、そういうことは。川瀬武夫の印象とそぐわない気がします」

「それそれ、印象だけの判断。それじゃ駄目なんだ、実態がないと。印象と勘は違う。体形の類似が気になるというのはある種の勘だ。捜査に勘はつきもの。長年この仕事をしていると、その勘が自然に身に付いてくる」

佐藤は大きく頷き、「分かりました」、と言った。

「では、次に進むか。村上将太について。これは、君も一緒に聞いたからよくわかるだろう。つい昨日の話だ」

脇田は筆記帳を出す。村上将太の雇人である大塚梅夫の相談内容の箇所を開いた。

村上将太は真面目で実直な性格。仕事ぶりも几帳面で、東北の人間らしく辛抱強い。同僚とのトラブルなどはないが、人懐っこい性格とは言えない。大勢でわいわい騒ぐ方ではなく、月二回の休日や休憩時間などは一人でラジオを聴いたり、雑誌を読んだりしていることが多い。

雇人は三人いるが、二人は通い。将太は三畳の部屋を一人で使っている。男にしてはよく掃除をし、室内を綺麗に使っている。行方が分からなくなって室内を見てみたが、私物を持ち出した形跡はない。貯金通帳と印鑑が小引き出しの中に入ったままだった。

「ここまでで何を感じる？」

脇田の問いに佐藤が答えた。

「川瀬武夫とそっくりです。そっくりは言い過ぎかもしれませんが、酷似していることは確かです。山崎幸助と大塚梅夫の言葉の表現に多少の違いはありますが、武夫と将太は人柄が同じですよ。同じ東北人だから、では片付けられないと思いますが、部長はそう思いませんか」

「思う。しかし、だからどうした？　と言われたら何と言う？」

佐藤巡査が黙り込んだ。

「人柄と体形が似ているから、二人が何かの事件に巻き込まれた、というのは無理押しだ。

理屈が通らない」

「そうですね」

「それよりも、計画的に失踪したのなら、貯金通帳と印鑑を置いていくことはないと思う。この点については川瀬武夫のとき、聞いていなかったような気がするんだ。筆記帳にも書いてない。近いうち、山崎幸助に聞いてみよう。で、村上将太の貯金高が二万一千円」

「そうです。勤めて二年三ヶ月。月給が、寝具食事付きで二千五百円。月千円を実家に仕送り。手に残るのは千五百円。貯金高が二万一千円ということは、毎月七百七十円ほど貯金していたことになりますから、残るのは七百三十円ほど、これが、村上将太が一ヶ月に自由に使えるお金。単純計算ですけどね」

「今の住み込み店員だったら普通じゃないかな」

「そうですか。それにしても、もし、自分が家出しようと思ったら、真っ先にお金ですね。その日の飯代にかかってきます。商品の配達に行くとき、自分の財布に大金を入れていくことは考えにくいし、彼にそれほどの大金があったとも思えません。ただ、――失踪先に援助してくれる人がいるのなら別ですが」

そういった後、佐藤巡査は、大きく首を振り、

「いえ、それでも駄目です。どんな状況であろうと、通帳は持っていきます」、と言い添え

た。

「うむ、私もそう思う。では次に、村上将太が商品を配達したルート。これも大塚から聞いた」

脇田が筆記帳を見る。ついさっき、大塚梅夫から聞いたことが書き記してある。

将太の失踪時、注文品を届けた家は四軒。四軒のお得意先を訪ね、商品が届いていることを確認した。届けた順番は、地理的に考えてこの順番に届けたはず、と大塚梅夫は言った。だからその通りに書いてある。

加山家（牛肉肩ロース一キロ）、小谷家（豚肉ロース七百グラム、とんかつソース二本）、倉元家（サーロインロース一キロ）、田辺家（ボンレスハム一キロ）。以上である。

「つまり、届けるべき家には届けた後、行方不明になったということだ。ここが川瀬武夫と違う。川瀬はあと一軒、未届けのまま行方不明になった。それと自転車の件。村上将太も、川瀬武夫も自転車に乗り、そのまま不明になった」

「——部長」

「うむ、何？」

「今気づいたんですが、この倉元という家、川瀬武夫も配達しています。六月六日に。これも二人の共通項ではないでしょうか」

脇田は佐藤巡査の真剣な顔を見つめた後、二枚の捜索願届書に目を移した。

交番は二十四時間体制。

下目黒交番、通称坂下交番は、当番、非番、週休日という三日間の回転で勤務が組まれている。勤務先は交番であっても、登庁時と退庁時は目黒南警察署に行く。退庁時は勤務中の案件等を、警察署の担当員に報告してから勤務終了となり帰路に就く。

脇田巡査部長の官舎から目黒南警察署まで路線バスで二十分ほど。当番明けで官舎へ帰るときは、往路とほぼ同じ時間をかけ、官舎着が午前九時半頃。それから風呂に入り、妻の用意した遅い朝飯を食べすぐ寝る。何より嬉しいのは、去年、風呂のある官舎へ移れたことだ。それまでは銭湯だった。

その日、脇田は週休日だった。

八時半頃、妻と遅い朝食を食べた。軽い世間話をしながらゆっくり食べる。当然昼食も遅くなる。昼食を食べた後、脇田は外出の支度をした。妻が意外そうな顔をして、「出かけるんですか」と訊く。いつもの週休日の午後は、新聞、雑誌を読んだり、ラジオを聴いたり、あとはゴロゴロウトウトして過ごすのが常である。

「うん、散歩がてらその辺をうろうろしてくる」

内職を始めようとしていた妻が夫を見上げた。妻は和裁ができるので、普段着用の着物を仕立てたり、着物の繕いを内職としている。「珍しいですね」。妻は立ち上がり、脇田を狭い玄関で見送った。

脇田はバスを目黒福祉センター前で降りた。この辺りは我が庭も同然と言いたいところだが、隅から隅まで把握しているわけではない。とにかく今日は、山崎食料品店を訪ねたい。住所を頼りに歩くこと十五分。構えの大きい《山幸》はすぐ見つかった。

間口が六間《けん》ほど、屋根の上の看板に山幸の印がある。への字を鏡文字のように合わせて山に見立て、山に囲まれるように幸の文字。その下に山崎食料品店と書かれている。パトロールでこの通りを何回も通っているが、記憶が曖昧なのは特に意識せず、ただ通り過ぎていたからだろう。

店を覗くと、中年の女性が客の商品を包装している。他に若い男性が、商品棚の整理をしているらしい。背の高い痩せた男だった。中年の女性が通いの店員。背の高い男が佐山健二、あるいは新しく雇い入れた男かもしれない。

店内には多くの商品が並んでいる。どこも同じで、キロの単位で表示されてはいるが、必ずその脇に匁《もんめ》の文字が大きく書かれている。

脇田は開け放たれた入り口から挨拶をして中に入った。男女二人が、「いらっしゃいませ」、と言った。男の方が、「何を差し上げましょう」、とニコニコしながら近づいてきた。佐山健二に間違いないなと思った。山崎幸助が説明した通りの客あしらいである。客が出て行ったので言った。

「すみません。お客じゃないんです。ご主人の山崎幸助さんに用がありまして伺ったのですが、ご主人はいらっしゃいますか」

「はい、おりますが、どなた様でしょう？」

「脇田英雄と言います。もしかすると、ご主人はお忘れかもしれませんが、顔を見れば思い出すはずです」

佐山健二と思われる店員は、お待ちください、と言うと店の隅にある出入り口の暖簾《のれん》を手で払いながら姿を消した。


三分ほどして、同じ出入り口から山崎幸助が出てきた。あの頃と少しも変わっていない。山崎はしばらく怪訝《けげん》な顔をしていたが、ああ、という顔で脇田を見た。そして言った。

「その節はどうも、お世話になりました」

「いえ、何もお役に立てなくて恐縮です」

山崎幸助はあの当時とは全く違う顔つきで脇田を見ている。警察側の対応に不満を持っていることが一目瞭然だった。こんなことには慣れている。警察とはいえ、できることとできないことがある。というよりも、警察だからこそその境目がはっきりしていて厳しい。川瀬武夫失踪に関して言えば、山崎幸助からの相談ではあれ以上の対応はできない。こちらの対応に不手際があったとは思っていない。

「ご主人、お忙しいところ恐縮ですが、少し訊きたいことがあって伺いました」

「はあ、どんなことでしょう。武夫のことでしたら、あれ以来、まったく分かりません。今も実家には戻っていませんし、行方不明のままです」

二人の店員が、忙しそうに体を動かしているが、こちらの会話に聞き耳を立てていることは明らかだった。

「そのことで少しだけお時間を頂きたいのですが」

「そうですか、店先ではなんですから、こちらへどうぞ」

山崎は脇田を暖簾の奥へ案内した。そこは普通の家の玄関のようになっていて、広い三和土《たたき》の向こうに上がり框《がまち》がある。その向こうに畳の部屋が続いていた。山崎は部屋の向こうに姿を消し、座布団を持って現れた。「どうぞ掛けてください」。そう言うと自分は床の上に正座した。

「早いものです。半年経ちました。で、今日は何か？　まさか武夫の行方が分かったとか？」

「いいえ、そうじゃないんです。実は私、今日は休みでしてね。仕事で来たわけじゃないんです。近くに用事があったものですから、寄らせてもらいました」

山崎が不得要領な顔つきで脇田を見ている。そのとき、中年の女性が盆にお茶を乗せて現れ、二人の前に置くと丁寧にお辞儀をした。「女房です」。山崎が紹介すると夫人はもう一度頭を下げて立ち去った。

山崎と脇田が同時にお茶を飲んだ。旨いお茶だった。

「仕事ではないと言いながら、おかしなこととは承知していますが、さっき言いましたように、少し訊きたいことがあるんです」

「はい、どういうことでしょうか」

「武夫君は、こちらに住み込んで六年目でしたね。彼は貯金をしていましたか。もちろん銀行預金も含めて」

「いえ、武夫本人はしていません。私の方で僅《わず》かずつですが、武夫の名義でしていました。それは武夫も承知していました。あの子は真面目でして、無駄遣いなど決してしません。学校の学費もきちんと納めていましたから、小遣いと言えるほど、自由に使える金もなかったと思います。もちろん、武夫名義の通帳と印鑑は親へ渡しました」

「なるほど、そういうことですか。それで、私物は持ち出していない」

「ええ、何もかもそのままでした。今店にいるのが佐山健二ですが、健二にも訊いてみましたが、なくなっているものは何もないと言ってました」

やはり、あの男が佐山健二だった。そう思いながら脇田が次のことを訊こうとしたとき、

「――あの」

「はい、何でしょう」

「――大塚精肉店、そこに住み込みで働いていた子が、一週間ほど前から行方が分からなくなったと聞いたんですが、本当のことですか」

「そんなこと、誰から聞いたんです？」

「そういうことは、自然に耳に入ってきます。うちの武夫のときもしばらくは噂の種でしたから」

「世間でどう言っているか知りませんが、私から話すことは控えます。それは理解していただきたい。それはそうと、配達する人は商品に、配達先の目印になるものを何か書くんですか。配達する品を間違えると困りますよね、何軒もあるわけですから」

「もちろんです。紙袋に入れてお届けしますが、複数のご注文がある場合は、なるべく一枚の袋に纏《まと》めます。袋の上に、住所とお名前、商品名、日付を書いた紙を貼ってお渡しします」

「なるほど、で、その紙は付けたまま渡す？」

「そうですね。お客様に確認していただく意味もありますから」

「どこの店もそうですか」

「そうだと思いますよ。配達人はそれがないと困りますが、お客様にとってもその方が親切だと思います」

脇田は、なるほどと言って頷き、小型の筆記帳をポケットから出した。

「ご主人は、武夫君がその日に配達した家を一軒一軒訪ねて回ったと言ってましたね。その家と配達した順番、これで間違いないですか」

山崎は脇田の筆記帳を覗いていたが、「ちょっとお待ちください」と言って立ち上がり、足早に奥へ行き、すぐに戻ってきた。大きな台帳のようなものを持っている。山崎はページをめくり、脇田の筆記帳と見比べている。

「はい、間違いありません。あと、田中様へ砂糖一キロとごま油ひと瓶が未配達だったわけです」

「そうでしたね」

脇田の筆記帳にはこう書かれていた。

昭和三十三年六月六日、午後三時ごろから川瀬武夫が商品を配達した家とその順番。

宮本家　↓　倉元家　↓　吉田家。

下目黒は一丁目から四丁目まである（昭和三十三年現在）。脇田のポケットには、拡大した地図が入っているが、三軒とも住所は分かっていた。山崎幸助に聞いたわけではないが、そこは警察官、調べようと思えば難なく分かる。

宮本家（下目黒四丁目六の×）。倉元家（下目黒三丁目八の×）。吉田家（下目黒二丁目三十六の×）。

武夫が配達した順番で廻ってみよう。

まず宮本家。歩くことには慣れている。自分の管轄内でもあるから土地勘は十分。だが、目黒は坂が多い。まだ三十代の脇田でも、探しながらの坂道の上り下りはきつい。宮本家は、平和銀行の社宅の近くにあった。ごく普通の二階家。お屋敷と言えるほどの造りではない。それでも、塀に囲まれ、門扉があり、飛び石の先に玄関が見える。門扉から少し離れて勝手口。半間の木製の引き戸になっている。御用聞きや配達人はここから出入りするのだろう。隣近所も似通った造りの家が並び、閑静な住宅街と言える。

次に倉元家。その家は目黒不動尊から徒歩三十分ほどのところにあった。不動尊の近くにはお寺や公園が何ヶ所もあり、木々が生い茂り、道幅はゆったりしていて、その上静か。その周辺にある住宅は、どの家も立派な構えだ。いわゆるこの一画だけ、高級住宅地と言えるのかもしれない。中でも倉元家は目立っていた。そもそも洋館である。

広い道路に面して、大谷石《おおやいし》の塀で囲まれたその屋敷は緑の屋根に白い壁。塀が高く、内側に樹木が植えられているので、二階の一部しか見えないが、庭が広く、建物も相当大きいようだ。塀に沿って歩くと少しへこんだ場所に鉄製の門扉があった。その横の大谷石の柱に木製の表札が埋め込まれ、墨で《倉元》と書かれていた。そこから覗くと手入れの行き届いた庭が見える。それでも家の全体像は分からない。玄関がどこなのかも分からない。

庭の奥まったところから白い煙が立ち昇っている。たぶん、庭の隅にドラム缶の焼却炉があるのだろう。手軽に使えるドラム缶焼却炉。庭が広ければ枯れ草も多く出る。枯れ草を燃やすくらいなら大げさな物でなくても、ドラム缶で十分だ。

脇田がゆっくりと観察している間、一台の車も走らず、人一人通らなかった。

脇田は横手に廻った。そこは車がすれ違えるほどの道幅。道路の反対側には三階建ての建物が二棟並んでいる。この建物は確か、大手企業の独身寮だと思う。その向こうに塀に囲まれた家々が続いている。

しばらく立ち止まっていたが、この道も猫一匹通らない。とにかく辺り一帯が、東京とは思えないほど静かなのだ。

歩き始めると、ずっと先に勝手口があった。大谷石の塀に挟まれて、木製の小さい格子造りの引き戸がある。ここにブザーはない。今、入ろうと思えば自由に入れるだろう。物騒と言えば物騒だが、この近辺から泥棒だとか、変質者だとか、そういった情報は聞いたことがなかった。もしかすると、そういう連中も近寄りがたいのかもしれない。あの日、武夫はこの勝手口から入って、商品を届けた。

脇田はそんなことを考えながらその道を進んだ。

倉元家を一周してみようと思ったが、この家の裏手は崖のようになっていて、その高さは二階を遥かに超えている。たぶん二階の窓を開け、上を見上げると、草木の生い茂った小高い丘が見えるということだ。大谷石の高い塀もそこで切れていた。

小高い丘は倉元家の裏側に広がり、そのままゆるい下り坂に沿って続いている。その向こうに住宅の並んでいるのが見えている。屋敷を一周できる環境ではない。

最後に吉田家。吉田家は下目黒二丁目なので、倉元家から少し離れている。三十分近くかけて吉田家へたどり着いた。

こちらはまたずいぶん庶民的だった。板塀で囲われてはいるが、家はこぢんまりとした二階家。どこにでも見られる灰色瓦の平凡な造り、勝手口というものはなく、格子戸を潜るとすぐ玄関。御用聞きは、直接玄関を開けるのか、台所へ廻ってご用を聞くのかは分からない。

山崎幸助はどこの家にも勝手口があるように話していたが例外もあるということだ。この家に注文の品を届けた後、武夫は行方が分からなくなった。

さすがに疲れた。週休日にも拘《かか》わらず、十分な休養も取らずに歩き回った。どこかで一休みしたいところだが、この辺には喫茶店というものがない。あるのは蕎麦《そば》屋か寿司屋。それも数が少ない。寿司屋に心当たりがある。そう遠くはない。腹が空いているわけではないが、何となく寿司屋にしようと思った。

目当ての寿司屋はすぐに見つかった。《富寿司》という看板。ガラス戸に営業中の札が掛かっている。戸を開けると、「らっしゃい」としか聞こえない若い男の声。左手がカウンター。右手に座敷があり、三つ卓がある。奥の卓で中年の男女がビールを飲んでいた。卓の上には寿司ではない料理が何品か乗っている。

「カウンターにしますか、卓にしますか」。白い上着に白い帽子をかぶった若い男が訊いた。脇田はカウンターと言い、中央の椅子に座った。厨房の向こうに品書きが並んでいる。その値段を見てびっくり。寿司屋などにはめったに行かないから分からないが、脇田の知る限り、値段が一割増だった。

「何にいたしましょう」。若い男が注文を聞く。脇田は並定食を頼んだ。「並定食です」。男がそう言うと、初老の男がひょいと現れ小さな声で、「いらっしゃいませ」と言った。やはり、白い板前服に白い帽子。この男が店主であり、寿司職人なのだろう。愛想が良くない。寿司職人はたいていそうだ。無駄口を利かない。当然と言えば当然。客に出す寿司を握りながら無駄口を叩けば唾が飛ぶ。そんなことを考えながら、この辺りの住人の話を聞くのは難儀だなと思った。

まさに定食。小さなまな板の上に握りが十一貫。ガリが乗り、手塩皿、蜆《しじみ》の味噌汁。割り箸、それらが瞬く間にカウンターに並んだ。店主は黙って片付けをしている。脇田は味噌汁を啜《すす》った。並定食でも赤だしである。旨かった。

「近くに越してきましたのでね、ぶらぶら散歩をしていたんですよ」。脇田はなるべく愛想のいい話し方に努めた。

「そうですか。この辺には何もなくて驚いたでしょう。あるのは目黒不動だけです」

思ったより機嫌よく応じてくれた。脇田は赤身マグロの握りを飲み込み、

「しかし、この辺りは立派なお宅が多いですね。お宅というより、お屋敷だ。ついこの前まででごちゃごちゃした下町にいましたから、よその国に来たみたいです。そうそう、大きな洋館もありましたよ。アメリカさんの家ですか、あの洋館は」

「ああ、あのお宅。いえ、日本人ですよ」

「へえ、日本人でもあんな家に住むんだ。じゃあ、寿司も食べるということですね」

店主は笑い、そりゃあ食べるでしょう、と言う。

宮本家、倉元家、吉田家と見て回ったが、脇田は川瀬武夫も村上将太も配達に行った倉元家が気になる。それは、他の家とは構えが違う。雰囲気が違う。そのあたりが他の二軒とは異なる印象を与えるのだろうが、このまま素通りできないような小さな拘り。これを何かの勘というにはあまりにも安易と思うのだが——。

「どんな人たちなんでしょうねえ。あんなお屋敷に住んでいる人は、寿司屋とか蕎麦屋とかに行くんでしょうかねえ。それとも出前ですか。特上の」

脇田は、並定食のイクラの軍艦巻きを食べながらそんな風に言ってみた。倉元家から近い寿司屋と言えばこの富寿司だ。脇田が知っている限り、他に寿司屋はない。

店主は薄笑いしながら何も答えず、新しいガリをまな板に乗せてくれた。一見《いちげん》の客によけいなことは言わない。店主の気持ちはよく分かる。だが、出前の注文を受けていることは確かだと思う。たとえ、料理上手な女中が何人いても、握り寿司は作れない。寿司が食べたくなれば出前を取る。ごく普通のことだ。

寿司は寿司屋に来て、大将の握ったのをその場で食べるのが一番だが、あの屋敷の人間が寿司屋の暖簾を潜ることが想像しにくい。どことなく、屋敷全体が人を拒絶しているように感じるのは考え過ぎなのだろうか。

配達をするとなれば、今、厨房の隅で魚の小骨を、とげ抜きを扱いながら取り除いている若者だ。この若者はすらりと背は高いが、がっしりした体形とは言えない。色黒でもなかった。脇田は、そんなことを思う自分を腹の中で笑っていた。

4

その日、瑤子奥様と聡子さんは日本橋の三越へお買い物に出かけました。

瑤子奥様と聡子さんは、月一回くらいの割合で出かけます。ほとんどが買い物か、お昼ご飯を食べに行くのです。それと、瑤子奥様はご主人様と出かける時もあります。これはふた月に一回くらい。その時も聡子さんが同行します。ですから、そういう日は大きなお屋敷の中に私一人だけ。でも、寂しいとは思いません。

今日は小池のおじさんが来ています。小池さんは十日に一度の割合で庭掃除に来るのです。普段は私が箒《ほうき》や熊手を使い、お屋敷の周りだけ掃除をして、燃えるゴミとむしった草に分けて、庭の隅にあるドラム缶の焼却炉の脇に置いておきます。

小池のおじさんは、庭の隅々まで掃除をします。樹木が多いから、十日も放っておくと、枯れ草や枯れ枝などが多く溜まります。おじさんは、手押し車を使い、庭の隅にあるドラム缶まで何回も運びます。抜いたばかりの草は燃やせないので、次に来るまで乾燥させ、枯れてから燃やすのです。

台所の窓から、おじさんが腰をかがめて、花壇の草むしりをしているのが見えます。おじさんは十時ごろ来て、三時に帰るのが普通ですが、その日の仕事の都合で四時までいることもあります。十二時半に私の部屋で弁当を遣《つか》うので、その時にお茶を出すのです。

普段、聡子さんと私は、十二時にお昼ご飯を食べます。それから二時半まで休憩なので、自分の部屋で過ごします。本を読んだりラジオを聴いたり、時には昼寝をすることもあります。

私が休憩している時、聡子さんは瑤子奥様の昼食を用意していると思います。お食事は瑤子奥様の自室に運んでいき、私の休憩時間が終わるまで、聡子さんは瑤子奥様のお部屋で過ごします。その一部始終を見ているわけではありませんが、何となく分かります。

おじさんの来る日には、お茶を出しながらおじさんと話をします。当たり障りのない話です。例えば今流行っている歌謡曲とか、映画俳優の話とか。でもおじさんは、歌謡曲や映画俳優のことはよく知らないらしいです。

おじさんが何歳なのか知りません。四十代に見えることもあるし、六十歳くらいに見えることもあります。私には男の人の年齢は見当がつきません。ご主人様の年齢も知らないし、瑤子奥様の年齢も知りません。ただ、お二人のお歳がずいぶん離れているくらいのことは分かります。聡子さん、信二郎様、優子様の年齢も知りません。知っているのは和樹様と真希子様だけ。だからと言って何の不自由もないのです。

私は、お屋敷の掃除に取り掛かりました。二階から始めます。二階は、ご主人様と瑤子奥様の寝室、瑤子奥様の自室、和樹様のお部屋、真希子様のお部屋。私が掃除をするのは、和樹様と真希子様のお部屋と、廊下とその周辺。空き部屋が一つありますが、そこは一週間に一回でいいことになっています。

ご主人様と瑤子奥様の寝室、瑤子奥様の自室は聡子さんが掃除をします。私は一切そのお部屋に触れてはいけない決まりなのです。だから、お部屋の中の様子がどんな風なのか、全く分かりません。

全部の部屋が南向きで、北側が廊下。この廊下は普通の家の廊下よりも幅が広いと思います。廊下には窓が四つあり、廊下の掃除をする時はその窓を全開にします。窓から外を覗くと、鬱蒼とした緑の丘が目の前まで迫っています。丘と言っても正面は崖。白い岩肌のところどころに草が生えています。初めて屋敷内を案内された時、東京にも家のすぐそばにこんな丘があるんだ、そう思ったことを覚えています。

このお屋敷は、雑巾掛けをするのは台所だけで、他は掃除機を使い、その後にモップで磨きます。お屋敷に上がって初めて掃除機というものを見ました。私の知っている限り、故郷のどこの家にも掃除機はなかったです。こういう機械があることさえ知らなかったので、初めて使った時はその音の物凄さに飛び上がってしまいました。

何しろ、コードの先についているプラグという物を壁のコンセントに差し込んだとたん、ゴォーという音が屋敷中に響き渡りました。その時の私にはそう感じたのです。こんな恐ろしいもので掃除をする東京の人に驚きましたが、後で聞いてみると掃除機を使っている家はまだ少ないということでした。

今ではその音にも慣れました。あの時、屋敷中に響いたと感じたのは、いきなり物凄い音を聞いたから魂消《たまげ》てしまったのです。もちろん、屋敷中に響き渡りはしません。一階にいる人に微かに聞こえる程度の音です。モップ掛けにも慣れました。腰を伸ばしたまま掃除ができることは便利なものだと思っています。

故郷で室内の掃除と言えば、箒、はたき、雑巾掛け、柱磨きにはぬか袋。特に雑巾掛けは中腰、四つん這い。水汲みと同じくらいに重労働です。

掃除をする範囲は実家の十倍以上ありますが、小さい子供のいないお屋敷内には汚す人がいませんからいつも綺麗。だから掃除はちっとも苦になりません。

二階の掃除が終わると、階段のモップ掛け。そして一階の掃除。一階には信二郎様ご夫妻のお部屋、聡子さんの部屋、そして居間、食堂、台所。聡子さんの部屋は聡子さんが自分でするので、その部屋のなかの様子を私は知りません。

一階にも二階と全く同じ造りの廊下があり、窓を開けて覗くと、垂直に近い岩肌に生えた草の緑がそのまま地面に繋がっています。窓からの距離は、ほんの三間ほど、ここも小池のおじさんが十日に一度見回りをします。

一階の掃除が終わると、ちょうど十二時。一人でお昼ご飯を頂きます。おかずは朝食の残り物ですが、いろいろな種類のおかずが少しずつあって美味しいのです。

十二時二十分になりました。私は薬缶に水を入れてガスコンロに乗せ、コックを開いてマッチで火を点けます。このガスというものにもびっくりしました。初めて使う時、聡子さんが使い方を教えてくれたのですが、コックというものを開いてマッチの火を近づけると、何も燃えるものがないのに青い炎が点くのです。

炎はオレンジ色と思い込んでいたので、その美しい青い炎に見とれてしまい、聡子さんに注意されました。それから、ガスは便利なものだが、使い方を間違えるととても怖いものだということも教えてもらいました。

お屋敷に上がって初めの頃は、何もかもが驚きの連続でした。

おじさんが手押し車を押しながら物置へ向かってくるのが見えます。弁当は私の部屋に置いてあるのです。

薬缶のお湯が沸きました。ご家族の皆様がお飲みになるお茶と、聡子さんと私、おじさんの飲むお茶は違います。女中用のお茶を女中用の急須に入れ、おじさん用の湯飲み茶碗に注ぎ、盆に乗せて台所を出ました。台所を出て少し行ったところに私の部屋があります。

その部屋にはよけいなものがなく、小さな机と座布団が一枚あるだけ。半間の押し入れの上段に布団。下段に柳行李《やなぎごうり》、その横に小引き出しがあります。柳行李とその中身だけが私の物。小引き出しは前の女中さんが使っていたもので、今は、私用の手拭い、ハンカチ、鼻紙、櫛《くし》、歯磨き粉など、雑多な日用品が入っています。

湯飲み茶碗と急須を乗せた盆を畳の上に置き、出入り口の引き戸を開けて外を見ました。小池のおじさんが物置から出て、洗濯機の脇で手を洗っています。

「小池さん、お茶が入ったからお弁当を遣《つか》って」

おじさんは、手拭いで顔と手を拭き、一畳半ほどの三和土に入ってきました。軽く頭を下げると畳に腰を下ろします。

私は初めの頃、おじさんと呼んでいましたが、後で聡子さんに言われたのです。「名前を知っているのだから、名前を呼びなさい」と。おじさんと小池さんと、どう違うのか分かりませんが、聡子さんが言うのだから、言われた通りにしています。でも心の中では、おじさんと呼ぶ方が、親しみがあっていいなと思っています。

小池のおじさんは、いただきますと言って、お茶を一口飲み、柱の脇に置いてある風呂敷包みを広げ、アルマイトの弁当箱の蓋を開けます。見るつもりはないのですが、目の前なので弁当の中身が見えるのです。麦ご飯が踏み固められたように詰まり、隅に焼いた鮭の切身、伽羅《きゃら》蕗《ぶき》、沢庵、おかずはそれだけ。

故郷のちゃぶ台を思い出します。似たようなおかずが並び、あとはおつゆでした。東京ではお味噌汁と言いますが、故郷ではおつゆと言います。

小池のおじさんは無口です。おじさんの本音は、私が早く部屋を出て行けばいいと思っているのかもしれませんが、私はおじさんのそばにいたい。おじさんのそばにいると気持ちが休まるような気がするのです。

お屋敷の中では緊張することが多いです。最も緊張するのは聡子さん。聡子さんは決して意地悪ではありません。話し方が淡々としているから冷たく感じますが、訊いたことは短い言葉で分かりやすく教えてくれます。注意されることはあっても、感情的に怒られたことはありません。それでも何となく緊張してしまいます。

小池のおじさんは草花の名前をよく知っています。「あそこの花は何？　あっちの花は？」と訊いて、答えられなかったことは一度もありません。お屋敷の庭に咲いている花や草、樹木。すべてを知っていると思います。

聡子さんも花の名前をよく知っています。いつだったか、居間の花瓶に投げ入れするために、何種類か花の名前を挙げ、切ってくるように言われましたが、どの花のことなのか何も分かりませんでした。

そのことを正直に聡子さんに言いました。怒られはしなかったけど恥ずかしかったです。だから、おじさんの来る日には、季節折々の草花の名前を訊くようにしています。おじさんに訊いて知らないと言われたことがありません。その日も、二つの新しい花の名前を教えてもらいました。

三時に小池のおじさんが帰りました。洗濯物を取り込み、たたみ、台所に戻って洗い物をしているとき、台所の出入り口に人影が差し、「こんにちは、山幸です」。そう言って、引き戸が開きました。

「今日はご注文、いかがでしょうか。近くまで来ましたので寄らせていただきました」

「ああ、今日は結構です。ご苦労様」

「そうですか。ではまた寄らせていただきます。どうもありがとうございました」

《山幸》の店員は帰って行きました。

配達人は注文したものを届けたり、定期的に来て注文を聞きます。今の配達人とは何回も会っていますが、この人の笑顔を見たことがないような気がします。もちろん、名前も知りません。浅黒い肌で、目が大きいのが特徴。がっしりした体つきの割には、物腰が静かで丁寧な言葉遣いをしますが、無駄口は利きません。

言葉に微かに東北訛りを感じます。もしかすると山形県？　ボーッとそんなことを考えているとき、タクシーの止まる気配がしました。びっくりし、慌てて下駄を引っかけ、外に出て勝手口を開けました。

タクシーから聡子さんが降りたところでした。後から瑤子奥様が降ります。今日の瑤子奥様は和服です。深い青色の地に、白と銀色の花柄が、肩と、袖の下と、着物の裾に描かれています。私は、「お帰りなさいませ」、と言い、深く頭を下げました。

聡子さんから大きな紙袋を二つ渡されました。瑤子奥様は聡子さんに手を取られるようにして勝手口を入って行きます。私は、タクシーの運転手さんにも頭を下げ、台所へ走りました。

紙袋を置いて、今度は玄関へ走ります。鍵を開けなければいけないのです。玄関ホールから鉄平石の土間に飛び降り、走ってドアを開けました。聡子さんが先に入り、瑶子奥様に手を差し伸べて玄関に導きます。私はホールに瑶子奥様と聡子さんのスリッパを揃え、玄関の鍵を閉めました。

その時、自分が裸足だったことに気づきました（いけない！　こういう時にお里が知れる）。お帰りの時間が思ったよりも早く、心の準備ができていませんでした。慌てふためいて冷静さを失っていたのです。

裸足はいけません！　と聡子さんの声が聞こえるかと思ったら、「よし江、紅茶」。瑶子奥様の声でした。「はい」、と返事をし、二人の姿が見えなくなると、足の裏を手ではたき、台所へ小走りしました。

お湯が沸く間に二つの紙袋を居間のソファに置きました。

「一つは食品だから台所」

聡子さんに言われました。聡子さんは瑶子奥様の前へ座っています。他のご家族がいらっしゃらない時、聡子さんは瑶子奥様のそばにいることが多いのです。そして、そういう時は何の抵抗もないように、「お嬢様」と呼びます。私が紙袋を手にした時、

「お嬢様がお帰りになった時、御用聞きの姿が見えたけど、何か注文してあったかしら？」

「いいえ、近くまで来たので寄らせていただいたと言っていました」

「そう。留守中、何か変わったことはなかった？」

「特にありません。小池さんが来て、三時に帰りました」

「分かったわ。台所、ガスが点いているんでしょう。早く戻って」

私は台所に戻り、お湯の沸くのを待ち、紅茶を淹れて居間へお持ちしました。

聡子さんが瑤子奥様に何か話していました。瑤子奥様は、無関心なお顔つきでどこかを見ています。どこを見ているのか分かりません。視線の行方の分からない目つきなのです。

私は台所に戻り考えました。

瑤子奥様は、人との会話やお話にはあまり興味がないご様子で、微かな笑みを浮かべて聞いているだけです。というよりも、同じ場所にいらしても、周りの人たちとは別の世界を楽しんでいるような不思議な笑みなのです。子供が、空想と現実の区別がつかないことを想像して、独り言を言っている時のような目。

瑤子奥様はよくそういう目つきをなさいます。高貴なお方ですから俗世間のことには興味がない、いえ、世間というものをご存じないのかもしれません。

私は、瑤子奥様を初めて見た時、その美しさに言葉を失いました。今までにも綺麗な人を何人も見たことがあります。手っ取り早く言えば女優さん。映画をたくさん見たわけではないですが、そこに登場する女優さんは皆綺麗です。

故郷で秋田小町と言われる人を見た時も、本当に綺麗だと思いました。でも、瑤子奥様の綺麗は、女優や秋田小町と言われる人の綺麗とは違います。うまく説明できませんが、譬《たと》えるならケースの中に入っている人形。もっと具体的に言えば、博多人形の美人ものが一番近いかもしれません。でも、人形は、顔の向き、表情、動作が静止しています。冷たく固まっています。

瑤子奥様は、博多人形の美人ものが、ケースから抜け出して、静かに動き回っているようなのです。当然です。人形と違い、瑤子奥様は生きています。血が通っています。生活をしています。その分、人形よりも数倍美しい。瑤子奥様は立ち姿も歩き方も美しい。背筋が伸びて凛《りん》としています。子供の頃から厳しく躾《しつ》けられたのでしょう。

そのように躾けたのは聡子さん、ということになります。何しろ三歳の頃から瑤子奥様を一人で育てたのですから。

当然のことですが、聡子さんがだらしのない格好をしているのを見たことがありません。聡子さんも顔立ちは整っています。と言って、特に綺麗だとか、魅力的だとは思いません。これと言って欠点のない目鼻立ち。それだけです。

瑤子奥様は音を立てないで歩きます。まるで猫のように。

故郷にいた頃、『深窓の麗人』という言葉を聞いたことがあります。近所に私を可愛がってくれる年上の女の人がいました。その人は小説を読むのが好きでした。何という本か覚えていませんが、その本を読み終わった時、その人は興奮して私に話してくれました。その時に、深窓の麗人という言葉を聞いたのです。

本に登場した女性が、深窓の麗人だったそうで、彼女はとても美しく、また美しいがゆえに胸の病に侵され、若くして天国へ逝かれたのだそうです。その人は感情を昂らせ、涙を流さんばかりに語ってくれました。私は、話の半分も分からなかったのですが、とても熱心に話すので分かったふりをして聞いていたことを覚えています。

つい最近、その言葉、深窓の麗人を不意に思い出し、辞典を引いてみました。自分で言うのも変ですが、私は学校の成績は良かった方でした。担任の先生から高等学校への進学を勧められました。でも、家の事情が分かっていたので、進学はしないとはっきり答えました。先生もそのことを知っていたので、それ以上は勧めませんでした。

何かに興味を持ち、知りたいと思うと辞典を引くことは、私にとって普通のことです。柳行李から辞典を引っ張り出して調べました。『深窓の麗人』。こういう字だったのかと、その時初めて知りました。漢字は分からないけれど、発音は覚えていたので、それほど苦労なくその言葉に出会うことができました。辞典に書かれていたことは次のような内容でした。

身分の高い家に生まれ、大切に育てられた女子。深窓とは、家の奥深い所という意味、そのような場所に隔離されて、俗世間に染まっていない様子。

やっぱり。まさに瑤子奥様です。瑤子奥様は深窓の麗人だったのです。真希子様から聞いたことがあります。瑤子奥様は元華族で伯爵の家に生まれ、瑤子奥様はその末裔であると。

そして、聡子さんは、そういう瑤子奥様に長年にわたり、仕えてきたのです。

5

脇田巡査部長は、目黒区役所から住民票の写しをもらってきた。

宮本家の住人　世帯主　宮本正雄（明治四十二年五月二十三日生）　配偶者　サワ（明治四十三年四月二十日生）　長女　礼子（昭和十一年七月八日生）　次女　律子（昭和十四年八月十一日生）

倉元家の住人　世帯主　倉元宗一郎（明治三十九年九月十七日生）　配偶者　瑤子（昭和三年四月十二日生）　長男　和樹（昭和九年九月一日生）　長女　真希子（昭和十一年十一月十日生）　世帯主の妹　青山優子（大正三年七月二十五日生）　配偶者　青山信二郎（大正二年十月八日生）　雇人　村木聡子（明治四十四年十二月二日生）　雇人　長田よし江（昭和十

六年三月三十日生）
吉田家の住人　世帯主　吉田明子（昭和二年七月十六日生）
これが、昭和三十三年六月六日、川瀬武夫が配達した家の住民票の写し。武夫は、吉田家の配達を最後に行方が分からなくなった。

加山家の住人　世帯主　加山芳太郎（明治四十二年八月八日生）　配偶者　志津（明治四十四年十月五日生）
小谷家の住人　世帯主　小谷善吉（明治四十一年三月五日生）　配偶者　三枝（明治四十年七月十一日生）　長女　昌子（昭和九年八月十日生）　次女　早苗（昭和十一年四月九日生）
田辺家の住人　世帯主　田辺昭一（明治四十年五月十日生）　配偶者　和子（明治四十四年七月十三日生）　長男　徹（昭和九年十一月四日生）　長女　佐和子（昭和十二年九月十五日生）　雇人　沢口喜代（明治三十七年八月三日生）
これが、昭和三十三年十二月十日、村上将太が配達した家の住民票の写し。これに、倉元家が加わる。将太は、田辺家の配達を最後に行方が分からなくなった。
脇田巡査部長はそれぞれの住民票を隅から隅まで閲覧する。なぜここまで執着するのか自分でもよく分からない。

佐藤巡査がかなり年配の女性に道案内をしている。

「あー大変」、と言いながら、佐藤巡査がお茶を淹れる。若いのによくお茶を飲む男だと、脇田は日頃から思っている。

「メートルが全く通じません」

「分かる、分かる。食料品店の値札も匁のままの店が多い」

「そうですよね。今の婦人、最後まで聞いてから、百メートルって何ですか、ですよ。初めから尺貫法で説明のし直しです」

佐藤巡査はそれほど大変そうな様子も見せず、脇田のそばにお茶を置いてくれた。

「何ですか、それ。ああ、住民票の写し。——これ、例の行方不明の青年が、商品を届けた家じゃないですか。まだ何か気になるんですか」

「気になると言えば気になる。ならないと言えばならない」

「そういうのを、気になっているっていうんじゃないですか」

脇田は笑った。その通りである。脇田は佐藤巡査に話した。週休日に散歩がてら川瀬武夫が配達した家を見て回ったことを。

脇田は後日、パトロールをしながら、村上将太が配達した家も見て回った。こちらは、倉元家が済んでいるので、加山家、小谷家、田辺家の三軒。加山家と小谷家はごく普通の一戸建て。配達を頼むような家だから貧乏しているとは思わないが、さりとて大金持ちとも思えない。女中を雇っている様子もなかった。

田辺家は違った。かなり大きな二階家だった。周りを板塀で囲み、通りに面して格子戸の引き戸があった。そこが家への出入り口らしい。格子戸から見えたのは青々とした草木。その間を飛び石の通路が延びていた。その先が玄関なのだろうが、引き戸からは見えなかった。そ戸の横にブザーの白いボタンが取り付けられていた。

脇田は横手に廻ってみた。六間ほど先に勝手口があった。勝手口にブザーはなく、半間の引き戸が開け閉め自由のようだった。あの日、この引き戸を開けて将太は商品を届けたのだろう。そんなことを想像しながら、家を一廻りしてみようと思ったが、裏手には隣家が迫り、それ以上の探索はできなかった。

どの家の表札も、世帯主の名前だけ。苗字だけの家も多かった。

脇田は大塚精肉店も訪ねた。大塚梅夫が、村上将太が使っていた部屋を見せてくれた。その部屋は、店舗の裏側に当たる、奥まった日当たりの悪い三畳間だった。後任者はまだ決まってなく、通いの店員二人で切り盛りしている。大塚はそう言った。彼の言った通り、村上青年が使っていた部屋はきちんと片付いていた。

住人がいなくなってから日が浅いせいか、まだ人の匂いや温もりが伝わってくるようだった。

「これが、将太の使っていた机です。この引き出しの中に通帳と印鑑が入っていたんです」

大塚梅夫はそう言いながら引き出しを開けてみせた。

特別のものは入っていない。歯ブラシ歯磨きセット、髭剃《ひげそ》り用のカミソリが一丁。綺麗にたたんだ手拭いが二枚、鉛筆が二本。それだけだった。壁際に、村上将太がよく聴いていたというラジオがあった。

脇田は部屋を出てから訊いた。

「村上君が十日に配達した家の順番なのですが、先日聞いた順番に間違いありませんか。確か四軒だったと思います」

「間違いありません。配達先は日によって違いますが、いずれにしても効率よく廻りますから、配達する家によって順番が決まります」

「確認です。十日の順番は？」

「加山様、小谷様、倉元様、田辺様の順番です。住所や道路事情から、どうしてもこの順番になるんです。私もその順番で挨拶と確認に行きました」

記憶が新しいので、大塚梅夫はすらすらと答えた。脇田はそれを手帳に書いた。

脇田巡査部長の机の端に、二人の青年が配達した家とその順番の書かれた用紙が、小さい文鎮で押さえてある。

昭和三十三年六月六日、川瀬武夫が配達した家の順番。
宮本家　↓　倉元家　↓　吉田家。
昭和三十三年十二月十日、村上将太が配達した家の順番。
加山家　↓　小谷家　↓　倉元家　↓　田辺家。

「行方不明者が二名いることは事実ですけど、事件に繋がる手掛かりはゼロですよね。でも気になります。手掛かりゼロがかえって気になります。——不気味な感じっていうか。かと言って、今頃どこかで安穏と暮らしている可能性だってゼロではないです」
「君はどっちだと思う？　前者か後者か」
「七三で前者。何となくですけど、全体の雰囲気からそう感じます。でも、何となくとか、雰囲気とかは通用しません。印象だけでは手も足も出せませんから」

佐藤巡査は脇田の前に座り、二枚の住民票の写しを熱心に見ている。こういう書類は実に読みにくい。文章と違って文字と数字と記号の羅列である。無味乾燥とはこういうことを言うのだろう。だが、これは創作でも想像でもない。事実そのものだ。事実以外のものは一つもない。

「部長から村上将太の話を聞くと、机の中の様子に生活の実感がありますよね。すぐに帰ってきてそのまま生活の続きができるようです」

「そうだよな。実は私もそう思った。机の引き出しの小物類、貯金通帳と印鑑。どう考えても計画的に失踪したとは思えない。出先で突発的に何かに遭遇した。そう思いたいところだが、君が言ったように、事件であるという確証はゼロ。事故の情報もない。二人に該当するような変死体発見の情報もない。どうにもならん」

「それで、二人が失踪当日に配達した家の住民票を見たくなった。でもこれだけの住民票、簡単には手に入りませんよね」

「そりゃあ、奥の手を使ったからさ。一市民としては何もできない。だが、警察官となれば、間口が広がる」

「上に話したんですか、今回の失踪人についての部長の考えを」

「そんなことは言わないし、言っても通らない。何しろ昭和三十一年現在、年間八万五千人の家出人がいるからな。月に七千人。一日に換算すると、二百三十人ほどになる。二人の青年が行方をくらました。こんな情報は耳にタコができるほどだ。死体でも出てこない限り、警察は指一本動かさない」

「そうですよね。で、部長はどうして二人の配達人が品物を届けた先の住民票が必要になったんです?」

「それは君と同じ印象を持っているからさ」

佐藤巡査は大きく頷き、

「どうやって手に入れたんです? この住民票」

「役所へ自分で出向いた。警察手帳を見せてね。行方不明人の捜査でどうしても必要だといった。刑事訴訟法百九十七条二項の規定により、捜査に必要な範囲で交付を求めることができる。すぐにもらえたよ」

「大丈夫ですかね、事件が発生したわけではないのに」

「悪用するわけではないし、嘘をついたわけでもない。実際に、二人の雇い主から捜索願届書が提出され、警察側はそれを受理している。ただ、上の許可をもらわなかっただけだ。警察官がしてはならないこと、それは抜け駆け。私のしたことはそれに近い。警察官は組織で動く。これが鉄則だ。それでもなお、この書類が必要と思った。——なぜか素通りできないんだなあ。今回の二人の失踪は変だよ、実に変だ。だが警察署は無関心。屁とも思っていない」

「部長の気持ち、よく分かります。自分もそう思いますから。署の人間は、山崎幸助にも大塚梅夫にも会っていません。捜索願届を見ただけです。それも機械的にざっと目を通した。そんな程度だと思います。でも部長は、二人の配達先を一軒ずつ見て回り、二人の勤務先まで出向いています。部長は、署内の誰よりも、二人の失踪を肌で感じています。実感しています」

「そう言ってもらうと嬉しいね」

「それと、住民票と、二人が配達した順番を見て思うんですけど、倉元家が気になりませんか。この前も話しましたけど、二人共倉元家に配達しています。そして、二人が最後に配達したのが吉田家と田辺家。その前が倉元家。倉元家は二人とも最後から二番目に配達しています」

「うむ、それで？」

「山崎食料品店と大塚精肉店の主人は、該当する得意先を直接訪ねて、品物が届いたかどうか確認しているんですよね」

「そうだ」

「もし、仮にですけど、田辺家と吉田家の人間が何かの事情で、嘘をついていたらどうでしょう。つまり、田辺家と吉田家は配達人から直接受け取ったと言っているが実はそうではない」

「だが、品物は届いているんだよ。山崎幸助も大塚梅夫もその商品を実際に見ている」

「そうですけど、ここは強引に想像を膨らませるんです」

「想像を膨らませるとどうなる？」

「二人が最後に配達したのは、倉元家ということになります。――住民票を見て感じたんですけど、倉元家の家族構成ってずいぶん複雑ですよね。実は自分も、パトロール中にそれぞれの家を偵察しました。最も印象に残ったのは倉元家です。そこに、家族構成の複雑さがプラスされました」

「倉元家の家族構成が複雑なのは分かるが、田辺家と吉田家の人間が嘘をついている、というのはどうかなあ。君の言う通り、強引だと思う。――とはいえ、どこかに突破口を見出さなければ前に進まない」

「そうです。倉元家に的を絞るんです。だって、二人とも倉元家に配達しています。それも順番が二人とも倉元家が最後から二番目。強引であっても、田辺家と吉田家に何らかの事情が隠されていて、本当は家の人間が直接受け取ったのではない。二人の配達人から直接商品を受け取ったのは倉元家が最後」

「じゃあ、吉田家と田辺家には、誰が配達して誰が受け取ったのかな」

「そこまではまだ見当がつきませんけど、そうとでも思わなければ、事件性が無になってしまいます。部長も、倉元家が気になるから住民票が欲しくなったんじゃないですか。そして、ついでのことだから、二人が当日配達した家の住民票も請求した」

「その通り。人の心理をよく読むねえ。大したもんだ。この倉元という家にはどんな人が住んでいるのかと思ってね、住民票の写しが欲しくなった」

「倉元家は洋風の豪邸。女中が二人いる。他の家とは別格です。そして、住人が実に複雑。世帯主と、前妻との子供が二人に、後妻。ここまでは分かります。どこにでもある話です。でも、どうして世帯主の妹夫婦が同居しているんでしょう。この青山信二郎、なんで妻の家に住んでいるんです？　義兄の家に同居しているんです？」

「分からん」

「それから吉田家。ここは倉元家の複雑な家族構成とは真逆。世帯主、吉田明子。一人暮らし。それから田辺家、この家も最後に配達された家。暮らし向きがよさそうで女中も雇っている。倉元家に近い暮らしぶりです。でも、倉元家とはけた違いのようですけどね」

「うむ、田辺家は構えもなかなかのものだった。吉田家は確かに庶民的。家そのものもさほど大きくないが、それでも立派な二階造り。二間きりの官舎で、風呂が付いたと喜んでいる我が家とは大違いだ」

「自分の官舎は風呂なしです。それはともかく、この資料から吉田明子の歳を計算したんですけど、三十一歳。こんな若い女が、どうして食品の配達を頼むような贅沢ができるんでしょう。この女性、どんな仕事をしてるんでしょうね」

「分からない。女性の仕事と言えば紡績工か事務員しか思い浮かばないが、親が残した財産で食いつないでいる可能性もある。あとは水商売だが、夕方には食品が配達される。食品が配達されるということは、食事の支度をするということだ。夜の商売には出ていない」

「一つしか考えられません。誰かの二号」

「まあ、可能性として十分考えられる」

「部長、この倉元家、吉田家、田辺家。二人で分析してみませんか、想像するのは自由です。誰からも文句は言われません」

「どんなことを想像する？」

「例えば、――突飛なようですけど、こんなのはどうです？　吉田明子は注文した砂糖一キロが届いたと言っている。田辺家もボンレスハムが届いたと言っている。だが、実際には届いていなかった。何かの事情で、二軒とも届いたと言わざるを得なかった。となると、二人が最後に配達した家は倉元家ということになります。この複雑な家族構成の豪邸、倉元家」

脇田はじっと佐藤巡査の顔を見た。そこまでの想像はしていなかった。確かに突飛だが、様々に想像を膨らませていると、非現実的な想像が、思わぬヒントになることもある。

「しかし、実際に品物は届いていた。山崎幸助は、品物の届いていない一軒には、その日のうちに、詫びを兼ねて品物を届けている。その日、川瀬武夫が帰ってこなかったので、翌日、三軒の家を一軒一軒訪ねて確かめたと言っただろう。届けてから一日しか経っていなかったので、どの家も品物は武夫が届けた時のままの状態だった。その品を山崎は見ている。吉田家へは砂糖一キロ。吉田明子が自分で見せたそうだ。大塚精肉店も同じ。大塚梅夫も四軒の家を訪ねている。こちらはつい最近の話だ。四軒の話は山崎幸助と同じだった。田辺家まで品物は届いている。田辺家の主婦がボンレスハムを直に受け取ったと言っている」

「そうですよね。部長、気にしないでください。勝手な思いつきなんですから」

脇田は頷きながら、佐藤巡査の想像に刺激を受けていた。

半年前の吉田明子は、川瀬武夫を本当は見ていない。つい最近の案件、田辺家の主婦も村上将太を見ていない。だが、品物は届いていた。あくまでも想像だが、吉田明子は誰かの世話を受けている可能性がある。つまりお妾《めかけ》さんということだ。

そうなると相手は年配者と相場は決まっている。老人かもしれない。吉田明子は若い。三十一歳だ。相手の老人は夜しか来ない。まさか毎晩ということはないだろう。一週間に一度か、十日に二度。その時以外、彼女は一人で自由。若い愛人がいても不思議ではない。彼女がそういうタイプの女だとしたら――。

彼女の私的な生活を、具体的には決めつけられないが、想像は際限なく広がる。

しかし、田辺家に関しては想像すら湧かない。立派な構えの家だった。女中も雇っている。家族構成はごく普通。偽りを述べるような要素が全く見当たらない。

脇田は思い出す。倉元家は下目黒三丁目八の×。吉田家は下目黒二丁目三十六の×。この二軒は三丁目と二丁目だから、遠いと思い込んでしまうが、頭を切り替え、図形的に考えてみると意外に近いことに気づく。速足で歩けば三十分ほど。自転車だったら十分足らず。

田辺家は下目黒四丁目六の×。これも倉元家の三丁目から歩けば三十分近くかかるが、自転車なら七、八分。

倉元家には、自転車に乗れる人間が必ずいる。年齢層の大きい家族構成。男は当然乗れるだろう。今の時代、女が自転車をこぐ姿を見るのはそれほど珍しくはない。では、倉元家の人間が自転車に乗れるとして、そのことがどこへ、何に繋がるというのだろう。

6

202×年　篠田家の夏

「昨日の午前十一時ごろ、目黒区原町二丁目の工事現場から、白骨体が二体発見されたと、目黒署に通報がありました。二体とも死後数十年経つと思われるもので、男女の区別も死亡時の年齢も不明。白骨体は、目黒医療保健大学に搬送され、分析されるということです」

テレビを消した。朝っぱらから嫌なニュースだ。慌ただしく賑やかな朝食が終わり、出かけるべき人は皆出かけた。これからは私一人。

毎朝楽しみにしていた連続ドラマが終了し、新しいドラマに変わったが、あまり面白くないので見たり見なかったりしているうちに興味を失い、今は見ていない。以前は皆が出かけた後、録画しておいたドラマを見ながらゆっくりと朝食を楽しんだものだ。

台所の流しに洗い物が山と積まれている。ついさっき、洗濯機から脱水が終わったという知らせのブザーが鳴っていた。洗濯物を干す方が先だ。洗濯物を干し終わり、台所を片付け、次に室内の掃除へと続く。

風呂場の掃除だけは絶対にしないこと。これは嫁の奈緒美から、強く言われている。風呂場の掃除は、濡れた狭い場所で無理な体勢をとる。もし滑って骨折でもしたら大変。「お義母さんが骨折して入院なんかしたら、私、仕事を休まなくちゃいけない」。これが、私が風呂場の掃除をしてはいけない奈緒美の言い分なのだ。正直と言えば正直。自分本位と言えばそうとも言える。感心なことに風呂には奈緒美が最後に入り、掃除を済ませてから風呂場を出る。

二階は息子夫婦の寝室と二人の子供部屋。私は、二階の掃除はしない。これも奈緒美の方針。階段の上り下りはなるべくしないこと。理由はたぶん、階段を踏み外して骨折をし、私が入院すると奈緒美の仕事に差し支えるから。二階は、それぞれの部屋の主がそれぞれの仕方で掃除をしているらしい。

一階が、居間、ダイニングキッチン、私の部屋。私の部屋だけが畳敷き。そして水回り。風呂場以外は、自分の好きなように掃除をする。奈緒美が早い時期からコードレスの掃除機を買い、まだ使えるコード付きの掃除機は二階で使っている。これも、私がコードに足を取られ、転んで骨折をすると困るから。奈緒美の言う、骨折に繋がる理由を数え出したらきりがない。しかし、コードレスは便利だ。それは素直に認める。

昼過ぎに娘が訪ねてきた。娘は車で四十分ほどのところに住んでいる。娘には娘が二人いて、二人とも結婚をし、上の娘が初産で実家に帰っている。この孫娘、予定日がまだ三ヶ月も先だというのに、何もかも母親任せで、暇さえあれば出産時の呼吸法の練習に余念がない。あとは乳幼児の物なら何でも揃っている、《赤ちゃんハウス》とやらへ、生まれてくる子供の品々を買いに出かけるそうだ。娘はそれを愚痴るが、その割には、まんざらでもない様子で機嫌よく付き合っている。

娘は週に三日パートに出ているが、パートから帰ってきても、孫娘は食事の下ごしらえさえしておらず、ソファに反り返って座り、《初めてママになる日のために》などという雑誌を読んでいるという。誠に結構なことだ。

「そこの川島屋さんから買ってきたの。お茶にしない」

「あんた、お昼食べたの？　焼き飯でよければあるわよ。中途半端に残っちゃって、啓太や雄太が食べるほどはないのよ。ついさっき食べたので、まだここに置いてある」

「有難い！　さすがお母さん。実はランチ食べそこなって、どうしようかと思ったんだけど、川島屋の団子で我慢しとこうと思っていたところ」

娘にとって、この家は我が家も同然、まして今は母子水入らず。ラップのかかった焼き飯をレンジに入れてチンをした。急須のお茶っ葉を取り換えようとするから、「まだ飲める。私が一杯しか飲んでないんだから」。娘は、「あ、そう」、と言うと食器棚から客用の湯飲みを出し、急須にポットのお湯を入れ、私の湯飲みと客用の湯飲みに注いだ。

「では、遠慮なく頂きます」。娘は一口食べるとにんまり笑い、「美味しい。確かにチャーハンとは言えないわね。やっぱり焼き飯だわ。お母さん、最後に必ずフライパンの縁に醤油を回しがけするもんね。香ばしい匂いがして、一瞬にして和風になっちゃう。うん、美味しい」

この娘を二十一歳で産んだ。二年後に二人目ができたが三ヶ月で流産し、それからずっと子供はできなかった。夫と二人、とうに諦めていたが、流産のあと、八年目に妊娠し、無事に出産した。それが浩平。諦めていた子供が生まれ、それも男の子だったので夫の喜びは大きかったようだ。正直言って、男の子がこんなに可愛いものかと、私も思った。

地方公務員だった夫は十四年前に死んだ。定年退職して十一年目、心筋梗塞だった。退職金で家のローンを完済し、二人の子供は結婚し、四人の孫の顔を見た。一家の主として、父親としての役割をすべて果たして逝った夫を立派だったと思うし、もっと生きていて欲しかったとも思うが、これだけはどうにもならない。

焼き飯を食べ終わった娘が皿を洗い、食器棚に仕舞うと、椅子に座り、じっと私を見た。目が笑っている。「何?」、と訊いた。

「良かったね。八十になる前に曽孫が抱けて」

「あんたも良かったね。還暦になる前に孫が抱けて」

二人で笑った。

「食後のデザート」、と言い、娘がみたらし団子を一本渡してくれた。

二人で口の周りにたれを付けながら食べる。別腹とはよく言ったもので、二人とも一本ぺろりと食べてお茶を飲む。私は、自分を大食いだと思う。ご飯は一膳だが、おかずは若い者と同じ量を食べる。肉もパクパク食べる。

「お義母さんが元気で丈夫なのは、よく食べるからだと思う。骨密度も高いし」

嫁の奈緒美はよほど私の骨が気になるらしく、何かというと骨密度を話題にし、半年に一回の骨密度検査の時期が近づくと、「お義母さん、骨密度、予約した方がいいんじゃないですか」と、さりげなく促す。

「そう言えばお母さん、あたしたち目黒で生まれて目黒で育った。その前は、お母さん、目黒で働いていたのよね」

「そうよ、それがどうしたの？」

「今朝のニュースで聞いたんだけど、目黒の工事現場で白骨体が発見されたんだって。それも二体よ」

「ああ、私も聞いた。朝っぱらから嫌なニュースだなあと思ったから、すぐテレビを消した」

「そのニュースを聞いていて急に目黒のことを思い出したのよ。あたし、なぜか、目黒の思い出がバラバラで、何歳の時にどこに住んでいたのか思い出せないの」

「実は私もそう」。そう言って笑い、

「だって狭い範囲で短い期間にあちこちに異動があって、何ヶ所も官舎が変わったもの、覚えてないわ」

「それは分かるけど、お母さんは、目黒で働いていたんでしょ、そこはどこ？」

「そんなこと分かるわけがないでしょう。六十年以上も前の話よ。まだ十代の後半。目黒区だけは覚えているけど地名は忘れてる。目黒区には他にどんな地名があるのか知らないし、興味もなかった。ただ、ほとんどが何とか目黒とか、目黒何とかって、目黒が付いていた。それは覚えている。元々東京の人間じゃないでしょ。東京には目黒区の他にも区があることさえ知らなかったわね。それに、その頃の地名と今の地名、ずいぶん変わったんでしょう」

「それはそうだろうけど、でもさ、お父さんと結婚して所帯を持ったのも目黒区でしょ。あたしが生まれたのも目黒区。浩平が生まれたのも目黒区」

「そう、それは間違いない。最初の官舎が碑文谷《ひもんや》だったと思う。あんたが生まれたのはそこで、三年半くらい碑文谷にいたわね。次に移ったのが高木町というところだったんじゃないかな。浩平が生まれたのは中央町だったと思う。へえ、思い出そうと努力すれば、思い出せるもんだわね。普段は全く忘れている。公務員は異動が多いのよ、特に若いうちは。浩平が小学校の高学年あたりから異動が遠のいて落ち着いてきたわね。それで、浩平の高等学校進学に合わせて、中古マンションを購入。浩平の結婚に合わせてマンションを売り、この家を買った」

「そうね。何でも浩平が優先の家庭だったから。名前も、お父さんの浩二《こうじ》の一字を付けたりしてさ」

「変な言い方をしない！　たまたま巡りあわせでそうなっただけ。そんな風に言われたら、まるで、あんたと浩平を差別しているみたいに聞こえるじゃない。冗談にもそんな言い方はしない」

「なにムキになってるの？　ほんの軽口言っただけなのに。それこそ、そんな風に言われると、本当のことのように思っちゃう」

「子供は何人いても皆同じに可愛い。あんただって経験あるでしょ。でもね、誰かから聞いた話なんだけど、下の子供の方が可愛いと思わないと、子育てはできないんだって」

「どういうこと？」

「だって、上の子供の方が可愛かった、うんと可愛かった。そんなことを思いながら下の子供を育てられる？　目の前の小さいもの、力を持たないもの、つまり、弱者の方に気持ちが向く、これは自然界で生きる動物の保護本能なんだって。でもそれはある一時期のこと。下の子供が大きくなれば事情は変わってくる」

「ふーん、お母さんって物知りだね。それに、忘れた、忘れたと言いながら、結構よく覚えている。でもね、歳を取ると、だんだん思い出すことを努力しなくなるんだってよ。それが認知症の予備軍となる」

「あんた、人のことを言ってる場合じゃないでしょ。自分の歳を忘れてるんじゃない？」

「ほんとだわね。母子でお互いの認知症の心配をするのも珍しい。でもね、これはお世辞じゃなくて、お母さんって、しっかりしてると思う。しっかりなんて曖昧な言葉では言い表せないけど、例えば、姿勢とか、立ち居振る舞いとか、話し方とか、間もなく八十歳なんて思えない。周りに同じ年頃の人が何人もいるけど、今言った三つの譬えにしても、お母さんとは違う。どんな風に違うのか説明できないけど、とにかく違う。お母さんがキャリアウーマンだったら分かる。仕事を持っている人と専業主婦ってどこか違うもの。でもお母さんは完全な専業主婦しょ。お母さんて、中身は四十代のまま八十歳になるって感じ」

「あんた、よく舌が回るねえ。感心しちゃう」

「二人の娘とやり合うには、このくらい回らなくちゃ駄目なのよ」

「なるほど。でもね、それはちょっと褒め過ぎ。と思うけど、そう言ってもらうと嬉しい。

もし、それが本当だとしたら、それは環境。――一番大事な時期に、いい環境に恵まれたんだわね」

「ふーん、一番大事な時期にいい環境ねえ、それってお母さんが目黒で仕事をしていた時期ということよね」

「さあ、どうでしょう。それよりあんた、千佳子《ちかこ》に白骨体がどうのこうのなんて話、聞かせては駄目よ。お腹に赤ちゃんがいる人には、綺麗な話、優しい話、楽しい話、こういう話をするように心掛ける」

「ハイハイ、胎教ね。分かっています。あたしだって二人の子供を産んだんだから。でもさあ、あの白骨体は殺人よね。それ以外に考えられない。数十年前って言ってたから、三十年前として、あたしが下の佳代子《かよこ》を産んだ頃ね。ということはお母さんが五十歳くらい。じゃなかったら、それよりもずーっと昔で、あたしたちが目黒にいた頃だったりして。その頃、意外に近いところで密かに殺人が行われていた。なんかぞくぞくしてこない？」

娘はおもたせの団子をもう一本食べて帰って行った。


夕食の後片付けは奈緒美がする。

夕食後、風呂に入る順番でひと騒動。朝は便所の順番。夜は風呂の順番。五人の家族がいると順番というものが結構あるものだ。便所は一階と二階にあるが、洗面所と風呂場は一ヶ所しかない。私は、誰よりも早く起きるから、洗面所の順番争いにも便所の順番争いにも加わらない。そして風呂は、奈緒美の提案で、私は一番風呂には入らない。

一番風呂は、浴室とお湯の温度差が大きいので、心臓に負担がかかる。また、水道水に含まれる成分が肌の乾燥している年寄りには悪い影響を与える。こんなところが理由だ。それは私も聞いたことがあるので、奈緒美の言う通りにしている。

奈緒美は衣料メーカーで、子供服のデザインを考案し、それを商品化するという仕事をしているが、その割には、二人の息子がまだ小さい頃、着るものはほとんど、洋品店で売っている既製服を買って着せていた。

私は風呂上がりに、ダイニングのテーブルでアイスクリームを食べている。このあたりも人と違うみたいだ。私くらいの歳になるとアイスクリームなど食べなくなるらしい。それと、冷たいものを食べると、頭が痛くなるのだそうだ。それは私も経験しているから分かる。頭痛の理由は喉の神経に関係するらしいが、詳しいことは分からない。解決法は簡単。ゆっくり食べる。たくさん食べない。

「お義母さんてさあ、アイスクリーム食べる時も姿勢がいいのね。いつつも思っているんだけど、背中がしゃんとしてる。ちょっと真似できない」

そんなことを言いながら、奈緒美が来て椅子に座った。今夜の風呂の順番は、浩平が入り、次に私が入った。二人の孫はじゃんけんをしているようだったが、どちらが勝ってどの順番になったのか分からない。そもそも、順番で騒ぐのは二人の孫だけなのだ。

「食べる？　まだあるわよ」

「ううん、私もお風呂から出てから食べる。お義母さん、子供の頃から姿勢が良かったの？」

「自分では気づかないけど、中学の頃から言われてはいたわね。この前も冴子《さえこ》が来て、言ってた」

「そういえばお義姉さん、おばあちゃんになるんだ。喜んでいるでしょうね、初孫誕生で。もうそろそろなんでしょう」

「まだちょっと先、千佳子が何にもしないって愚痴を言う割には、内心、嬉しがってるみたいよ。姿勢の話だけどさ、姿勢が悪いよりはいい方がいい。そうでしょ」

「もちろんそうです！　姿勢が悪いのは骨格にとって不自然、だから内臓に負担がかかる。それに、姿勢がいいと、少なくとも五歳は若く見えます。本当ですよ」

急に、ですます調になった。それこそ不自然で笑い出したくなる。奈緒美は時々丁寧語になり、そうかと思うと友達と話すように私と話す。無意識なのだ。そんな奈緒美の性格に慣れているので気にならない。

「だったらいいことずくめじゃないの。結構、結構」

奈緒美の言っていることがお世辞ばかりとは思っていない。本当の感想だと思う。奈緒美はお世辞をたらたら言うほどお調子者ではないし、ぶっきらぼうと思えるほど正直な性格だ。

奈緒美が内心思っていることは分かる。少なくとも、上の息子が大学を卒業するまで、または下の息子が大学に入るまで、家事全般を私にやって欲しい。自分は仕事に専念したい。そんなところだろう。できればそうしてやりたい。そうしたいとも思う。だが、これだけは約束ができないから口には出さない。

この家の孫は二人とも出来がいい。学校の成績も悪くなさそうだし、共働きの両親のもとで育ったせいか子供なりに自立している。たぶん、上の孫は何か目標があるのだろう。進学する学校も自分で決めたようだ。私は、浩平や奈緒美が子供に勉強しろと、せっつくところを見たことがない。二人とも親に言われなくても、自主的に勉強する。下の孫も高校の進学先は決まったようだ。

「それにお義母さん、東北の出身なのに、方言とか訛りが全くない。初めてお義母さんに会った時、東京生まれの人かと思ったもの」

「そうだったかしらねえ」

「そうですよ。今と違って、お義母さんの年代って、大人も子供もみんな、生まれた土地の言葉で話していたと思うんですよね。お義母さんだって、そうだったはず。今の混じりっ気のない綺麗な標準語は、東京生活が長いからだけではないと思う。お義母さんのことだから、何か方法を見つけて特訓した。そうでしょう」

「特訓ねえ、そんなことはしないわよ。ただ周りにいた人たちが、皆さん、綺麗な標準語を使っていたから自然に身に付いたんだと思う」

「へえ、それだけなのかなあ。それはそうと、お母さんたち家族は以前、目黒に住んでいたんでしょう」

「そうよ。どうしたの？　急に」

「目黒区内で、白骨体が二体見つかったこと知ってます？」

「ああ、何日か前、ニュースで聞いた。そのことがどうかした？　ニュースでは目黒区内の工事現場って言ったと思うけど、それだけでは全く見当がつかない」

「それはそうですよね。うちの会社に出入りしている人が言ってたんですけど、どうも目黒不動尊の近くらしいって。目黒不動尊て、下目黒三丁目なんです」

「下目黒三丁目ねえ。私たちの住んでいた官舎のあったのは、下目黒ではなかったと思うけど、昔と今では地名が変わってるでしょう。何とも言えないわねえ。何しろ六十年近くも前のことだから」

「ええー、六十年前！　そりゃあ、分からないはずだわ。浩平さんに話したら、目黒のことはほとんど覚えてない。覚えているのは３ＬＤＫのマンションと、この家だけですって」

「その通りでしょうねえ、それで？」

「その人が言うには、その工事現場は、昔、外国人が住んでいた大きな洋館が建っていたらしいんです。洋館はとっくに取り壊され、都内なのに、最近まで草ぼうぼうの場所で、役所の人がたまに草刈りしてたんですって」

「草ぼうぼうねえ、それで？」

「それで、最近、どこかの建設会社が土地を買い取り、マンションを建てることになった。それで、重機が入って整地していた時に」

「白骨体を発見した」

「そうです。その人も誰かからの受け売りで、実際に見たわけじゃないんです。でも、状況から言って、殺人だったことは間違いないようですよ。二体の白骨体の頭部に致命傷になるほどの陥没があったんですって。それと」

「何？」

「白骨体の出た場所が」

「場所が？」

「ぼうくうごうのあった場所らしいって」

「防空壕？　それはまた現実離れした話だわねえ。今時、防空壕なんてあるの？」

「お義母さん、ぼうくうごうって何です？　言葉は聞いたことがあるけど、どんな字を書くのか分からないからイメージが湧かないんです。ぼうくうって、防空頭巾の防空かしら」

奈緒美は無邪気な顔で私を見ている。私は奈緒美をじっと見て訊いた。

「奈緒美さん、あんた、いくつだっけ？」

「四十六ですけど」

「防空壕というのは、戦争中に敵から身を守るために家の庭や、崖に穴を掘って、そこへ避難したの。壕というのは土を掘ってできた窪《くぼ》み。大きい防空壕だと、四畳半くらいの広さがあったのよ。空襲警報が鳴るとみんな大慌てでそこへ逃げ込んだ」

「じゃあ、シェルターのような物ですね。ほらニュースでミサイルのことなんか話してるとき、聞くことがあります」

「まあね、当たらずとも遠からずだわね。それより、奈緒美さんにその話を聞かせた人ってどういう人なの？　警察の人じゃないんでしょ？」

「雑誌記者です。だから、いろんな分野の記者に知り合いがいて、巡りめぐって、耳に入ったみたいですよ。私、目黒って聞いてなぜか、浩平さんや、お義母さんのこと思ったんです。

でも見当違いでしたね。六十年も前！　私、まだ生まれていません。浩平さんも」

奈緒美は風呂へ入る準備をするのだろう。二階へ上がる足音が聞こえる。いやに静かだ。

私は、空になったアイスクリームのカップを洗い、ごみ箱に捨てる。

もう一度座り、冷めたお茶を一口飲んだ。頭の中で得体の知れない物がぐるぐる回っているようだ。得体の知れない物。それは途方もなく遠くにあるのだが、ドキリとするほど近くに迫ってきたりする。近くに迫ると、その輪郭が、薄靄の中にくっきり浮かび上がる。私は湯飲み茶碗を握りながら目を瞑った。

7

お屋敷にご奉公に上がってから二年が過ぎました。

私は今、洋裁の教室に通っています。これは就職するときの条件だったのです。丸二年勤めあげたら稽古ごとをさせてくれる。もちろん月謝はお屋敷が払います。つまりご主人様が払うということです。稽古ごとにかかる諸雑費もご主人様が出してくださいます。

お給料も二年間は月二千円でしたが、三年目から二千三百円になります。休日も、月一回から二回に増えました。嬉しいことばかりです。でも、休日と言っても出かけるところがないので、自分の部屋でラジオを聴くか、時代物の小説を読んで過ごします。

お稽古ごとをさせてもらえると決まった時、何のお稽古にするか相当考えました。生け花、算盤《そろばん》、料理、和裁、洋裁。私は和裁にしようと思いました。でも、聡子さんが反対したのです。

「これからの時代は洋裁よ。街を歩いてみても、年配者は和服が多いけど、若い人はほとんどが洋服。現に、あなたも洋服を着ているでしょ。将来結婚して、家で内職をするようになった時、洋裁を習っておいて良かったと思うはず。洋裁にしなさい」

聡子さんの言い方は、半分命令でした。でも、この二年間を振り返り、聡子さんの言ったことで間違っていたことは何一つありません。どれも正しくて、自分のためになっていると思います。私は洋裁を選びました。

洋裁を選んで困ったことが一つありました。長さの単位です。和裁は寸と尺だけど、洋裁はセンチとメートル。尺貫法からメートル法へ変わりつつありますが、日常生活ではその時その時で使い分けをしてしまうので、なかなかメートル法が身に付きません。でも、洋裁学校に行くと尺貫法は使えません。すべて、センチとメートルです。そのことを聡子さんに話したことがあります。

「ほらごらんなさい。尺貫法が使えなければ使わない。メートル法しか使わなければ自然にメートル法が身に付く。良いことが身に付いた。一つ前進したということよ」

聡子さんはにこりともしないでそう言いました。

お稽古日は二週間に一度、その日は二時十分にお屋敷を出て、十五分ほど歩いたところにある教室に通います。二時半からお稽古が始まり、四時半に終わります。帰り支度をして、それから十五分歩いて、お屋敷に着くのは五時ちょっと前。

聡子さんは、帰宅時間にとても厳しい人でした。五分でも遅れると注意され、どういう理由で遅れたのか問いただされました。女の子は午後五時以降、一人で外を出歩いてはいけない。なぜいけないかは自分で考える。

いけない理由は、何となく分かったので遅れないように努力しました。お稽古の時間が少しでも長引くと、炭アイロンの炭火だけは注意深く始末して、あとの私物は風呂敷に丸めて押し込み、胸に抱えて走るようにして帰りました。

聡子さんは、私のお稽古ごとに協力的でした。お稽古の一回目と二回目は、ほとんどが運針とまつり縫い。初めてミシンを使ったのは、教室に通い始めて四回目くらいでした。初めてミシンで作った、洋服らしいものと言えば、アッパッパ。つまり、簡単服です。その生地を用意してくれたのは聡子さん。「実家のお母さんに作ってあげなさい」。そう言って、水色の木綿の生地をくれました。

　ある日、教室の稽古が終わり、急ぎ足でお屋敷に向かっている時、前方から自転車が走ってきたので、私は歩道の脇に体を寄せて歩調を緩めました。自転車が通り過ぎるとき、「ちわー」と声が聞こえました。振り返ってみると。「ちわー」の人はすぐ分かりました。《山幸》の店員です。本人は、「こんにちはー」と言っているつもりなのだろうけど、私には、「ちわー」としか聞こえません。

《山幸》では商売が忙しくなったのか、配達人が増えました。それが今の自転車の人だと思います。この人はいつもニコニコしていて機嫌がよく、背丈がひょろりと高く色白。よく冗談を言います。もう一人の配達人とは正反対です。

　その人は無口でよけいなことは一切しゃべりません。体つきはがっしりしていて、目鼻立ちがくっきりしているから強面に思えますが、物腰も言葉遣いも丁寧で几帳面。私がお屋敷にご奉公に上がった頃、その人はすでにいたと思いますが、その人の名も、今すれ違った人の名も知りません。他の店の配達人の名前も知りません。

　そう言えば、と思い出しました。確か《大塚精肉店》の配達人と思いますが、山幸の無口な青年と雰囲気の似た人がいます。背丈はそれほど高くはないのですが、骨格ががっしりしていて逞《たくま》しく見えます。愛想がなく、無駄口も利きません。それでいて、言葉遣いも身のこなしも丁寧で、見ていて気持ちがいいのです。やっぱり東北の人のように感じます。こんな風に思うのは、私が東北の人間だからかもしれません。たぶん、今すれ違った青年は東北の人ではないな、そんなことを勝手に思い、一人笑いしました。

野菜を洗いながら何気なく外を見ました。瑤子奥様が庭を散歩していらっしゃいます。瑤子奥様は和服よりも洋服をお召しになることが多いのです。特に家にいらっしゃるときはほとんど洋服。お召し物に合わせて髪の毛は聡子さんが結い上げて差し上げます。

今日は白に近いクリーム色のワンピース。首に沿って長く立ち上がった襟。袖はふわふわしていますが、上半身は体に密着したデザインで、腰の辺りから生地をたっぷり使い、ふくらはぎの中ほどまでフレアになっています。そして、履いている靴は少し踵《かかと》の高い、白くて柔らかい革靴のはずです。

草花が邪魔をして、裾の方までは見えないのですが、家の中でお召しになっているのを何回か見ていますから知っているのです。それに合わせた靴がどれかも知っています。洋裁を習ってから、首の隠れる襟をハイネック、波のように重なり合う襞《ひだ》をフレアということを知りました。故郷でこういう洋服を見たことのある人はいないと思います。

今日は靴の用意は聡子さんがしたのでしょう。瑤子奥様がお庭を散歩するときは、言われなくても、お召しのお洋服に合わせて靴をご用意します。

慣れない頃、私は違う靴をお出ししたことがありました。瑤子奥様は一言、「違う」、とおっしゃいました。その言葉にカッと顔が熱くなり、頭が混乱してどの靴を出していいのか分かりません。どぎまぎしながら下駄箱を覗いている時、音もなく聡子さんが現れ、下駄箱から出した靴を、瑤子奥様の足元に置きました。

瑤子奥様は、何も言わずにお履きになりました。私は聡子さんに頭を下げ、小走りして玄関のドアを開け、瑤子奥様をお見送りしたのでした。

今日の瑤子奥様の髪型は、両脇を膨らませ、前髪と後ろ髪を立ち上げて、その髪を頭の後ろで纏め、幅の広い白いリボンで結んでいます。日本髪を崩したような感じの髪型。その時の衣装や髪型によって髪飾りが変わります。私が素敵だなあと思う髪飾りがあります。表は扇のような形。薄い水色の地に螺鈿《らでん》細工が施され、角度が変わるたびに複雑な色合いの光沢を放つのです。

裏側は普通の櫛。ですから、髪の毛を纏めてその櫛で留めることもできます。和装にも洋装にもよくお似合いです。螺鈿細工などという言葉は聡子さんが教えてくれました。初めて見た時とても美しかったので、そっと聡子さんに訊いたのです。

洗った野菜を笊《ざる》に入れ、もう一度庭を見ました。聡子さんが瑤子奥様の後ろを歩いています。なんだ、聡子さんも一緒だったんだ。そう思いながらお二人の姿を目で追いました。台所の窓が広いので庭が見渡せるのです。

女中の私は玄関から出入りをしてはいけません。ご家族のお見送り、お出迎えにはドアの開け閉めをしますが、私がお屋敷を出入りするのは、台所口と、自分の部屋の出入り口だけです。聡子さんも普段は台所口を使います。でも、瑤子奥様と一緒の時、聡子さんは玄関からの出入りが自由なのです。今も台所口を使わなかったから、玄関から出たのだと思います。

二人は少し歩いてはしゃがみ込む。立ち上がって歩き出す。またしゃがみ込む。興味のある草花があるのかもしれません。ああいう時、お二人はお話をするのだろうか。ふとそんなことを思いました。瑤子奥様はあまり会話をしません。人に訊かれたことに、最小限の言葉で答え、人に何かを要求する時も、最小限の言葉で済ませます。

そんなことを考えながら二人の様子を見ている時、突然、瑤子奥様が立ち上がってこちらを見ました。じっと見ています。私を見たのかと思い、どきりとしましたが、そうではありません。視線が違います。勝手口の方を見ているようです。何を見ているのでしょう。ずいぶん長い時間のように思えましたが、そうではなく十秒足らずだったようです。瑤子奥様は向きを変えてすぐにしゃがみこみました。聡子さんは、瑤子奥様が立ち上がったことに気づかなかったようです。

私は目を手元に移し、笊の中の野菜をまな板の上に乗せました。その時、台所口のガラス戸の向こうで、「ちわー」という声が聞こえました。あの御用聞きだ。そう思う間もなくガラス戸が開き、その御用聞きが入ってきました。

「こんにちは、山幸です。何かご用はないでしょうか。近くまで来ましたので寄らせていただきましたー」、とニコニコしながら言いました。

御用聞きは誰でも同じ言葉で同じ言い方をします。私が知っているだけでも五人くらいの御用聞きが出入りしていますが、どの人も皆そうです。

「今日は間に合っています。ご苦労様」、とこちらもいつもと同じ言葉を返します。

「承知しました。ではまた寄らせていただきます」

御用聞きはそのまま帰るかと思うとひょいと振り返り、「今日は奥さん、いないんですか」、と声を低くして言いました。彼の言う奥さんとは聡子さんのことで、もしかすると聡子さんをここの家の主婦と思っているのかもしれません。この配達人は聡子さんが苦手のようです。明るくておしゃべりで、冗談好きで、聡子さんのいない時は一層口数が多くなります。

「いますよ。何か用事がありますか」

「いいえ、そうじゃないんです。あのー、標準語が上手ですね。東京の人？」

私が黙っていると、

「ありがとうございましたー」、とひときわ元気な声で言い、ガラス戸から出て行きました。

数日後、その日は小池のおじさんが来ていました。おじさんの来る日、私は庭掃除をしなくていいことになっています。おじさんの仕事はほとんど決まっていて、まずは草むしり、小柄な体が地面を這うように動き、手が忙しく動くのが分かります。

おじさんはある場所に来ると、手を止めてじっと一ヶ所を見つめました。やがて周りを見回し、微かに首を傾げるのが分かりました。おじさんは立ち上がり、近くに置いてあった塵取りを手にして、竹製の大きなピンセットのような物で草の中から何かを摘まんでその中に入れました。竹のピンセットが、何回も草と塵取りの間を行ったり来たりしています。何を摘まんでいるのだろう。おじさんは首を傾げながらその作業を続けています。それが終わると竹のピンセットと塵取りを元の場所に置き、再び草むしりが始まりました。

私はそんなおじさんの作業を、洗い物をしながら見ています。私がお屋敷の中から庭を見渡せるのは台所の窓からだけ。毎日、お屋敷の周りを掃除しますが、掃除をしている時は庭全体を見ていません。次の仕事が待っているので、脇目もふらず、目の前の掃除だけに専念します。

洗濯物を干してから、二階から始める掃除。どなたかのお部屋を掃除する時は、手早くします。他人の部屋に入って何かをするということは、何年経っても慣れるということがありません。和樹様、真希子様、一階の信二郎様ご夫妻のお部屋。主のいない部屋に一人でいるということは何となく落ち着きません。寝室、浴室、御不浄を、手早く、そして手抜きのないように掃除をして、そそくさと部屋を出ます。

全室の掃除が終わり、モップ掛けがおわり、次に居間の置物を磨きます。居間の壁に、幅二メートルほど、高さもそれに近い置物を飾る棚があります。上の二段が飾り棚。下は物入れ、縦三つ、横三つ、合わせて九個の引き出しが並んでいます。飾り棚の上段が様々な石の素材でできた置物。下段がガラス細工の置物。壊したら大変なのでこの仕事は気骨が折れるのです。

置物を磨くのは週に二回、曜日は自分で決めます。その他に大切なことがあります。上の段にある大黒天の置物と、下の段にある鳳凰の置物は、毎月二日に置き場所を変えます。それも午前中に変えるのです。

ご奉公に上がった最初の頃、聡子さんからそのように言われました。縁起担ぎのようなのですが、詳しいことは分かりません。このことはとても大切だと思い、帳面に書いてあります。

私が掃除をしている時、聡子さんも自分の担当する部屋の掃除をします。そうこうしているうちに昼食の時間になり、聡子さんと私は台所の調理台で昼食を食べます。朝は納豆と卵が一日おきに付きますが、昼は、ご家族の皆様に朝食でお出しした、食材の残り物を頂くことが多いです。

皆様は、洋食と和食に分かれるので、その日によって調理台に乗るおかずは様々です。ご飯のお代わりは自由。私は二膳頂きますが、聡子さんは一膳。二人で無言の食事が三十分足らずで終わり、その後、小池さんのお茶の準備となります。

おじさんがお弁当を食べている時、訊いてみました。

「さっき、台所の窓から見えたんだけど、草の中から何を摘まんでいたの？」

ああ。おじさんはそう言って、お茶を一口飲むと、

「虫の死骸。何にやられたのか、踏み潰されたような虫が何匹も転がっていた。前にも一度同じようなことがあったが、何だろうね」

「猫がいたずらしたのかしら」

「野良猫なら虫は食べちゃう。犬かもしれん。飼い犬は、いたずらするだけで、虫が動かなくなったら興味をなくす」

食事の時の話題ではないと思い、訊いたことをちょっと後悔しましたが、おじさんは平気

な顔で麦飯をほお張りました。

五月の末だったと思います。時間は四時半頃。まだ真昼のように明るい。そんな時、私は不思議な光景を見ました。その日は洋裁教室の日でしたが、講師の先生の都合で三十分繰り上げて始まったので、帰りも三十分早かったのです。私はのんびりと歩いて帰り、屋敷の塀を曲がりました。その先、七、八間のところにお屋敷の勝手口があります。

私は、あら、と思い立ち止まりました。勝手口の前に男性がいて、自転車の荷台から箱らしきものを外し、その箱を前の荷物入れに入れました。箱が大きいので、中途半端な形で箱は荷物入れに収まりました。男性は自転車には乗らないで転がして歩き出しました。

私はその数間先に若い女性がいることに最初から気づいていました。白っぽいブラウスに格子縞《じま》の膝下までの襞スカート。顔までは分かりません。二人は二言三言話をしたようですが、男性は片足を上げて自転車にまたがり、サドルにお尻を乗せました。女性は箱が取り外された荷物置きに両手を置くと、小さくジャンプして、横座りしました。その間、男性は自転車をしっかり押さえています。女性が少し身じろぎをし、男性の腰の辺りを手で押さえると、自転車が走り出しました。私も歩き出しました。

その時、勝手口から誰かが出てきたのです。私はドキリとして後ずさりをし、塀の陰に身を隠しました。動悸のする胸に手を当てながらそっと覗いてみました。若い女性を乗せた自転車は緩やかな下り道をゆっくりと、滑るように走って行き、やがて見えなくなりました。

勝手口の前に立ち、その後姿を身じろぎもせず見ていた人は、自転車が見えなくなってもしばらく立ったままでした。すらりとした後姿が向きを変え、勝手口の中へ消えました。その人は間違いなく瑤子奥様でした。

そして、自転車に若い女性を乗せて走り去った男性は、《山幸》の従業員。体つきが、がっしりしていて真面目そう。無口だけど、話すべきことは言葉を崩さず、丁寧な言葉で話す、微かに東北訛りを感じる人。横顔しか見えませんでしたが、私がご奉公に上がった頃からいたと思われる《山幸》の配達人、その人に間違いありませんでした。

私はわざとゆっくり歩きました。勝手口を開けた時、そこにまだ瑤子奥様がいらっしゃるような気がして、下駄の足音が大きく聞こえるように歩きました。

勝手口の細かい格子造りの戸を、そっと開けると誰もいません。ホッとして次に台所口を開けます。台所にも誰もいません。ここでも何となくホッとして自分の部屋へ行きました。手早く裁縫道具を仕舞うと、どっと疲れが出ました。訳の分からない緊張感が全身を固くしていたらしいのです。

一つ深呼吸をして、エプロンをかけて部屋を出ました。玄関の方で、瑤子奥様と聡子さんが話しているようです。と言っても、聡子さんの声が微かに聞こえるだけで、瑶子奥様のお声は聞こえません。だから何を話しているのか分かりません。

8

昭和三十三年六月六日。この日のことをよく覚えています。と言っても夕方から夜にかけてのことです。その時、『尋ね人の時間です』の声が流れていたので三時半頃だったと思います。私は自分の部屋で洗濯物をたたんでいました。山のようにある洗濯物ですが、まだぬくもりのある衣類をたたむのは気持ちがいいのです。一枚一枚皺《しわ》を伸ばしてたたみ、それぞれの人に分けて重ねます。全部たたみ終わるのに三十分近くかかります。

私の担当する、和樹様、真希子様、信二郎様、優子様のものは、それぞれの部屋に持っていきます。ご主人様、瑶子奥様のものは聡子さんの担当なので、たたみ終わったら居間の隅にあるソファに置いておけばいいのです。

私は和樹様と真希子様の洗濯物を持ち二階へ上がりました。二人の部屋に洗濯物を置き部屋を出ると、廊下の窓がまだ開いています。四つある窓を一つずつ閉め、最後の窓を閉めようとしたとき、微かな音を聞いたような気がして、下を見ました。眼下を人が歩いています。

その人はあっという間に壁の向こうに消えました。

このお屋敷は天井が高いのです。だから、普通の家の二階よりも高さがあります。お屋敷の裏側は小高い丘、丘と屋敷に挟まれて陽が差さない上、すでに夕暮れ時。道とは言えない道を歩く人の頭と肩しか見えませんでした。

今頃誰かしら。そう言えば近いうちに植木職人が剪定《せんてい》に来ることになっています。その下見かもしれません。そんなことを思いながら、台所に戻りました。

今日、聡子さんから言い付かった料理の下ごしらえは少々厄介です。グリーンアスパラガスの皮を剝くのです。アスパラガスの皮剝きは難しい。どこまで切り落とすのかも、袴《はかま》の処理も、どのくらいの厚さでどの辺りまで皮を剝けばいいのかも、すべて勘と包丁の加減。小さな仕事なのに、聡子さんに注意をされないようにと気を遣います。

その次にすることが待っています。人参とジャガイモを茹でるのです。本当は大鍋で一緒に茹でると手間が省けるのですが、今日はそれをしてはいけません。まず人参の皮を剝き、丸ごと三本茹でます。次にジャガイモをよく洗い、皮の付いたまま茹でます。茹で加減が気になり、何回も竹串を突き刺して、加減を確認したいのですが、「竹串を刺すのは一回だけ」。聡子さんにそう言われています。

処理に手間のかかった、十二本のアスパラガスも茹でるのですが、これは火の通り具合が難しいので聡子さんが茹でます。

　指示されたことが終わっても聡子さんが来ません。家の中が妙に静かです。まだ誰も帰宅していないから、屋敷内にいるのは、瑤子奥様、聡子さん、私の三人だけ。いつもと同じなのに、なぜか、私一人だけが取り残されたようで心細く思います。

　時計を見ると六時十分過ぎ、そろそろ料理を始める時間です。窓の外はまだほんのりと明るさが残っています。聡子さんは洗濯物を置きに行ったまま、瑤子奥様と話し込んでいるのかもしれません。ラジオを点けようと思い、立ち上がった時、聡子さんが台所に入ってきました。

「お野菜の下ごしらえができました」

「そう、ご苦労様。瑤子奥様、お熱があるの、大したことはないと思うけど、水枕を持ってきて」

「はい、分かりました。お熱、何度あるんですか」

「三十七度、今日は昼前から体調が悪かったの。だるいとおっしゃって、ずっとベッドで横になっていらしたんだけど、夕方になったら熱っぽいと――早く水枕」

　私は一階の廊下を走り、一番奥にある収納庫から水枕を出して台所へ小走りしました。水枕を持ってくると、聡子さんが何もせず、立ったまま窓の外を見ています。何を見ているのか分かりません。私が後ろにいることに気づかないようです。足音が聞こえたはずなのに——。

「水枕、持ってきました。冷蔵庫の氷、割りましょうか」

このお屋敷には電気冷蔵庫があります。普通の家では夢のような電気冷蔵庫。地方には電気冷蔵庫の存在さえ知らない人がいた時代です。この冷蔵庫、氷も保存できるし、常時冷たい水も入っています。聡子さんが振り向きました。

「あの、氷、割りましょうか」

「氷はいいと思う。冷たい水を入れて頂戴《ちょうだい》。空気をしっかり抜いてね。それからタオルを用意して。ああ、それは私が用意する。早く水枕」

「分かりました」

聡子さんは水枕とタオルを持って、瑤子奥様のお部屋へ向かいました。お医者様を呼ばなくていいのかしら、お料理はどうするのかしら。そんなことを思っていると、聡子さんはすぐに戻ってきました。

「お嬢様、よく眠っていらっしゃる。水枕をお当てした時、ちょっとお目覚めしたようだけどすぐに眠られたわ。こういう時はお一人の方がいいと思う。さあ、お料理始めましょう」。

そう言って聡子さんは手を洗いました。

今日の夕食は、珍しく全員が揃うはずでしたが、瑤子奥様が欠席となりました。そのことを皆様がテーブルに着いた時に聡子さんが報告したはずです。私は、皆様のお食事中は台所に控えていて、聡子さんの給仕の補助をします。だから、ご主人様始め、ご家族の皆様が、瑤子奥様の発熱にどのように反応したかは分かりません。

お食事が終わり、皆様が居間へお移りになると、私の出番になります。テーブルを片付けるのです。大きなお盆を持って食堂へ行きます。小さい子供がいるわけではなく、皆様お行儀のいい方ばかりなので、テーブルがひどく乱雑ということはありません。食器が多いので運ぶのと洗うのが少し大変。そのくらいです。

食器を洗い終わり、所定の場所に仕舞っている時、聡子さんが水枕を持ってきました。留め具を外し、水を出しています。

「まだ、お熱下がりませんか」

「まだあるみたいね」

「氷嚢《ひょうのう》を持ってきましょうか」

「大丈夫だと思う。よくお休みなのよ。水枕を外してもお気づきにならないの。たぶん、お風邪だと思うから、熟睡できれば、明日はご回復なさると思う」

聡子さんは、冷たい水に取り換えた水枕を抱えるようにして台所を出る時、振り返って言いました。

「そう言えば、今夜はバタバタしていて夕飯食べなかったわね。片付けが終わったら食べなさい。お冷ご飯があるからチャーハンを作るといいわ。卵もハムも野菜も自由に使って」

「ありがとうございます。そうさせていただきます。聡子さんの分も作っておきます」

「ありがとう、お願いね」。そう言って、聡子さんは台所を出て行きました。

ああ、よかったと思いました。実はお腹が空き過ぎて、ググーというお腹の音が外にまで聞こえるほどだったのです。聡子さんが言ってくれなかったらどうしようかと思っていました。


仕舞い風呂に入って、と言っても、私と聡子さんだけが入る風呂です。布団にもぐりこんだのは十時半でした。朝は五時半起床なので、本当は十時に布団に入りたいのですが、今日の午後から夜にかけて何となく落ち着かなく、気持ちが浮ついていたような気がします。

瑤子奥様が発熱ということもありましたが、それだけではないような気がします。何がどう違うのか分かりませんけど、確かにいつもとは違います。現に、今夜は布団に入っても目を閉じることをしません。私は寝つきのいい方で、枕に頭を付け、十分もあれば眠りに入ります。目を閉じてから考え事などしたことがありません。と言って、今日がいつもとどう違うのかを考えてみても、瑤子奥様の発熱以外に、特別のことは思い浮かびません。

そう言えば、二階の窓を閉めていた時、眼下の草の上を歩き、すぐに壁の向こうに姿を消した人は誰だったのでしょう。近いうち、植木職人が入るからその下見？　などと思いましたが、それもまた妙なことです。あんなところ、草が生えているのと、崖から時々落石があるらしく、大小の石ころがあるだけで、植木職人が下見をするような樹木はありません。それに、その人はずいぶん速足で歩いていたように思います。まるで、誰かと待ち合わせをしていて、遅れそうになったので急いでいるような。

いくら六月とはいえ、夕暮れ時、ましてあんな場所なので日差しが届きません。屋敷内であそこが一番日の暮れるのが早いと思います。あの人が女でないことは確かと思いますが、考え始めると、それさえ自信がなくなってきます。何しろ、上から見下ろしているので背丈が分からず、肩と頭のてっぺんしか見えなかったのですから。それも見たのはほんの一瞬でした。

そんなことを考えつつ、いつの間にか眠りに落ちました。

不意に目が覚めました。

まず目に入ったのは、天井からぶら下がる裸電球。白い皿のような笠をかぶっています。電球の上の方にピンポン玉を一回り小さくしたような豆電球がくっついていて、その豆電球だけに明かりが点いています。小さい明かりですから眩《まぶ》しくはなく、じっと見つめていられます。今もその豆電球を見つめています。室内はほのかに明るいのですが、この豆電球では隅々まで明かりは届きません。

なぜ目が覚めたのでしょう。一度寝たら、目覚まし時計が鳴るまで起きるということがありません。御不浄に行きたいわけでもありません。たぶん、深夜だと思いますが、何時なのか分かりません。手探りで枕元に置いてある目覚まし時計を探しました。すぐ手に当たりました。摑んで顔の前に持ってきました。豆電球の真下なので時計の針は見えました。一時十分過ぎ。

その時、微かにカタリと音がしました。ドキリとして耳を澄ませました。次にガサガサッと、何かを引きずるような音。ガバッと半身を起こしました。目が覚めた理由が分かりました。あやふやで訳の分からない夢の中で、何かの音がはっきり聞こえたのです。この音です。夢の中でこんな音が三回聞こえました。

また聞こえました。物を引きずるような音です。布団の上で全身を固くしていました。しばらく耳を澄ませます。また聞こえました。それは聞き慣れた音でした。いつも私が出す音。物置の戸は軋《きし》むのです。開け閉めするたびに、ある箇所に来ると耳障りな音を発します。そこを過ぎればスッと戸は滑るのです。今聞こえた音は戸の軋む音です。間違いありません。方角も物置の方から聞こえました。

次に、微かに聞こえる足音。音というよりも気配、人が動く気配です。私は出入り口のガラス戸を見ました。薄暗いけど鍵の掛かっていることが確認できました。ガラス戸の向こうは雨戸が閉まっています。

この部屋と台所の出入り口には雨戸があります。雨戸は昼間、戸袋の中に収まっています。雨戸を閉めて閂《かんぬき》を掛けるのも、ガラス戸のねじ締め錠を掛けるのも私の役目です。夕べは落ち着かない時間を過ごしたので、台所の戸は早目に閉めました。この部屋も夕食の片付けが始まる前に、雨戸もガラス戸も閉めて施錠しました。

さらに耳を澄ませました。両腕で胸を抱えたまま一分近く耳を澄ませていました。シーンとしています。さらに聞き耳を立てました。何も聞こえません。私は布団から出て、三和土に降りました。ガラス戸を開ける勇気はありません。そこに立ったまま、さらに耳を澄ませました。何も聞こえません。私は震えるように深呼吸をして布団に戻りました。

なかなか眠れません。時計を見ました。一時半です。まだ二十分しか経っていませんでした。一時間にも思える緊張の時間でした。全身が固まってしまったような感覚、布団に横になっても体の筋肉がほぐれません。体を丸めたまま布団をかぶりました。

いつの間にか眠ったようです。

目覚ましの音で目が覚めました。瞼《まぶた》が重く、半分眠ったまま着替えをしました。寝巻のまま屋敷内を歩いてはいけないのです。だから、洗面をする前に着替えます。実家にいる時とは逆でした。

聡子さんと私専用の洗面所で歯を磨き、顔を洗いました。すっきりしました。次に部屋に戻り、まず最初にしたのは三和土に降り、ガラス戸をそーっと開けたことです。次に閂を外しました。雨戸を少しだけ開けて顔だけ外に出しました。空を見ました。すでに太陽が出ています。日差しが寝不足の目に滲みます。思い切って顔の向きを変え、隣の物置を見ました。でも、こんな体勢では物置の正面がよく見えません。静かに雨戸を繰り、二枚の戸を戸袋に収めました。

下駄を履き、外に出ます。そっと歩いて物置の前に立ちました。何も変わったところはありません。その隣の洗濯場も見ました。変わったことはありません。またそーっと歩いて三和土に入り、下駄を脱いで部屋に上がりました。

昨夜《ゆうべ》のあれは夢だった？　エプロンをかけながら首を傾げました。いえ、夢ではありません。あの音は現実の音。確かに物置の中に人がいたのです。どのくらいの時間いたのか分かりませんが、用が済んだので出て行った。それも深夜の一時過ぎにです。

物置に入ったのは外部の人間かしら？　いえ、そうではないと思います。外部の人間が物置に用があるはずがないし、物置がどこにあるかも知らないはずです。では誰？　お屋敷のどなたか？

私は落ち着かない気持ちのまま台所に行きました。いずれ、一時間半もすれば物置を開け、掃除道具を出すのです。その時、何かに気づくかもしれません。

豆腐売りのラッパの音が聞こえました。

聡子さんに言われていたので、小銭を握り、水を入れたボウルを持って、台所口を出ました。勝手口の右手に自転車が二台並んでいます。和樹様と真希子様が通学用に使う自転車です。時々和樹様の自転車がない時があります。早朝に何かの練習がある時です。その時は早く家を出ます。今日は二台揃っていました。

勝手口の格子戸もまだ施錠されたままです。ついその鍵を見つめてしまいます。昨夜、私が施錠したままのような気がします。やはり深夜に物置に入った人は、外部からの侵入者ではありません。お屋敷の住人です。私を除いて七名。しかし、瑤子奥様はお熱を出し、眠っていらしたから瑤子奥様は除いていいと思います。

そもそも、瑤子奥様には、あの軋む戸を開けることなどできません。それに、物置の中は真っ暗闇……そうです！　物置の中は闇、蠟燭《ろうそく》の火か懐中電灯が必要となります。そうなると、瑤子奥様にはなおさら無理です。懐中電灯の使い方さえご存じないと思うし、懐中電灯がどこにあるかもご存じないでしょう。となると、残るのは六名。いったいどなたが、どんな用事で物置に入り、何をしてから出て行ったのでしょう。

勝手口の鍵を外し、道路へ出ました。斜め前に豆腐屋がいて、そばに中年の主婦らしき人が鍋を持って立っています。ごくたまにですが、豆腐を買う時に出会うことがあります。「おはようございます」、と挨拶すると、「お天気がよくてよかったわね」、そう言って主婦は足早に帰って行きました。

「お豆腐、二丁下さい」。私は先に三十六円をおじさんに渡しました。ボウルの中に水が半分ほど入っています。豆腐を買いに行く時は、ボウルに水を入れていくこと。ご奉公に上がった時から聡子さんに言われています。

故郷では家の近くに豆腐屋があり、鍋は空のまま持っていきました。豆腐屋の豆腐は湯船のような大きな木の桶に沈んでいます。腕まくりをしたおじさんが、冷たい水の中に手を入れ、そーっと豆腐を持ち上げ、独特の形をした大きな包丁で切り分けてくれます。

おじさんは豆腐を鍋に入れると、桶の縁に置いてある柄杓《ひしゃく》で水を汲み、鍋に入れてくれました。おじさんの手は冷たい水のせいで赤く膨らんでいました。

そんなことを思い出していたら、鼻の奥がツーンと熱くなり、そのまま目頭に伝わって、思いがけなく涙がこぼれました。ご奉公に上がってから泣いたことなど一度もありません。どうして涙が出たのか、自分でも訳が分からず、おじさんに涙を見られないように急いでその場を離れました。

勝手口の前で、エプロンで涙を拭き、呼吸を整えてから格子戸を開けました。ガラス戸を開け、「お豆腐、買ってきましたあ」、と心持ち、大きな声で言いました。聡子さんが蜂蜜の蓋を開けています。

「ご苦労様、一丁はお味噌汁用に賽《さい》の目に切って、後の一丁は冷蔵庫に入れておいて」

「分かりました。瑤子奥様、お加減はいかがですか？　お熱、下がりましたか」

「まだ、平熱ではないみたい。口がまずいからお食事はいらないとおっしゃるの。皆様より先に、コンソメスープとヨーグルトをお持ちするわ。昨日、蜂蜜が届いていてよかった。お嬢様、ヨーグルトは蜂蜜がないと召し上がらないの」

私は盆に、お手拭き、スープカップの受け皿、スプーンを乗せました。スプーンという言い方にも慣れました。以前はつい匙《さじ》と言って注意されたものです。聡子さんは、盆の上を整えると台所を出て行きました。スープもヨーグルトも量が少なかったです。

自動式電気釜にお米を仕込む。味噌汁用の若芽を水で戻す。鮭の粕漬《かすづけ》を焼く。食パンを切る。ハムとチーズを切る。スクランブルエッグ用の卵を用意。大体、こんなところが朝の食事の準備です。

今日はスープがすでにできています。朝食については大体のことができるようになりましたが、スクランブルエッグとスープだけはいまだに作れません。聡子さんも心得ていて私には命じません。夕食にいたっては、私は下ごしらえだけ。料理するのはすべて聡子さんです。

聡子さんが戻ってきました。盆の下に水枕を持っているのですぐに引き取り、留め金を外して中の水を流しました。

「全部召し上がったんですね」

「そう、でも量が少ないから。あれでは力が出ないわね。水枕の中をよく洗って影干ししてね。もう使わないと思うわ」

それから皆様のお食事の時間になるまでの間に、聡子さんと私は先に食べます。朝食は十五分もあれば食べ終わります。その頃になると一人二人と食堂に人の気配がしてくるのです。

皆様のお出かけのお見送りが終わり、洗濯機を稼働させてから台所の後片付けをします。聡子さんは、朝食で使った食材の余り物を、私たちの昼食用に皿に取り分けています。ハムとチーズの切り落とし、スクランブルエッグの残り、これは聡子さんが多めに作っていることを知っています。

私は昨夜のことを聡子さんに話してみようと思いました。一人で胸に抱えているのは何となく落ち着きません。気掛かりなことを一人で抱え込んでいるから気持ちが不安定になり、訳もなく涙が出たりするのだと思います。

手を洗い、手拭いで拭きながら言いました。

「聡子さん、私、昨日の深夜、変な音を聞いたんです」

聡子さんは、食材の余り物集めに余念がありません。レタスの一番上の葉を水洗いするように私に指示しました。キュウリの半分をチーズとハムの横に置き、布巾をかけます。

私の話は耳に入っていないようです。「聡子さん」。もう一度声をかけると聡子さんが私を見ました。「何？　何か言った？」。やっぱり聞いていませんでした。今、聡子さんの頭の中は、瑤子奥様のことでいっぱいなのです。

「あの、昨日の深夜、変な物音を聞いたんです」

「深夜？　どんな音？」

「どんな音って言われると説明が難しいんですけど、妙な音でした」

「どこから聞こえたの？」

「物置の辺りです」

聡子さんが意味ありげに笑みを浮かべています。

「それって、夜中の何時ごろ？」

「音で目が覚めたのが、一時十分過ぎでした」

「ごめんなさい。それは私」

「えー、聡子さんだったんですか」

「あなたが目を覚まさないように十分気を付けたんだけど、やっぱり聞こえちゃったのね。それは悪かったわ」

「あんな時間にどうしたんですか？」

「昨夜はお嬢様、ご自分のお部屋で休まれたの。私はお嬢様の体調が心配だったし、だからって、ご主人様のいらっしゃるお部屋に出入りはできないでしょう。だからご主人様のお許しを頂いて、寝る場所を変えたの。それだと私が自由に出入りできるから」

「それで、物置って……」

「お嬢様の自室にはベッドがないのよ。だから、二つのソファを並べ、シーツを敷いて、ベッド代わりにしていたんだけど、マットがないのでお労《いたわ》しくて——」

「それで？」

「思い出したの、何年か前に古くなったマットを物置に入れたこと」

「それを取りにいらしたんですか」

「そう。でも一人では無理だった。当然よね。冷静に考えればそんなことすぐ分かるのに、その時は夢中だったの。どうしたらお嬢様が楽にお休みになれるか、それればかり考えていたのよ」

　そう言って聡子さんは笑い、

「たとえ、物置から出せたとしても、二階まで運べるわけがないのにね。今思えば、私の部屋でお休みいただけば良かったのよ。そんな簡単なことさえ思い浮かばない。駄目ね、いざという時に動揺してしまい、何のお役にも立てない。長年お仕えしてきたのに」

　私は言葉が出ませんでした。何と言っていいのか分かりません。聡子さんが瑶子奥様に寄せる心情は、女中が雇い主に仕えるのとは違うのです。まるで違います。瑶子奥様と聡子さんのような関係を何と言ったらいいのでしょう。

「そういう事情なら、起こしてくだされば良かったのに。私、力には自信があります。物置のどこにあるんですか、そのマット」

「一番奥。古いシーツでくるんであるから、目立たないと思う。それに、周りにごたごたといろんなものがあるでしょう。それにしても——やっぱり起こしてしまったのね。悪かったわね。あれでも音のしないように気を付けたつもりなのよ。それで、眠れたの？　中途半端な時間に起こされちゃって」

「大丈夫です。ちょっと怖くてドキドキしましたけど、何の音だろうって考えているうちに寝てしまいました」

「なら、良かった。若いっていいわね。私は夜中に目が覚めると、その後なかなか眠れないわ」

庭の掃除のために、物置を開けました。中を見回したけど変わったことはありません。掃除道具、手押し車、シャベルや鍬。いつもの見慣れたものばかりです。

どれがマットだろうと奥を覗いてみると、確かに隅に、黄土色っぽい布に包まれた畳一畳ほどのものが立てかけてあります。その前に雑多なものがいろいろとあるので、今まで気になりませんでした。あれを一人で取りに来た。それも深夜の一時過ぎに。改めて聡子さんの根性を知った思いでした。

瑤子奥様はお昼過ぎになって、お起きになったようです。平熱になったと聡子さんから聞いています。と言って下に降りてくるご様子はありません。

聡子さんは煮込みうどんを作り、卵でとじて丼によそい、三つ葉をちらしました。手塩皿にタラコを二切れ入れ、私が用意した盆に乗せて二階へ運んで行きました。丼の中のうどんはとても少なく、卵に隠れて見えないほどです。あれでは力はつかないと、大食いの私は思いました。

聡子さんが私の分も作ってくれると言ったので、台所を片付けながら待っていると聡子さんが戻ってきました。「全部召し上がったのよ」と、明るい声で言いました。

聡子さんの作ってくれた煮込みうどんはとても美味しく、瑤子奥様の三倍は食べました。私は女中の中でも幸せな女中だなあと思いました。

その日の夕刻、聡子さんと夕食の準備をしている時、台所口の外から「失礼します」と声がしました。聡子さんと私は顔を見合わせました。「今頃、誰?」。聡子さんの顔がそう語っています。声の主は戸を開けようとしません。「こんばんは。山幸の者です、いつもありがとうございます」。

聡子さんが頷いたので、私は三和土に降り、ガラス戸を開けました。そこに年配の男性が立っていました。薄闇の中でも見覚えのある顔だと思いました。この人は確かに《山幸》の店主です。食品は配達してもらうことが多いのですが、それでもごくたまに、細々したものを買いに行きます。その時に、この人がよくお店にいます。感じのいい人で、女中の私にも腰が低く、丁寧な言葉遣いをします。倉元家が上得意だからではなく、この人の人柄なのだと思います。

「あの、山崎食料品店のご主人ですよね、こんな時間に何か？」

「はい、夜分に失礼いたします。昨日は、こちら様にお届けするお品があったのですが、無事に届いているかどうかを伺いに参りました」

いつの間にか、聡子さんがそばに来ていました。山幸のご主人は聡子さんを見ると、もう一度頭を下げ、

「いつも御贔屓《ごひいき》に与《あずか》り、ありがとうございます。実は、店の者に不手際があったのではないかと思いまして、伺った次第です。ご注文いただいたお品は届いておりますでしょうか」

「山幸さんですね？　届いていますよ。マヨネーズひと瓶と蜂蜜ひと瓶。こんなところではなんですから、中に入って」

聡子さんは、私に、食品棚からその品を持ってくるように言いました。私は台所に上がり食品棚を開けました。すぐ手前に、薄茶色の袋があります。マヨネーズは袋に入ったままですが、蜂蜜は袋の脇にあります。私は蜂蜜を袋に入れ、それを持って上がり框まで行きました。

山幸のご主人に見せようとすると、「下に降りなさい」と、聡子さんに注意されました。私は、はい、と返事をして三和土に降り、袋の口を開けて見せました。

「誠に申し訳ありませんでした。届いていればよいのです。それで、昨日、店の者は何時ごろお届けに参りましたでしょうか」

聡子さんは、頬に手を当てていましたが、

「そうねえ、正確には分かりませんけど、三時半から四十分くらいの間じゃなかったかしら」

「そうですか。分かりました。ご迷惑をおかけして申し訳ありませんでした。今後ともよろしくお願いいたします」

《山幸》のご主人は帰って行きました。

早速聡子さんが言いました。

「目上の人や年長の人と話す時、物をやり取りする時、相手の人より高い位置からするものではありません」

「はい、これから気を付けます」

「勝手口の鍵、閉め忘れたの？　山幸さんが来たの、六時半頃じゃなかった？」

「え？　あの、夏場は七時でいいんですよね。冬は六時ですけど」

「ああ、そう言えばそうだったわね。でも、今日はもう閉めましょう。なんだか落ち着かないわ」

私は返事をして外に出ました。鍵と言っても簡単なもので、格子戸の端と大谷石に取り付けた木材に金属の丸い穴が固定されており、戸を閉めると二つの穴が直列になります。その二つの穴に針金でぶら下げてある金属の棒を通すだけ、入ろうと思えば誰でも簡単に入れます。でも、今まで泥棒や不審者が侵入したことは一度もないそうです。私はぶら下がっている棒を二つの穴に差し込みました。


一日の仕事が終わり、自室に入るとさすがにホッとします。一日で一番、体も気持ちもほぐれるようです。この時間、この部屋に戻ると、横になろうが、本を読もうが、ラジオを聴こうが自由なのです。

だけど、今日はいつもと違うような気がします。それは、思いがけず、《山幸》のご主人が来たから。こんなことは初めてです。そのことが何となく気になるのです。話を聞いてみると、従業員に不手際があったような口ぶりでした。

不手際の内容を想像すると、届けるべき家に品物が届いてなく、その家から苦情があった、ということになるように思えます。だから、その他にも、そういう家がないかどうか、配達した家を訪ねて、商品が届いているかどうかを確認した。そんな風に想像が膨らむのです。そして、倉元家には届いていました。

聡子さんは、品物が届いたのは三時半から四十分の間と思うと言っていました。その頃、私は何をしていただろう。――そうだ。洗濯物をたたんでいました。その時、『尋ね人の時間です』の声が流れていましたから、三時半頃に間違いありません。

では、不手際を起こした従業員は誰なのでしょう。《山幸》に配達人は二人いますが、何となく、あの不愛想でも真面目で几帳面な人ではないように思います。不手際をしでかすとすれば、冗談好きでいつも顔全体が笑っている、軽薄でお調子者に見える方の人、そんな風に思ってしまうのです。

でも、不愛想でも真面目で几帳面な人が、昼日中に自転車に若い女性を乗せて走り去るのを見ました。つい最近のことです。あれは意外でした。そして、――なぜかその後姿をじっと見ていた瑤子奥様の後姿。あの光景は目に焼き付いています。聡子さんに話してみようと思いましたがやめました。今後も話す気はありません。なぜか、話すべきではないような気がするのです。

9

脇田巡査部長は週休日の来るのが待ち遠しかった。

その日に昔からの友人と会うことになっている。脇田より一つ年上、旧制高校が一緒だった。彼は新聞記者。今は文芸欄を担当している。

ようやく訪れた週休日。少し朝寝をして、妻と朝食。その後、手帳を開いて、控えた内容を読んだり、手帳を閉じて考えに耽ったりと、何となく落ち着かない時間を過ごした。昼飯を食べ、着替えて官舎を出たのが二時半。

待ち合わせ場所は、五反田駅前の喫茶店。脇田が店内に入ると友人はすでに来ていて、隅のテーブルで熱心に原稿を書いている。こちらは休日でも、相手は仕事。少しの間も惜しいのだろう。すまない、という思いがチクリと胸を刺す。

黙って彼の前に座る。

「おお、しばらく。早く着いたんでね、やりかけの仕事を片付けたところだ」

「すまないな、仕事中なのに」

ウエイトレスが来たのでコーヒーを頼んだ。森口《もりぐち》がコーヒーのお代わりを頼んだ。

友人の名前は森口正行《まさゆき》という。森口は原稿用紙を丸めて、背広の内ポケットに入れると煙草に火を点けた。ライターはデュポン、脇田も煙草を出した。交番では佐藤巡査が吸わないので、後輩の彼に遠慮してなるべく吸わないように本数を減らしている。そこまでできるのだからやめればいいのに、それができない。脇田のライターはノーブランドの安物だ。

「いろいろ分かったぞ」

「ありがとう。申し訳ない、忙しいのに」

「いやあ、俺が直接調べたわけではないから、気遣い無用。しかし、調査内容は信用していいと思う。何しろ《平和公論》の記者だからな。こういう調査はお手のもの。しかし、調査方法は企業秘密だから、俺にも分からない」

脇田は、前の週休日の時、吉田明子の家を訪ねた。佐藤巡査と話した時、吉田明子はお妾生活をしている可能性が高いという予想が出たので、昼間訪ねた。夜行って、旦那に出くわしたらまずいと思ったからだ。

吉田明子は家にいた。脇田は警察手帳を使うつもりだった。《山幸》の人間だと言おうと思ったが、一市民相手に、自分にとって不都合なことを正直に話すとは思えない。思い切って腹をくったのだ。

玄関に出てきた吉田明子は、細面で色白、体全体がほっそりした感じの女性だった。目の大きいのが特徴と言えるだろう。優しげで好感の持てる雰囲気だ。脇田は愛想笑いをしながら警察手帳を示した。吉田の顔が一瞬、強張《こわば》り、次に不審と不安の表情に変わった。警察官は相手のこういう表情の変化に慣れている。

「大したことではないので、あまり気にしないで聞いてください」

吉田明子は頷いた。立ち話だった。

「ゆっくりと思い出していただきたいのですが、今年の六月六日、午後三時半から四時ごろまでの間に、こちらに、山崎食料品店から砂糖一キロが届いていますよね」

「六月六日？　半年前のことじゃないですか。よく覚えていませんけど、そのことがどうかしたんですか」

「よく覚えていないことは分かります。おっしゃる通り半年も前のことですからね。しかし、届いているんです。山崎食料品店から砂糖一キロ。このことについては、こちらの調べで確認が取れています」

「山幸さんからは食品を届けてもらいますから、その日にお砂糖が届いたのだとしたらそうなんでしょうね。私は日時までは覚えていませんけど。でも、そのことがどうかしたんですか。どうして警察の人がそんなことを調べるんです？」

吉田明子は不満げな顔つきでそう言った。

この件に関して目黒南署は無関係。脇田個人が勝手に捜査まがいのことを行っている。警察官として違反行為である。だがここまで来たからには中途半端はかえってまずい。

「吉田さんは、山崎食料品店から砂糖が届いた時、吉田さんご自身が配達人から直接受け取ったということになっています。ここが大事なんです。六月六日、午後三時半から四時までの間です。吉田さんは本当に山幸の配達人から直接、砂糖一キロを受け取りましたか。ゆっくり思い出してみてください」

吉田明子の表情が、警察手帳を見せられた時とは別の表情に変わった。それは戸惑いと不安が交じり合ったような表情。脇田はもう一押しと思った。

「どうです？　配達人から直接受け取った？」

吉田明子は黙り込み、脇田の顔をじっと見つめている。

「直接受け取ったというのは、思い違いじゃないですか、本当は直に受け取ったのではない。どうでしょう？」

「そのことが重要なんですか」

「とても重要です。もし思い違いの可能性があるのでしたら、思い返してみてください。こちらは、吉田さんのことをどうこう言ってるわけじゃないんです。もっと具体的に言いましょう。その時、山崎食料品店の店員を、吉田さんが見たのかどうかが重要なんです。直接受け取ったのであればその店員を見たことになる」

「――見ていません」

脇田は気づかれないように、大きく息を吐いていた。

「そうですか。思い出していただき、有難いです。今年の六月六日、山崎食料品店の配達人を見ていないと思っていいですか。なにぶん、半年も前のことですから」

「ええ、その日のことは覚えています。配達人は見ていません」

「しかし、品物が届いたことは確かなんですよね。その品物はどこにあったんですか」

「牛乳箱の中に入っていました。うちは牛乳を毎朝二本取っています。朝一本、夜一本飲み、空になった瓶を洗って、夜のうちに牛乳箱に入れておくんです。だから、昼間、箱は空なんです」

「その牛乳箱、砂糖一キロ、入りますかね」

吉田明子は格子戸を開け、牛乳箱を見せた。

「牛乳瓶は三本くらい入ります。確か、お砂糖が入れてあった時、ちょっと蓋がずれていたように覚えてますけど」

脇田は頷き、

「過去にもそういうことがありましたか？　留守中に配達されて、品物が牛乳箱に入れてあったことです」

吉田明子は化粧っ気のないすべすべした頬に掌を当てていたが、「ありません」、と答えた。

「その日、牛乳箱に砂糖が入れてあった日です。砂糖が入っていることに気づいたのは何時ごろか覚えていますか」

「――午後七時ちょっと過ぎだと思います。七時十分くらいかしら。六月六日は所用で出かけたんです。出かけた時は、大体そのくらいの時間に帰宅しますから」

脇田は礼を言って吉田家を辞去した。

警察手帳のお陰で聞きたいことは聞けた。本音を言えば、なぜ、《山幸》の主人に、配達人から直接受け取った、などと言ったのか。そう訊きたいところだが、それは抑えた。

川瀬武夫は吉田家に行っていない。ということは、最後に配達した家は倉元家。武夫はそこから行方が分からなくなった。あとは田辺家だ。これはつい最近の話。田辺家はずいぶん暮らし向きがよさそうだ。家の構えも立派。女中も雇っている。

田辺家には、吉田家と同じ方法の聞き込みは無理だと思う。田辺家に関しては手段を変えるつもりでいる。

脇田は倉元家を思い浮かべる。外部の人間を拒絶したような雰囲気の佇まい。住民票に記された複雑な家族構成。あの洋館内の実態を知りたい。警察手帳一つあれば至極簡単なことだ。だが、これ以上違反行為はできない。

二人の行方不明は、警察が踏み込む案件ではない。脇田はゴリ押しをしようとしている。だが、警察官という肩書を脱いだ時、我が身に人の心を動かす力が何一つないことを思い知る。その欲求不満が、森口正行に白羽の矢を立てることになった。


森口は別のポケットから用紙を三枚出して、脇田の目の前に置いた。

「女中のことはいいと言ってたので、何も調べてない」

「うむ、それでいい。すまんが、説明してくれないか。これでは釣り書き状態で訳が分からない」

森口は笑った。

「二枚目に注釈も書いてあるが、俺が説明するとね。ああ、その前に簡単な方、吉田明子、君が思っていた通り、二号さんだ。相手はちっぽけな貿易会社の社長。小さいが経営は安定しているらしい。吉田明子は、その社長の元秘書。掃いて捨てるほどある話」

「やっぱりそうだったか、手間をかけた。ありがとう。で、こっちは？」

「そっちはちょっとしたドラマ。倉元のおっさん、大倉建設の大社長」

「大倉建設？　聞いたことない」

「そりゃあそうだろうさ。俺も初めて聞いた。調べた奴も初めて知った。調べて分かったそうだが、そこそこ知名度はあるそうだ。もちろん、大手ではない。二流とも言えない。まあ、建設会社としては、三流の中くらいの地位にあるんじゃないかな。従業員は三百人に近い。街の工務店とは明らかに違う、とそいつは言っていた」

「建設会社の社長ねえ。――親の実績をそのまま受け継いだか」

「それが違うんだなあ。本人は、金なし、学歴なし、人脈なし。一代で築き上げた大倉建設。よく言えば立身出世、悪く言えば成り上がり者」

脇田は森口を見た。森口が二本目の煙草に火を点けた。

「彼は栃木県佐野の出だ。知ってるだろう。佐野市。佐野厄除け大師で有名だ」

「ああ、行ったことはないが聞いたことはある」

「彼は尋常小学校も出ていないそうだ。家は農家。昔はそういう子供が多くいたそうだが、彼も同じで、十歳で家出して上京、大工を目指した。これが立身出世の糸口」

「どういうことだ」

「バラック御大尽《おだいじん》」

「え？」

「関東大震災だよ」

「ああ、あのバラックね。それで？」

「彼は頭も回るし、気も回ったんだろうな。大工としての腕も良かった。政府のかき集める大工の中にもぐり込み、がむしゃらに働いた。寝る間も惜しんでね。それが十七、八の頃。人の三倍は働いたそうだ」

　東京府の団体が次々と建設を進めたことから、明治神宮や日比谷公園などには、瞬く間に数千人を収容する規模のバラックが出現した。他に、各小学校の焼け跡や校庭にも小規模バラックが建設され、東京市が月島・三ノ輪・深川区猿江に、東京府が和田堀・尾久・王子に小住宅群を造成した。

　倉元は政府に従事するだけの仕事に満足しなかった。決まりきった賃金に嫌気がさした。需要は有り余るほどある。供給は追いつかない。倉元の、そこが他の人間と違うところ。気の合った大工仲間を数人集めて、会社まがいのものを設立した。法律も何もあったものではない。人間、まずは寝るところと食うこと。

　震災だからと言って、全員が無一文になったというわけではない。大枚を腹に巻き付けている人間は大勢いた。倉元はそういう人間を狙った。仲間には印刷所で働いていた変わり種もいたので、曲がりなりに名刺もできた。《倉元建設株式会社》。依頼者は殺到した。

焼け跡を整備してバラックを建てていても、誰も不思議に思わない。

素人が焼け跡から使えそうな木材を運び、見よう見まねでねぐらを建てる。これも普通のこと。様々な情報が渦を巻き、時に怪情報となって乱れ飛んでいた時代だ。誰もが頭の中は、自分のことだけでいっぱい。そして誰もが住んでいた場所に執着する。

倉元はできる限り依頼者の要望に沿うようにした。

倉元は腕が良かった。仮住まいとはいえ、誠実な仕事をした。その上で薄利多売に徹した。仲間も倉元に倣った。倉元は若く、まだ政治に疎かったものの、自分が政府に盾つき、違法をして金儲けをしているような後ろめたさがなかったわけではない。だが、それは全くの杞憂だった。

建設を仕事としていた人間は、誰もが当たり前のこととしてやっていたのだ。倉元は後になってそれを知り、大声を出して笑った。その時、倉元は二十歳だった。

「今の話の半分は、大倉建設の会社広報誌に載っている。知って欲しいことは下駄を履かせて書き、知られたくないことはなかったこととする。それが立身出世した人の処世術」

森口はそう言って笑い、

「第二次バラック建設が来ただろう」

「ああ、東京の空襲ね」

「そう、それで今の大倉建設となった。倉元宗一郎という人についてはそのくらいだな。あとは、青山信二郎、倉元の実妹の亭主。この人は大倉建設に勤務。取締役だ。ただ、青山夫婦がなぜ倉元家に同居しているかは分からない。調べようがないよ」

「ああ、分かってる」

「ただ、青山優子だっけ、倉元の実妹。この人も尋常小学校中退。彼女は今、兄の口利きで、商事会社の事務員をしている。倉元の前の妻、結核で死んだそうだが、この人も尋常小学校を出ていない。倉元と同じだ――」

脇田は森口を見た。その顔が今までとは違う表情になっている。

「どうした？　深刻な顔をして」

「うむ。――ほら君が言っていた、釣り書きみたいだという話だけどね」

「それがどうした？　だって本当に釣り書きだよ、これ」

「ほら、よく言うだろう。昔は貧乏な百姓でした。馬小屋のような家に住んでいました。尋常小学校も出ていません。でも今は、金は腐るほどあります。従業員数百人の会社の社長です。立派な家に住んでいます。健康です。こういう人が最後に望むことと言えば？」

「え？　何？　分からない」

「家柄、血筋だよ。自分の出自や学歴のないことにコンプレックスを持っている人。常に、家柄とか血筋とか学歴に対して嫉妬しつつ羨望している。やがてそれが高じて、家柄や血筋が欲しくなる」

「欲しくなるって、どういうことだ。欲しいからって、買えるものじゃないだろう。第一、今の時代に家柄も血筋もないよ。時代錯誤だ」

「ないと思う人にはないし、あると思う人にはあるんじゃないのかな。それに、腐るほどの金があれば買えるかもしれない。それが、その釣り書きだよ」

脇田は目の前の用紙に目を移した。何十人という人の名前が書き連ねてある。まるで家系図だ。どこをどう見たらいいのか分からない。

「どんな風に見たらいいのか分からない。これが倉元宗一郎と関係あるのか？　もしかしたらと思って見ているが、倉元の名はない」

森口は指先をある箇所に置いた。気が付かなかったが、その場所に薄く鉛筆で丸が書かれている。そこに書かれている名前は、鷹塚《たかつか》だった。特に珍しいとも思えない名だ。鷹という字が、珍しいと言えば珍しい。よく見るのは高という字を使っている。それ以上、何も感じない。

「この人が何？」

「元、伯爵だそうだ。君がさっきから言っている、釣り書きね、間違いじゃないけどその言い方は、お見合いのときの言葉。これは家系図。その人の下に何人か続いているだろう。途中で枝分かれしたりしているが、ずーっと下がったところに君の知っている人がいる」

びっくりして森口を見た。聞き違いをしたと思った。

「今、何て言った?」

「君の知っている人と言ったが、その顔つきでは、知らないようだな。だが、今回のことには大きく関係している」

「誰?」

「倉元瑤子」

「倉元瑤子? 誰だっけ、前の妻の娘?」

「誰だっけって、君に頼まれたことだよ。このことは」

「そうだよな、すまん。思い浮かばない」

「前の妻でも娘でもない。今の妻」

脇田は慌ててポケットからメモ帳を出した。

それは、脇田が役所にもらいに行った、住民票の写しに書かれていた。

倉元家の住人　世帯主　倉元宗一郎（明治三十九年九月十七日生）　配偶者　瑤子（昭和

三年四月十二日生)

「こういう系図には女子の名前は書かないのが普通だから、たぶん、書かれてないと思うが、伯爵の末裔であることは本当らしい。結婚前の名前は鷹塚瑤子。どこまで本当か分からないが、この人は三歳までに両親が相次いで死んで、鷹塚家にずっと仕えてきた女中が引き取り育てたらしい。倉元と瑤子が結婚して、その女中はどうなったか分からんが、ちょっとしたドラマだろう」

「まあな」

「絶世の美女だそうだよ、その奥方」

「へえ、そうなんだ」

「誰も見たことがないんだけどね」と言って、森口は笑い、

「大体こういう話に登場する女性は、少々不細工なお顔立ちでも、絶世の美女ということになっている。そうじゃないと話が面白くない」

脇田は、森口の話を聞きながら、遠い目つきになった。似たような話をどこかで聞いたことがある。どこで誰に聞いたのだろう。

間もなく思い出した。佐藤巡査だ。佐藤は、上流階級女子の、異性に対する裏話をかなり具体的に語り出した。脇田は、話が飛び過ぎている。そう言って、その話を制したと思う。

森口正行と会った二日後、脇田は、吉田明子の聞き込みの件と、森口からの情報を佐藤巡査に話した。

「やっぱりねえ。吉田明子は川瀬武夫を見ていない。でも、品物は牛乳箱に入っていた。ということは、川瀬武夫以外の人間が、吉田家に届けたということになります」

佐藤巡査が満足そうな口ぶりで言った。

「しかし、川瀬武夫が吉田家に届けなかったという確証はないだろう。たまたま吉田明子が留守をしていたために川瀬の姿を見なかった。吉田家の牛乳箱に入れたのは、川瀬武夫という可能性だって残っている。吉田明子は過去にそんなことはなかったと言っているがね」

「部長の慎重な考え、大切なことだと思うけど、そんな偶発的なことって、そうそうあるとは思えませんけどね」

「まあ、それは言える」

「ということは、部長も頭の中で描いていることがあるんでしょう。さて、吉田家の牛乳箱に砂糖を入れたのは誰でしょう」

「君は誰だと思う？」

「部長と同じです」

二人で顔を見合わせて笑った。

「倉元家の人間ということだよなあ。では、倉元家の人間がなぜ、吉田家まで商品を持っていったのか。もし、吉田家が留守ではなく吉田明子が家にいたとしたらどうするつもりだったのか」

「そんなこと簡単です。実は自分もパトロールしながら各家を注意深く見たんですが、ほとんどの家に牛乳箱がありました。ない家を探す方が苦労します」

「だから？」

「だから、その人物は牛乳箱があると信じていた。吉田明子がいてもいなくても、品物は牛乳箱に入れて帰るつもりだった。もちろん、吉田明子に知られないように注意して。だが、幸いにして吉田家は留守だった」

「まあ、そういうことになるよな。ところで、倉元家の人間はなぜそこまでして、六月六日、吉田家へ品物を運んだのか」

「それは、川瀬武夫が最後に品物を届けたのが吉田家だと思わせるためでしょう」

「どうして、そう思わせたかったのか、誰にそう思わせたかったのか、それが肝心要だろう。それについてどう思う？」

佐藤巡査が黙り込んだ。脇田は先取りしないように佐藤巡査の言葉を待った。

「今の時点では、川瀬武夫の情報だけですよね。でも、失踪者は二人。村上将太が残っています。村上が十二月十日に配達した家の順番が、加山家、小谷家、倉元家、田辺家。田辺家が最後。もし、田辺家に、吉田家と似たような事情が隠れていたとしたら、村上が最後に配達した家は倉元家となります。そうなると、かなりの確率で倉元家が怪しくなります」

「そうなんだ。田辺家が残っている。だが、この家は吉田家の方法で事情を聴くのは難しいと思う」

「別の方法ということですね。具体案があるんですか」

「まだ明確ではない。だが、吉田明子の証言は大きい。この証言で、倉元家がぐっと目の前に迫ってきたような気がする」

「自分もそう思います。同じ状況下で、二つのうち一つが解決すると、後の一つはほんの一押しってこと、ありますよね」

「ある、ある。壁の穴が開いた状態になったわけだから、崩すのが楽になる。田辺家のことは何とかしてみせる。——君の頭の中には、二人の失踪は事件、この、事件という文字が張り付いているんだろう？」

「そうです。しかし、警察側としては一般家出人、これも分かります。二人が幼児や、未成年だったら事情が変わるでしょうけど、二人とも成人に達していますからね。具体的な犯罪要素もない。でも、自分たちが見てきた経緯を考えると、それでは済まされないような何かを感じるんです」

「私も同じだ。だから、違反と思われるようなことまでして、調査らしきことをしている」

「ええ」

「しかし、――川瀬の最後の届け先が倉元家ということが明らかになっても、そのことが、川瀬の失踪とどう繋がるか、これの示しようがない。このことは村上の場合にも当てはまる。たとえ、田辺家に吉田家と似たような事情が隠れていたにしてもね」

佐藤巡査は黙り込んだままだ。

「倉元家に、事件に結び付くような痕跡でもあれば別だが、そんなものは何もない。当然だ。警察は全く関与してないから、倉元家へ近づくことさえできない」

「そういうことなんですよね」

佐藤巡査の最初の意気込みが消え、声にも張りがなくなっている。

脇田は森口正行と別れてから、丸一日考えた。森口から聞いた話は興味深くはあったが、脇田が考えている、二人の青年の安否と直接関わる内容ではなかった。それは仕方がない。こちらの事情は明かさず、オブラートでくるんだような話で、倉元家の内情と吉田明子の私生活を調べてもらった。的を射るような答えが返ってくるはずがない。と言って、警察官たるもの、一般市民に捜査情報をあからさまに言えるはずがない。

森口正行から聞いた、倉元瑤子が、伯爵の末裔だと話したら、佐藤巡査はどんな反応を示すだろう。ふと、そんな興味が湧き、話してみようかと思ったがやめた。青年二人の失踪に直接関係のない話を持ち出し、混乱させるべきではない。


翌日、脇田はパトロールに出た。もちろん制服を着ている。自転車に乗っている。だが、パトロールとは名ばかりで行先は決まっている。田辺家だ。

決心するまであれこれ考えた。田辺家の近所を廻り、田辺家の情報を聞き出す。思いがけない産物があるかもしれない。あの付近は昔からの住人がほとんど。田辺家を訪問する前に、何か都合のいい予備知識を得ておきたい。そんな欲の深いことも考えた。

だが、その欲を捨て、直線コースを選んだ。脇田はこの地域を管轄する交番警察官。警察官が定期的に各家を訪れ、安全確認をする。何ら問題はない。そう決心すると腹が据わる。今も意欲が湧き、心が急《せ》かされるように自転車のペダルに力が入る。師走の冷たい風も気にならない。

田辺家の門扉の前に自転車を止め、腕時計を見た。三時半。このくらいの時間だと、家にいるのは主婦と女中だけだと思う。ボンレスハムを受け取ったのは主婦だと聞いているが、女中の話も聞いてみたい。

門扉に取り付けられたブザーを押した。二分ほどして下駄の音が聞こえ、五十歳前後と思われる和服の女が現れた。毛糸の肩掛けを羽織っていた。

直感で女中ではないと思った。田辺家の主婦に違いない。

「こんにちは。坂下交番の脇田と言います。今日は安全確認と、少し訊きたいことがありまして伺いました」

「はあ、どういうことでしょうか」

門扉を挟んでの会話である。

「田辺さんの奥さんですね」

「はい、そうですが」

「こちらには、女中さんがいらしたと思うのですが、できましたら女中さんにお訊きしたいことがあるんです」

田辺家の主婦は少し首を傾げるようにした後、門扉の鍵を外し、脇田を中に入れてくれた。

「どうぞ、こちらへ」。夫人は飛び石の通路をさっさと歩いていく。脇田は夫人のすぐ後ろを歩いた。

夫人は玄関に入るともう一度、どうぞと言った。脇田は中に入った。玄関のガラス戸は開いたまま。夫人は肩掛けを外して下駄を脱ぎ、上がり框に正座した。肩掛けをたたみ、膝の脇に置く。色は白くないが目鼻立ちが整っている。ただ、何となく寂しげな顔つきに思える。こういう顔を憂い顔とでも言うのだろうか。

「ご苦労様です。どうぞお掛けください」

脇田は、失礼しますと言って、夫人から少し離れたところに腰を掛けた。

「あの、女中さんはお買い物か何か？」

「うちの沢口に、どんなご用でしょう。ここしばらく実家に帰っているのですが」

「そうなんですか、それはいつ頃からです？」

「半月程前からです。実家にいる妹が、お腹の手術をしたそうで、その世話に帰っています。間もなく帰ると思いますが、沢口に何をお訊きになりたいのですか」

「なるほど、そういうことですか。それならいいんです。それはそうと、こちらでは、今月十日に大塚精肉店から、ボンレスハム一キロが届いていますよね」

「日にちまでは覚えていませんが、確かにボンレスハムを注文して、届いています」

「配達された品物は、奥さんが受け取られた？」

「そうです、私です。その日は沢口が実家に帰った後でしたから。でも、そのことは、大塚精肉店のご主人が来た時に話しましたよ。品物が届いているかどうかの確認でしたので、届きましたと言いました」

「そうですよね。それは、私も大塚精肉店のご主人から聞いているんですが、品物は女中さんが受け取ったと思い込んでいました。ですから、女中さんに直接話を聞きたいと思い伺ったのですが、受け取ったのは奥さんだった」

「――あの、お巡りさんは何を知りたいんでしょう？　訳が分からないのですが」

脇田は、夫人をじっと見つめて言った。

「これは、あまり神経質にならずに答えていただきたいのですが――」

今度は夫人が脇田を見つめた。

「奥さんは、ボンレスハムを大塚精肉店の配達人から直接受け取りましたか」

夫人は脇田を見つめたまま、口を真一文字に結んでいる。明らかに表情が硬くなったことが分かる。

「これはとても大事なことなんです」

「どうしてそんなことが大事なんですか」

「奥さんが配達人から直接受け取った。つまり、配達人の姿を見たのなら、事件と見られている案件が、事件ではなくなる。また、奥さんの記憶違いで、本当は配達人から直接受け取ったのではない。十二月十日の午後三時半過ぎ、奥さんは、大塚精肉店の配達人を見ていない、となると、事件の要素が強くなるのです。どうでしょう、そこを踏まえていただいて、事実を話していただきたいのですが」

「事件だなんて、いったいどんな……」

「すまないのですが、それを詳しく話すわけにはいかない。事件としか言えません。どうでしょう。奥さんは配達人から直接ボンレスハムを受け取りましたか」

「――いいえ、受け取っていません。配達人の姿を見ていません」

脇田は胸の震えを宥めながら、ゆっくり深呼吸をした。

「ご協力いただきありがとうございます。ところで、ボンレスハムは届いていたんですよね。それはどこに置かれていましたか。その場所を見せていただけますか」

「どうぞ」

夫人はそう言うと立ち上がり、下駄を履いて玄関を出た。脇田が続く。門扉を背にして玄関とは逆の方へ廻る。しばらく歩くと左手に勝手口、右手が台所へ入るガラス戸。その横に牛乳箱が設置されている。

「この箱に入っていました。その日は、急に外出しなければならないことになりまして、三時少し前に家を出ました。台所口を開けておくわけにはいきませんから、鍵を閉めました」

「勝手口は開けたままだったのですね」

「そうです。勝手口は朝起きるとすぐに開け、夕方の六時ごろまでは鍵は掛けません。御用聞きや、その他にも人の出入りがあります。その都度鍵を開け閉めするのが厄介なものですから」

「なるほど。で、奥さんがその品を見たのは何時ごろでした？」

「五時ごろだったと思います」

「五時ごろですね。これは、失礼を承知で訊くのですが、奥さんは十一日の夕刻、大塚精肉店の主人が来た時、ご自身が直接受け取ったと話していますね。それには何か理由があった？　その理由を聞かせていただければ有難い」

「――」

「失礼しました。これだけお聞きできれば大変参考になります。ありがとうございました」

夫人はじっと脇田を見つめたままだ。脇田もつい見返してしまう。夫人の唇がもの言いたげに微かに動いた。


晴天が続いています。今日もよく晴れ、洗濯物が気持ちよく乾きました。

そんな日の夕刻、「ちわー」の青年が、注文した食品を届けに来ました。彼はこちらの返事を待たずに平気でガラス戸を開けます。私はその時、セロリの皮を剝いていました。このセロリだけは苦手です。この野菜のどこが美味しいのか分かりません。そんなことを思っていた時でした。

「山幸です。御注文のお品、お届けに上がりましたー」。この青年は言葉尻を伸ばす癖があります。注文したものは、バターとチーズ、そして蜂蜜でした。……蜂蜜？ それで思い出したことがあります。

「ご苦労様でした。ほら、以前いたでしょう。もう一人配達する人。あの人、最近来ないけどどうかしたの？」

「ああ、武夫ね。あいつ、故郷へ帰ったようですよ」

「ようですって、同じお店で働いていたんでしょ」

「そうですけど、ほら、あいつって、僕と違って無口でしょ。だから、何考えているかよく分からないんです。今日は、何かご注文はないでしょうか」

「ええ、今日はないわ」

「分かりました。また、よろしくお願いします。ありがとうございましたー」

青年は元気よく帰って行きました。何を言う時も顔が笑っています。「たけおという名前だったのね」。私は独りで呟きました。何十回も顔を合わせ、短いながらも言葉を交わしていたのに、初めてその名前を知りました。たけお……。

届いた品を所定の場所に仕舞いながら、今まで気にしていなかったことが、いろいろに思い出されます。そう言えば、いつだったか、《山幸》のご主人が、日の暮れかかった頃、お屋敷に来ました。感じのいいご主人でした。

用件は、店の配達人に、不手際があったような言い方で、注文した品が届いたかどうかの確認だったと思います。品物は届いていました。それが蜂蜜だったのです。もう一つ品物があったと思いますが、急には思い出せません。でも、蜂蜜の方は確かです。だんだん思い出してきました。その品を受け取ったのは聡子さんだったのです。

そして、その日だったか、前の日だったか、瑤子奥様がお熱を出しました。聡子さんは、瑤子奥様の食欲がないからと、ヨーグルトに、届いた蜂蜜をかけたのです。そう言えば、あの蜂蜜は誰が届けたのかしら。たけおという人？　それともさっきの、「ちわー」の人？

不手際をするような人は、無口な人ではなく、いつもニコニコしている、「ちわー」の人だろうと勝手に想像したことも思い出しました。でも、もしかしたら、たけおという人かもしれません。よく思い返してみると、あの頃から、たけおという人が配達に来なくなったような気がします。

それに、たけおという人が、自転車の荷台に若い女性を乗せて、お屋敷の横の道を走って行ったのを見ました。その時、意外だな、と思ったものです。昼日中に女性と相乗りなんて、彼らしくないと思ったのです。

人は見かけによらないと言いますから、たけおという人は、私が感じている人柄と、私の知らない別の性格を併せ持っているのかもしれません。そう考えると、不手際の本人が、たけおであっても不思議ではありません。

同時に思い出しました。

彼が相乗りしていく後姿を、瑤子奥様が勝手口の前で見つめていたことです。あの時、このことは聡子さんに言うべきではない。そう思ったものでした。

なぜそう思ったのか、時が過ぎた今でははっきりと思い出すことができません。そして、あの時の瑤子奥様の後姿が、今では薄ぼんやりしてきて、記憶の彼方に消えていきそうなのです。


十二月に入りました。水道の水が冷たく感じます。故郷の井戸水は、夏は冷たく、冬は暖かく感じます。東京の水道の水とは逆です。冷たい水を桶に溜め、布巾を洗います。何枚も洗います。台所用の石鹸で丁寧に洗い、固く絞って、窓際に取り付けた金属の細い棒に掛けて干すのです。お屋敷のタオル、お手拭き、布巾、台布巾に至るまでどれも白で色物はありません。そしてどれも清潔でした。

布巾を干そうと思い、腕を伸ばしながら、何気なく窓の外を見ると、瑤子奥様がゆっくりとした足取りで窓の向こうを歩いています。師走とはいえ、まだ四時前ですから陽の光がわずかに残っています。瑤子奥様のお顔に笑みが浮かんでいるのが分かりました。瑤子奥様は時々こういう笑みを浮かべます。

遅いお散歩だなあと思いながら、布巾の両端を持って皺を伸ばしました。その時、勝手口の向こうで声がしました。「こんにちは。大塚精肉店です。ご注文の品をお届けに参りました」

私は、「はーい」と大きめの声で返事をしました。ガラス戸が開き、時々、注文を取りに来たり、注文した品物を届けに来る若者が入ってきました。

「失礼します。大塚精肉店です。ご注文の牛肩ロース一キロと、鶏肉五百グラムお持ちしました。いつもありがとうございます」

「ご苦労様です」。私は、お肉を受け取りました。

「今日は何かご注文、ありますでしょうか」

「今日はありません」

「ではまた、伺わせていただきます。ありがとうございました」

若者は軽く頭を下げるとガラス戸の桟を跨ぎ、出て行きました。

その後姿を見た時、黒っぽいズボンの後ろポケットが、ずいぶん膨らみ、ポケットの口から布のようなものがはみ出ていました。あれでは、よほど注意しないとポケットから落ちてしまうでしょう。自転車に乗るでしょうからなおさらです。声をかけようかと思っているうちに若者はガラス戸を閉めました。

ま、いいか。そんな風に思い、受け取ったお肉を電気冷蔵庫に入れました。

今夜はクリームシチュー。私には手も足も出せないお料理です。できるのは野菜を切るだけ。クリームシチューに使う野菜の切り方は知っています。

ジャガイモ、人参、玉ねぎ。お馴染みの野菜の他にブロッコリーがあります。ブロッコリーはお屋敷に上がって初めて知った野菜です。全く味がなく、どこが美味しいのかよく分かりません。それに、このブロッコリー、他の野菜と違って切り方が厄介なのです。

野菜の処理をしながらまた思いました。あの青年の、ポケットに入っていた布のような物は何だったのかしら。色は茶色でした。ただの茶色だけではなく、細い格子縞のような模様があったように思います。ちょっと見ただけでしたが、ふわふわした感じに思えました。

小池のおじさんがごみを燃やしています。私は溜まった紙袋を抱えて、ドラム缶の焼却炉へ向かいます。

どういうわけかこの紙袋、捨てるに捨てられず、溜まる一方なのです。たぶん聡子さんは、必要ないと思う袋はその都度捨てると思いますが、私にはそれができません。どれも綺麗で丈夫そうな袋で、いつか使うだろうと思うから捨てられないのです。でも結局は使わないのです。

近頃は、特大の紙袋に、折りたたんで重ねてある紙袋が溢れていて、収納庫の戸を開けると、バサバサと落ちてくることがありました。百貨店、洋菓子店、衣料品店、靴屋、などなどの紙袋。それに包装紙が加わります。

ある日、聡子さんに相談しました。「捨てた方がいいわね、この前、収納庫を開けたら、袋が何枚も床に落っこちた」。聡子さんは淡々とした口調でそう言いました。

私は自分の気に入った袋と包装紙を十枚ずつ残し、特大の紙袋を引きずるようにして、自分の部屋に運びました。台所口からよりも、私の部屋からの方が焼却炉に近いのです。紙は重い。手押し車を使おうと思いましたが、小池のおじさんが使っているらしく、物置にはありませんでした。取りに行くほどのこともないと思い。抱えられるだけ抱え、焼却炉に向かったのです。

そんな私の姿におじさんが気づき、小走りして取りに来てくれました。

ドラム缶の中で枯草や枯れ枝が、ぶすぶすと燻ぶっています。

おじさんは竹の棒で燻ぶる枯草を時々持ち上げます。そのたびに、ドラム缶の中でぱっとオレンジ色の炎が上がります。居間のガスストーブを使い始めましたが、ガスの炎と焚火の炎では、温かさが違います。

故郷にいたころ、冬になると、学校へ行く道の途中で、雑貨屋のおばさんが毎日のようにドラム缶の中で何かを燃やしていました。私はドラム缶の焚火を楽しむために早目に家を出ます。友達が一人増え二人増え、三、四人でわいわいしゃべりながら体を温めてから学校へ向かいました。

そのことを私はおじさんに話しました。

「私らも同じだ。ドラム缶など使わず、地べたで直に燃やしたもんだ」

おじさんも地方出身だなと思いました。前から思っていましたが、話し方に地方訛りを感じます。どっち方面かは分かりませんが、江戸っ子ではないと思います。おじさんがまた竹棒を枯草に突っ込み、持ち上げました。その時、枯草でないものが竹棒の先に引っかかりました。私は首を傾げました。

「おじさん、それ何？」

「ああ、屋敷の脇の道に落ちていた。襟巻じゃないかな。野良猫が寝床代わりに奪い合ったか、じゃれたかしたらしく、汚れてずたずたでね。使いもんにならん。道路に放っておくわけにもいかんでね。拾ってきた」

おじさんはそう言うと、布切れを枯草の上に置きました。あれだ！　と思いました。三日ほど前です。御用聞きの、ズボンの後ろポケットからはみ出していたふわふわした布。そうです。大塚精肉店の配達人がお肉を届けに来た時に見たものでした。

半分燃えていますが、茶色を基調にして、青や緑の線が、格子縞のような柄を作っています。落ちていた場所といい、あれに間違いありません。マフラーだったのです。おじさんは襟巻と言いました。私も故郷にいた頃は襟巻と言っていましたが、今はマフラーと言います。真希子様がその言い方を教えてくれたのです。

原形をとどめていませんが、お洒落なマフラー。高価そうにも思えます。やっぱりあの時、声をかければよかった。あの青年、今頃、残念がっていることでしょう。

「それは何？」

おじさんと私はぎょっとして振り向きました。そこに瑤子奥様が立っていらして、煙の立ち昇るドラム缶の中を指さしています。その美しい顔は、いつものように無表情でした。おじさんと二人で頭を下げました。

瑤子奥様の指先はマフラーを指しています。白い指はそのまま動きません。瑤子奥様は同じ質問を繰り返すことをしないのです。おじさんはもう一度頭を下げて、私に話した内容を簡潔に説明しました。

おじさんの説明が始まると、瑤子奥様はゆっくり腕を戻しました。無表情なので、おじさんの話を聞いているのかいないのか分かりません。説明が終わると、瑤子奥様はくるりと向きを変え、玄関に向かって歩いていきました。いつものようにゆったりと。

もしかしたら、そのお顔に笑みを浮かべているかもしれません。私はそんな風に想像しました。おじさんと顔を見合わせ、一緒に吐息をつきました。瑤子奥様というお方は、誰にでも、得体の知れない緊張感を与えるお方なのです。


二年後の昭和三十五年秋、私は婚約をしました。

その年の初夏にお見合いをしたのです。満で十九になったばかりでした。

私はまだ早いと思いました。故郷にいる同級生の女子が数人結婚したと聞いています。だから、十九という歳は決して早くはないのでしょう。でも、私はもっとお屋敷でご奉公がしたかったのです。今やめてしまったら、何もかも中途半端に思えます。行儀見習いも、お料理の作り方も、洋裁教室も。そんな私の気持ちを察したのか、

「嫌なら断ってもいいのよ。竹下さんにも私にも遠慮することない。ただ、断るのなら早い

方がいいわね。ずるずると付き合って、相手がその気になってから断るのは身勝手で礼を失する。相手だって傷つくし、それこそ、竹下さんの顔を潰すことになる」

竹下さんという人は、お屋敷に出入りする植木屋、《植竹》のご主人。だから、竹下さんとは何回も会っています。でも、親しく会話したことはありません。そんな竹下さんが私のことを気に入ってくれて、知り合いにいい男性がいるからどうかと、聡子さんに話したんだそうです。

本来なら、私の雇い主であるご主人様に話を持っていくべきなのでしょうが、ご主人様は、女中風情の私生活に口を挟むようなお方ではありません。何しろ、お屋敷に上がってから今日まで、一度も名前を呼ばれたことがありませんし、一度もお話をしたことがありません。毎朝のお見送り、お出迎えをしていますが、私はご主人様がどんなお声をしているのかよく分かりません。ご主人様にとって、私の存在はあってないようなものなのでしょう。全くの無視、無関心なのです。

それでも嫌な思いも悲しい思いもせず過ごせたのは、聡子さんがこのお屋敷の、総取締役のような存在だったからです。考えてみれば、ご主人様だけではありません。他のどなたも私には無関心。真希子様だけが洋服の雑誌や、話題になっている映画のパンフレットを見せてくれることがあります。それもごくたまのこと。たぶん、女中とはそういうものなのだと思っています。

お見合いの日、お相手の人は竹下さんと一緒に、私は聡子さんと一緒に、目黒駅前の和食のお店で会いました。お相手の印象は悪くありませんでした。無口ですが誠実そうに思えました。

もちろんその人は、私が東北の貧しい農家の出であって、中学卒で女中奉公をしていることを知っています。お相手のことも聞きました。出身は東京の多摩。高校を卒業して目黒区内の消防署に勤務しているということです。消防士になることが子供のころからの夢だったそうです。消防士への夢については、竹下さんと聡子さんが帰り、二人で目黒川のほとりを散歩しながら聞いたことでした。

その日の聡子さんは、内心気もそぞろだったと思います。瑤子奥様を一人にして、自分だけ外出することなどまずありません。ご主人様が、瑤子奥様ご同伴で外出することがふた月に一度くらいありますが、その時は、聡子さんも同行します。ご主人様はそのことに満足しているようでした。自分の妻が、伯爵の末裔で、他に類を見ない美貌の持ち主。妻専属の乳母がいる。これは夫としてたいそうな自慢だったようです。そういうことは何となく伝わってきます。

そんなわけで、聡子さんは、一分でも早く瑤子奥様のもとへ帰りたかったはずなのです。実際に食事が済むと帰って行きました。竹下さんも聡子さんに倣いました。お相手の消防士は、目黒川沿いの散歩が済むと、近くの喫茶店に入って、コーヒーを注文しました。喫茶店に入ったのは初めてでした。そのことを正直に言いました。お相手は白い歯を見せて微笑みました。

コーヒーはお屋敷にもあり、いろいろな道具を使って聡子さんが淹れますが、私は飲んだことがありません。ただ、素晴らしくいい香りがすることは知っていました。消防士と一緒に、初めて飲んだコーヒーは美味しくありませんでした。こんな苦いもののどこが美味しいのか不思議でした。

そのことも消防士に正直に言いました。消防士はまた白い歯を見せて笑い、銀色の容器から牛乳のようなものを私のコーヒーカップに入れ、もう一つの銀色の容器から砂糖を一匙掬ってカップに入れてくれました。私は、消防士の真似をしてお匙でかき回して飲みました。びっくりするほど美味しかったのです。こういう味の飲み物を飲んだのは初めてでした。

そのことも消防士に言いました。消防士はまた白い歯を見せて笑いました。静かに笑い、静かに話す人。私とは正反対です。そう思いましたが、私がおしゃべりのせいか、初めてにしては結構、会話をしたように思います。

消防士は、お屋敷の塀のところまで送ってくれました。そこで別れました。それだけでした。

二人でいる間、私は、結婚のことをほとんど考えていなかったように思います。ただ、非日常的なことが滞ることなく流れていき、その時間が嫌ではありませんでした。だからと言って、楽しかったかと言えばそうとも言えません。何となく、果たすべきことが終わった、というような感想でした。そして、お屋敷の掃除をするよりも、草むしりをするよりも疲れました。

「ただいま戻りました。今日はありがとうございました」

食堂にいた聡子さんに挨拶をしました。

「疲れたでしょう。少し休んでいいわよ」

「いいえ、大丈夫です。すぐ着替えてきます」

私のお見合いはこんな風に進行し、このように終わったのです。

お見合いをしてから三回目に会ったとき、結婚を決意しました。あとで知ったのですが、お相手からは、初めて会った日の三日後に、結婚を前提としてお付き合いしたいと、竹下さんに話があったのだそうです。竹下さんは聡子さんにその旨を話しました。だから、私は聡子さんから聞いたのです。

一人の女中の結婚話は、雇い主を抜きにして、出入りの植木職人と、お屋敷を取り仕切る女中との間で滞りなく進んでいきました。もちろん、ご主人様には聡子さんから報告されていると思いますが――。

婚約してから結婚までの約半年の間に、十回ほどお相手と会いました。結婚を決めた理由が自分でもよく分かりません。とっても好きかと訊かれたら、返事に困ります。嫌いかと訊かれたら、いいえと答えます。それは当然です。嫌いな人と結婚するわけがありません。

意外だったのは、結婚を決意した人と会うときは、胸がときめき、いつまでも一緒にいたい。その日別れたらすぐにまた会いたくなる。そんな心の昂ぶりのようなものを想像していたのですが、そんなことはありません。いたって冷静でした。

台所仕事をしながら、聡子さんにそのことを話してみました。こういう話をするのは難しいものだと思いながら、自分が感じていることを、少し端折って話しました。聡子さんは珍しく声を立てて笑い、

「あなたは恋愛中の女性の心理を想像しているんじゃないの？　恋愛小説を読んだりしていると、そこに登場する女性と自分を置き換えて考えちゃう。違う？」

「私、あまり恋愛小説って読みませんけど、時代小説の中にも、恋愛のような場面が出てく

ることがあります」

「私は結婚したことがないから分からないけど、恋愛結婚とお見合い結婚は違うかもしれないわね。もしかしたら、今あなたが想像しているようなことは、結婚してから味わうのかもしれない」

そう言って、聡子さんは電気冷蔵庫から、カスタード・プディングという西洋のお菓子を出しました。これは聡子さんの手作りではありません。洋菓子店から取り寄せたものです。箱から出したカスタード・プディングは、脚の付いた銀製の器に乗せられました。

私は盆を用意し、スプーンを乗せました。そのお菓子は黄色い色をした五、六センチくらいの円柱形で、上に茶色いソースのようなものがかかっています。ソースの上に白いクリームが小さく渦を巻き、その中央に緑の葉が置かれています。

盆に乗せられたカスタード・プディングはプルプルと震えているようです。微かに甘い香りがしました。瑤子奥様が召し上がるのです。聡子さんは盆を持つと台所を出て行きました。私はカスタード・プディングを食べたことがありません。

結婚式が来年の春に決まり、師走に入りました。

食堂のテーブルを拭き、台所に戻り、何気なく壁に掛けてある暦を見ます。今日は十二月二日。故郷の母親の四十歳の誕生日です。満年齢で歳を数えることがようやく身に付いたので、母親が満四十歳だとわかります。母親本人は数え年で数えるので、自分の正しい年齢が分からないと思います。

お屋敷のどなたかがお誕生日の日は、何かしら普段と違う食事になり、シャンパンというものや葡萄酒を用意します。お食事の前に丸い形をして、表面が華やかに飾りつけられたケーキがテーブルに置かれるのです。

その日は食堂に用事があったので、お邪魔にならないように部屋の端を通りました。その時ちらりと見えました。そのケーキの上には細くて短い蠟燭が立てられ、火が灯されていました。用事が終わり、食堂を出る時、パラパラとまばらな拍手が聞こえましたが、その後、蠟燭の火がどうなったのか、ケーキはどうなったのかは分かりません。

私は自分の誕生日を祝ってもらったことがありせん。故郷にそういう習慣がないので、友達も皆そうでした。ですから、そのことを何とも思いませんでした。

故郷を離れるとき、丸三年間は絶対に故郷へは帰らない、強く決心をして上京しました。去年の春に丸三年を迎えましたが帰りませんでした。なぜ帰らなかったのか分かりません。聡子さんは帰りなさいと言ってくれましたが、帰りませんでした。

手紙はこまめに出すようにしていますが、母親は漢字が読めません。もちろん書けません。

高等学校へ通っている、すぐ下の妹が、私からの手紙を母親に読み聞かせ、返事も妹が書いてくれます。手紙の最後に必ず書いてあります。「こちらは皆元気です。姉ちゃんも元気でね」と。

こういう手紙のやり取りを、このお屋敷でするのも間もなく終わりとなります。来年の春からは新住所から出し、妹からの返事も新住所へ届きます。

10

十二月十四日、上京して以来、初めて故郷へ帰りました。結婚することは前から知らせてありましたが、仲人を引き受けてくださった竹下さんご夫妻、夫となる人のご両親、そして、夫となる本人。この方たちが、十六日に我が家を訪れることになりました。挨拶と結納を同時に行ってしまうのです。

私は二日早く帰り、皆様をお迎えすることになりました。

四年九ヶ月ぶりに帰った我が家は少しも変わっていません。藁《わら》ぶき屋根ですが、狭いながらも部屋が三つあり、清潔にされています。でも、そこに住んでいる人たちは大きく変わっていました。妹一人と弟二人は見違えるように成長し、はち切れんばかりでしたが、両親は別の意味で変わっていました。四十歳の母親が五十歳に見えます。四十五歳の父親が五十五歳に見えます。そのことに言葉を失いました。私が上京する時はこうではなかったと思います。

都会の人間を見慣れたせいと思いますが、農作業が、いかに肉体を酷使するかを改めて知った思いでした。顔立ちの整った母ですが、浅黒いその顔にはすでに皺が刻まれています。これが、昔は秋田美人と呼ばれた人なのです。

翌日、皆様をお迎えし、その日、皆様には街の旅館に泊まっていただきました。十六日に、無事結納を済ませ、皆様は午後の汽車でお帰りになりました。聡子さんからお許しが出たので、私はもう一泊し、友達と会い、しゃべり、故郷の料理を食べ、十七日に帰京しました。

お屋敷での最後のお正月でした。

お餅はお米屋に頼み、おせち料理は毎年決まった料亭に頼みます。お屋敷で作るのはお雑煮だけ。だから普段よりものんびりしています。初めて料亭から届いたおせち料理を見た時、これは本当に食べ物だろうかと疑ったほど、料理の品々も、色も形も見事で豪華でした。

お重は一の重、二の重、三の重、与の重、とあり、不思議なことに五の重は空でした。後で聡子さんが教えてくれました。五の重は神様から頂いた幸福を詰める段として空けておくのだそうです。

おせち料理と、お雑煮だけはご家族の皆様と同じものを頂きます。もちろん、聡子さんと私は台所の調理台で頂きます。普段は皆様よりも先に食事をしますが、お正月だけは皆様が食べ終わり、後片付けが済んでから頂きます。

このお屋敷でおせち料理と聡子さんの作る美味しいお雑煮を食べるのが、これで最後かと思うと、寂しくて涙が出そうになって困りました。でも、聡子さんはいつもと同じ。豪華なおせちを食べる時も、作った料理の余り物や、無駄になった食材にちょっと手を加えて食べる時も、同じ表情で無駄口を利きません。

静かにおせち料理を食べる聡子さんを見ながら思います。私の代わりとなる人が決まったそうなのです。聡子さんから聞きました。その人は四十歳くらいの人。私のように住み込みではなく、通いだそうです。たぶん、家が近いのでしょう。朝八時に来て、夜七時に終業。昼の休憩時間は家に帰る。

ということは、朝食の支度は聡子さん一人ということになります。皆様の出かける時間がそれぞれ違いますから、朝は何かと忙しないのです。それを聡子さん一人でこなすことになります。

新人さんは、慌ただしい時間が一段落したころに、出勤してきます。聡子さんが大変なことは分かっていますが、私はそれを口にしません。いなくなる人間が何を言っても何の役にも立ちませんから。

吉日を選んで、花嫁道具が新居の官舎へ運ばれました。

花嫁道具一式が倉元家から贈られたのです。あまりに意外なことで、初めは信じられず、言葉が出ませんでした。

丸五年働きましたが、妹の学費と、家の生活費と合わせ、月に千円。昇給してからは千三百円仕送りしていましたから、思うほどの貯金はできませんでした。そのことをお相手に話し、家具調度品は最小限とし、結婚してから少しずつ整える。そう話し合っていました。

聡子さんから花嫁道具の話を聞いた時は、聡子さんが私をからかっているのではないかと思ったほどでした。でも、聡子さんはそういう人ではありません。その話の後で聡子さんが言いました。

「これは退職金代わりなのです。だから、退職金はありません」

それで十分でした。十分過ぎると思いました。どのように感謝の気持ちを伝えたらいいのか分からず、お礼の言葉も考えられず、しばらくはぼんやりした状態でした。

官舎に花嫁道具が運ばれ、今すぐからでも生活ができるように、家具と調度品が六畳と四畳半、そして台所へ収まりました。家具類の中で一番嬉しかったのは鏡台。鏡台の置くところは決めていました。寝室にするつもりの四畳半。押し入れの反対側に当たる壁際でした。

梱包が解かれ、業者によって組み立てられた鏡台が、私の指定した場所に置かれました。縦長の鏡を覆う鏡掛けには、薄い藤色の地に鶴が羽を広げ、下方には松の枝が伸びています。その布をそっとめくりました。磨き込まれた鏡の表面は、まるで刃物のように鋭く冷たく、一瞬ドキリとしたほどです。故郷の実家には鏡台はありません。もちろん、お屋敷の自室にもありません。あるのは小さい写真立てのような鏡。私は鏡台に憧れていました。


結婚式が一週間後に迫った日、聡子さんから渡されたものがありました。

「小池さんからご祝儀を預かっているの。あなたに直接渡しても受け取らないんじゃないかと言って」

「小池さんからですか。どうしたらいいでしょうか」

「頂いておきなさい。せっかくの気持ちなんだから」

「でも、――小池さんにはもう会えません。お礼も言えません」

そう言ったとたんに涙が出ました。溢れるように出ました。泣き声が出るのを必死に耐え、エプロンの端で何回も涙を拭いました。

「あなたの代わりに私が言います。あなたの今の気持ちも私から伝えます。小池さんはあなたの性格をよく分かっているから、心配しなくて大丈夫よ」

結婚式の二日前、聡子さんに連れられて居間へ行きました。居間にはご家族全員がそれぞれソファに座っていらっしゃいました。ご主人様もいらっしゃいました。ご主人様を見ただけで胸がドキドキしました。

私は聡子さんに言われた通り、皆様の前で直立不動をし、その後深く頭を下げました。

「よし江さんは、今日をもって、こちらのお屋敷をお暇《いとま》します」

聡子さんが私を見て頷きました。私は皆様に分からないように深呼吸をしました。

「ご主人様、そして皆様、五年もの長きにわたり大変お世話になりました。私は明日、お屋敷をお暇いたします。不束《ふつつか》な私を支えてくださった皆様方に感謝申し上げます。そして、皆様方のこれからのお幸せを心よりお祈りいたします。ありがとうございました」

もう一度姿勢を正し、お辞儀をしました。パラパラと拍手の音が聞こえました。頭の中が固まってしまったようで、どなたが拍手をしてくださったのか分かりませんでした。

「よし江ちゃん、幸せになってね」

これは、真希子様のお声です。真希子様はすでに大学を卒業して、英会話教室の講師をしておいでです。和樹様は大学院を修了しましたが、そのまま大学に残り、何かの研究をしておいでです。何の研究なのかは知りません。

聡子さんと一緒に居間を退出しました。

台所に戻ってもなかなか緊張感が取れません。聡子さんが冷たい水をコップに注《つ》いでくれました。私はごくごく音を立てて飲みました。

「大丈夫。立派な挨拶でした」

「聡子さんのお陰です。間違わないように必死でした。ご主人様もいらしてくださったのですね。驚きました。よけい緊張してしまいました」

二人でそんな話をしているところへ、音もなく瑤子奥様がいらっしゃいました。瑤子奥様が台所に入ることはめったにありません。私は音を立てて椅子から立ち上がりました。無意識に直立不動になっていました。

瑤子奥様はじっと私を見つめると、両手を頭の後ろにやり、指先を動かしているようです。何をなさっているのか分かりません。今初めて気が付きましたが、今日の瑤子奥様は、光沢のある濃い水色のドレスのようなお衣装でした。色の白いお顔によく似合っています。

「あげる」。瑤子奥様が右手を突き出すようにしました。その時、瑤子奥様の後ろ髪がはらりと肩に落ちました。私は奥様の右手を見ました。持っているものが何かすぐ分かりました。

薄い水色の地に螺鈿細工が施された髪飾り。扇のような形で、角度が変わるたびに複雑な色合いの光沢を放ちます。裏は櫛になっていて髪留めにもなるのです。和装にも洋装にも合います。

瑤子奥様はそれを手に持ち、私の前に差し出しています。どうしていいのか分からなかったので、聡子さんを見ました。聡子さんが、「頂きなさい」と言いました。

私は震える両手で髪飾りを頂きました。その時、私は声を出して泣いてしまいました。さっきの興奮が冷めやらぬうちに、今度は思いがけなく、本当に思いがけなく、瑤子奥様からの贈り物。感情が制御できなくなってしまったのです。

瑤子奥様は不思議そうなお顔で私を見つめていらっしゃいます。私は泣きじゃくりながら、「ありがとうございます」、と言ってお辞儀をしました。瑤子奥様はくるりと背を向けると戻って行きました。肩まで落ちた髪の毛が、カールしたまま微かに揺れていました。

「いつだったか、私が話したの。あなたがその髪飾りが好きだということ。お嬢様、覚えておいでだったのね」

私は失礼します、と言って、小走りで自室に戻りました。まだ嗚咽《おえつ》が止まりません。エプロンの端で涙を拭き、部屋の真ん中に正座し、何回も深呼吸をしました。握りしめていた指を広げ、髪飾りを見つめました。

こんなに間近で見たのは初めてです。模様が貝殻でできていることがよく分かります。それも、微妙に違う貝殻の形、色合い。私は髪飾りを電球にかざしてみました。裸電球の弱い光ですけれど、髪飾りを少し動かしただけで、模様の形や色が生き物のように変化します。

そんなことをしている時、おやっと思い、手の動きを止めました。裏の櫛の歯に何かが付いています。腕を戻してよく見ました。それは髪の毛でした。そーっと解《ほど》いてみました。髪の毛は二本絡み付いていました。「瑤子奥様の髪の毛……」。そう呟きました。

もう一度髪飾りを見てから鼻紙を出し、二本の髪の毛と一緒に丁寧に包みました。気に入った包装紙を出し、さらに包んでハンドバッグに仕舞いました。その頃になると興奮も静まり元の自分に戻ったようでした。

部屋の中はがらんとしています。この部屋で寝るのは今夜が最後。大した私物があったわけではありませんが、それでもこの部屋で、五年の間、寝起きしたのです。残したい物も、必要ない物もそれなりに溜まります。

必要ない物は捨て、必要と思う物は柳行李に入れて新居となる官舎へ送りました。柳行李は上京の際、持ってきた物です。今、半間の押し入れに入っている物は、支給された布団《ふとん》と小引き出しだけです。

明日の朝、このお屋敷を出て行きます。今日、両親と妹が上京し、式と、ちょっとした披露宴を行う料亭の近くに宿を取っています。両親の、お屋敷への挨拶は必要ないということになったので、両親は、我が娘が五年間働いたお屋敷が、どういうお屋敷なのか見ず終いとなりました。

明日は独身最後の夜を、親子四人で過ごします。本当は二人の弟も上京させたかったのですが、旅費のことを考えるとそれは無理でした。そんなことをあれこれ考えていると、やはり、五年という歳月は長かったなあと、つい感慨に耽ってしまいます。

その時、入り口の戸が軽く二回叩かれました。返事をして立ち上がり戸を開けました。聡子さんが立っていました。いつでも姿勢のいい聡子さんです。

「少しお邪魔してもいいかしら」

大きな声で、「はい」、と返事をしました。今まで自分が座っていた場所に小さい座布団を置きました。これも支給された物です。聡子さんはそこに正座しました。座っても背中がピンと伸びています。私も聡子さんの前に正座し、背筋を伸ばしました。

「いよいよね」

「はい。さっきはすみませんでした。取り乱してしまいました。きちんとお礼も言えなくて申し訳ありません」

「あなたがいきなり泣き出すから、お嬢様びっくりなさったと思うわ」

「聡子さんからお詫び申し上げてください。もうお会いすることはないと思いますから」

「分かったわ、あなたの気持ちをよく申し上げます。それでね、これ」

聡子さんは私の膝の前に、貯金通帳と印鑑を置きました。私は首を傾げました。

「これは、あなたのお金なの。名義もあなたよ」

「どうしてですか」

「あなたに無断で、あなたのお金を私が積み立てていたの。あなたの米穀通帳と、印鑑があれば通帳は作れる。あなたの印鑑を借りたことがあったんだけど、五年も前のことだから忘れたでしょう」

「はい、覚えていません」

「あなたを雇うに当たっては、当然身上調査をします。だからあなたの家の事情も分かっていました。あなたのお給料は二千円ではなく、二千三百円だったの。だから二年間は毎月、三百円ずつ貯金しました。丸二年経って昇給したでしょう。あの時も三百円の昇給ではなく、五百円だったの。だから、それからの三年間は、五百円ずつ貯金したの。あなたがよく、就職係の先生と言っていたでしょう。その先生には初めにこのことを伝えてあります。もしかしたら、ご両親も先生から聞いてご存じかもしれない」

私は、何と言っていいかわからず、聡子さんの顔を見つめるばかりでした。見つめていると、乾いたはずの瞼が湿ってきそうで心配でした。

「あなたは、私がよけいな気遣いをしなくても。きちんとした人だとすぐ分かったけど、何となく言いそびれてしまって、今日まで来てしまった。でもね、——私はこれでよかったと思っている。あなたのことだから、お給料が二千三百円だったら、実家への仕送り、もっと増やしていたんじゃないかしら。それにしても、よけいな気遣いであることは確かね。ということで、これはあなたが働いて得たお金です。誰にも遠慮はいらないの」

また涙が出そうになったので、歯を食いしばって堪えました。

「長い間、本当にご苦労様でした。本来ならこういう言葉、私のような立場の者が言うべきことではない。それは承知しているのよ、あなたも私もこのお屋敷の女中です。先輩後輩の違いがあるだけ。でもほら、いろいろとね。分かるでしょう」

私は大きく頷きました。堪えていた涙がぽとりぽとりと膝の上に落ちました。

「それからね」

「はい」。私は手の甲で涙を拭い、聡子さんを見ました。

「初めてあなたがこのお屋敷に来た時、とても大事な約束事をしたけど、覚えている？」

「もちろん、覚えています。学校の就職係の先生から言われたことですから。そして、聡子さんとも約束しました」

「そうだったわね。でもそれは、このお屋敷にご奉公している間だけって思っていない？　だって、お屋敷を辞めてしまえば、あなたはもう雇人ではない。お屋敷とは何の関係もなくなるのよ」

「それは違うと思います。私がこちらのお屋敷でお世話になった五年間は、そんな軽いものではありません。それに、雇人であろうとなかろうと、人様の私的なことを他人にペラペラしゃべることは間違っていると思います。私はそう思います。それに――」

「何？」

「正直に言っていいですか」

「いいわよ」

「あの、――五年間お世話になりましたけど、こちらの皆様のことは何も知りません。皆様とお話ししたことがありません。皆様のお話を聞いたこともありません。女中と雇人の関係って、そういうものなんだと思いましたけど、私、聡子さんがいらっしゃらなかったら、寂し過ぎて辞めていたと思います。聡子さんがいらしたから、五年間ご奉公できたのだと思います。だからさっき、瑤子奥様から髪飾りを頂いた時、びっくりしちゃって、取り乱してしまいました」

「そう、そう言ってもらうと嬉しいわ。では、お屋敷を去っても、お屋敷内のことは人に言わない。そう思っていいということね」

「もちろんです!!」

聡子さんは小さく頷き、ポケットの中から何かを出して私の前に置きました。それは木の箱でした。艶のある蓋の表面に、点々と貝細工が施されています。

「これ、さっきの髪飾りを入れる箱よ。お嬢様がおっしゃったの。この箱をあなたに渡すようにって。あの時は、お嬢様も驚いてしまったので、容れものの箱のことまで、思いつかなかったらしいの」


官舎は目黒区碑文谷二丁目にあります。

結婚して一年後に妊娠が分かりました。順調に行けば十一月頃に出産。二十一歳で母になります。

あっという間に過ぎた一年でした。料亭の二階で行われた結婚式と披露宴。出席者は少なかったです。夫の方は、親族が十人以上出席したので格好がつきましたが、私の方は両親と妹だけ。だから、神主さんが出張して行われた式は、花婿の方の参列者と花嫁の方の参列者に滑稽なほどの差が出ました。これは仕方がありません。花嫁の方だって地元でやれば十人くらいの親類は集まります。だから私はそのことに関して何の引け目も感じませんでした。

私は思っていた以上に冷静でした。上がる、ということもなかったと思います。ただ、高島田のかつらが重く、こめかみが圧迫されて痛かった。これは覚えています。式が終わると、同じ場所で披露宴。お客様は別の部屋に移され、準備の整うのを待ちます。

係の人が、準備が整ったことを知らせに来て、花婿と花嫁、竹下夫人を残して、皆さんがぞろぞろとさっきの部屋へ移っていきます。それから十分ほどして、料亭の仲居さんから合図があり、私は竹下夫人に手を取られてその部屋まで歩きました。花婿と花嫁、仲人の竹下夫妻の座る場所は決まっています。

上座から両脇に座布団が敷かれ、その前に膳が置かれています。すでに皆さん席に着いています。ここでも、その人数が大きく違っていました。花婿の同僚が加わったからなおさらでした。

私は自分の場所に座りながら首を傾げました。実家の三人。父、母、妹。妹の向こうに二人分の膳があります。もう一度首を傾げた時、部屋の端の襖《ふすま》が開き、仲居さんに案内されて人が入ってきました。私は顔を上げました。声を上げそうになりました。

その二人は聡子さんと真希子様だったのです。聡子さんは若草色の訪問着、真希子様は淡いピンクのワンピース。真希子様、聡子さんの順番で座ります。真希子様が私を見てニコッと笑いました。聡子さんは表情を変えないまま、まっすぐ前方を見ています。

お二人がいらしてから急に落ち着きを失いました。竹下さんが新郎新婦を紹介し、仲人としての挨拶をしていても半分も聞いていませんでした。お二人ばかり見ていました。

宴が始まり、真希子様は時々膳に箸をつけますが、聡子さんはほとんど食べることなく、同じ姿勢を崩しません。

お二人は披露宴が終わるとすぐに席を立ち、誰に挨拶をするでもなく帰って行きました。私は花嫁の席から深く頭を下げました。お二人と、一言の会話もないお別れでした。

別室で衣装を脱ぎ、化粧を落とし、着替えをし、身の回りの整理をしていると、式の前と同じくらい時間がかかります。その間に母が来て小声で言いました。「あの、薄い緑色の着物を着ていた人が聡子さんと言うんだろう。その隣にいた人は、誰なんだい。娘さんかい？でも娘さんの方が上座に座るのは変だねえ」

母は方言まる出しでそんなことを聞きます。私は何も答えたくありませんでした。こんなごたごたした場所で、お互いが落ち着きのない状況の中で、宝物と思えるほど尊い話をしたくない。しても分かってもらえない。そう思っていました。

「お前も苦労しただろうね。あの聡子さんという人の下で働いていたんだもんねえ。それも、丸五年、よく辛抱したねえ」

十一月に女児を出産しました。出産時、私は実家に帰りませんでした。その頃、実家のある農村では自宅で出産するのが当たり前。産婆が赤ん坊を取り上げました。でも、都会では、病院での出産が珍しくなかったのです。

贅沢とは思いましたが、夫も義父母も賛成してくれたので、近くの産院で出産しました。産後二ヶ月間、夫の実家で義父母の世話になりました。夫は次男で妻帯者となりましたが、長男は独身。当時、仕事の都合で仙台に赴任していました。三男は都内で自動車会社に勤務。自宅から通勤していました。夫は三兄弟。義父母は初孫の、それも女の子の誕生を喜び、夫は照れくさそうに白い歯を見せて笑っていました。

命名を義父母に頼みましたが、「それは、両親が決めなさい」と、義父に言われました。夫と相談して、冴子に決めました。一面冴え渡る。清らかに澄み渡る。義父母もいい名だと言ってくれました。

夫は仕事があるので官舎住まい、一週間に一度の割合で、実家に帰ってきました。

友達の中には、夫の実家で産後の世話になるなんて信じられないと言う人がいましたが、私はそうは思いませんでした。一人では無理と分かっていることに意地を張り、気の張る仕事に従事する夫に負担をかけ、自分の体に無理を強いるよりも、義父母の親切心に頼ることを間違ったこととは思わなかったからです。

順調に二ヶ月が過ぎ、迎えに来た夫と官舎へ帰るとき、義母は孫を抱きしめ泣いて別れを惜しんでくれました。私は、この子は幸せ者だと思い、義父母に感謝しました。

消防士の勤務は、交替勤務と毎日勤務に分けられるそうです。交替勤務とは、丸一日働いて、丸一日休みという勤務形態。全国の消防士の約八割は、この交替勤務をしていると聞いています。一方、毎日勤務とは、平日の午前八時三十分から午後五時三十分まで働き、日曜日は休み。いわゆる日勤と呼ばれる勤務形態。

夫は交替勤務。丸一日働いて、丸一日休みということになります。出産までの約二年で、夫の生活のリズムが飲み込めていました。産後二ヶ月の空白をどう取り戻そうかと案じましたが、さほどのことはなかったです。

特に気を付けたことと言えば、二十四時間勤務の翌日は夫の眠る時間を大事にする。そのくらいでした。だから、夫が眠っている時、子供がむずかるとすぐにおんぶして外に出ました。

主婦たるもの、このくらいの気遣いは誰でもするでしょう。つまりは、消防士の妻だからと言って特別の努力や我慢をしたわけではないのです。

平凡ですが、平和な月日が流れていきました。

娘が生まれて一年半ほどして、高木町の官舎へ越しました。若い消防士は異動が多いと聞いていました。それも近場での異動です。消防士は持ち場の地理を熟知していなければなりません。いきなり知らない土地へ行って、火災現場の地理が不案内なのでは話になりません。だから異動は近場ということになるのです。

第二章　追跡

1

居間のその場所は暗い。しかし勝手知ったる飾り棚。特徴のあるその形。あった！　その足元をしっかり摑んだ。重い。摑んだ物を持って飾り棚の脇に身を隠し、それを足元に置いた。そこで時間の来るのを待つ。

やがて、階段を慌ただしく降りてくるスリッパの音が聞こえる。やはり期待に応えてくれた。

足元に置いてあった物を持ち上げた。手袋をした両手でしっかり握りしめる。シャンデリアに付いた豆電球が居間の中央だけをほのかに照らしている。

いきなり居間が明るくなった。照明が全灯したのだ。シャンデリアのスイッチは階段を降り切ったところの壁にある。

飾り棚の横の壁に背中をぴたりとつける。こうすれば姿は見えないはずだ。これも実験済み。

相手は目的の場所に来てしゃがんだようだ。こちらに背中を向けていれば有難いのだが、それを確認することはできない。幸運を祈るだけ。途中まで開いた引き出し。それ以上は開かない。そのように細工した。今、その引き出しを覗いているはず。

カタカタと音がした。引き出しが開かないことに気づいたのだ。思い切って壁から離れ、飾り棚の前に立った。幸いなことにこちらに背を向けている。引き出しから少し顔を遠ざけ、その顔が床の絨毯に触れているような体勢。後ろの気配に気づいていない。

そっと近づき、握りしめた物を振り上げ、振り下ろした。

血が飛び散った。それが額に当たったのが分かった。相手は声も上げず頽《くずお》れた。半分開いた引き出しの前だ。

心の中で六十数えた。その間、相手はびくともしない。そっと近づき、持っていた物を、頭から少し離れたところに置いた。手袋を外し、掌を相手の鼻孔に近づける。ここでも六十数え、呼吸をしていないことを確認した。

これからが正念場。やる事がいろいろある。深夜の静寂の中で作業を進めた。

これで大丈夫。血で汚れた手袋とハンカチをポケットに押し込み、一つ大きく深呼吸をしてからゆっくりと二階への階段を上がった。

十二月三日、村木聡子はいつもと同じ、午前五時半に自室を出た。

台所へ向かう途中、おやっと思い食堂の方を見た。いつもと違って明るい気がしたのだ。

この時期の五時半はまだ外は暗い。当然屋内も暗い。だが、食堂の様子が見えるほどに明るいのだ。

聡子は食堂に入った。明るいはずだった。隣の居間のシャンデリアが煌煌としている。こんなことは初めて。昨夜自室に戻る時、シャンデリアは消えていた。「どなたかいらっしゃいますか」。返事がない。聡子は明かりを消そうと思い居間に入った。何気なく居間の中を見回した。目がある一点に向いた。そこに異様な光景が広がっていた。聡子は気丈だった。そこに向かって歩いた。顔を横にして倒れている人を見た。

その後、居間を、食堂を、廊下を歩き、青山信二郎夫妻の部屋のドアを叩いた。

それから屋敷中が大騒ぎになった。二分後には全員が居間に集まり、倒れている倉元宗一郎を囲んでいた。突然、聡子が叫んだ。

「奥様がいらっしゃいません!!　瑤子奥様が」

そう言ったかと思うと、二階への階段を躓《つまず》かんばかりに駆け上がって行った。実際に一度階段を踏み外した。そんな聡子の姿を皆が呆然と見ていた。一瞬、宗一郎の悲劇が消え失せたかのように。あんな風に取り乱した聡子を誰も見たことがなかったのだ。

聡子はすぐに戻ってきた。そして、階段の途中から言った。

「瑤子奥様はご無事です。よくお休みです」

安堵のためなのだろう。声が少し上ずっている。青山信二郎が怒鳴った。

「あんたは、義兄の死より、瑤子さんの方が大切なのか！」

聡子がゆっくり階段を降りた。

「取り乱しました。大変ご無礼いたしました」

聡子はそう言うと、見送りや出迎えをする時と同じようにお辞儀をした。さっきの階段を駆け上がる姿が夢ではなかったかと思うほど、聡子はいつもの聡子に戻っていた。皆が絶句して階段の下に佇む聡子を見ていた。


目黒南署に第一報が入ったのは、昭和三十八年十二月三日午前五時四十分だった。

『目黒区下目黒三丁目八の×、倉元宗一郎宅で変死体発見。死体は宗一郎氏。後頭部に打撲痕あり、直ちに出動』

たまたまその時、脇田警部補と佐藤刑事は夜勤明けで、洗面所で並んで歯を磨いていた。二人とも唇に白い粉を付けたまま、「えっ」、という思いで顔を見合わせた。

五年の間に、脇田巡査部長は警部補に、佐藤巡査は巡査部長となり、目黒南署の刑事課に配属された。倉元という名を聞いて顔を見合わせたからといって、二人が五年間、ずっと倉元家に拘りを持ち続けていたわけではない。

事件事故は毎日起こる。靴の底をすり減らしながらの捜査。五年の間には、新たな捜索願届の受理も何十件となくあった。その合間に、二人には、昇進試験という名の高い山もあった。

五年も前の、二人の青年の失踪は、頭の奥の、そのまた奥で、霞のような存在になっていた、というのが正直なところ。それでも二人が顔を見合わせたということは、無にはなってはいない。そういうことなのだろう。

脇田はあの頃、倉元家の周りをゆっくり散策する風を装い、何かを得ようとしていた。腹も空いてないのに、無理して高級寿司店に入り、やんわりと大将に探りを入れたが、薄笑いではぐらかされ、結局、何の手掛かりも得ることなく、腹の中で苦笑いしたものだ。

吉田明子の家では、違反とも言うべきこともした。

一人目の青年が行方不明になった日、実際には食品を手渡しされたのではなく、牛乳箱に入れられていたと、吉田明子から聞き出せたのは、警察手帳を見せたからだ。警察署が特異家出人と認めない案件を、週休日に、それも警察手帳をちらつかせて、半ば強制的に聞き出すということは、違反と言われても仕方がない。

そうだ。新聞記者の友人、森口正行にも協力してもらった。彼の職業を頼みにして、倉元家と吉田家の調査を依頼した。森口は快く引き受けてくれたが、実際は、彼が直接調査したのではなく、彼の知り合いの雑誌記者が調査した情報だった。

そこで分かったことは、倉元宗一郎が、俗に言う、「バラック御大尽の成り上がり者」で、現在、大倉建設の社長であること。また、後添えとなった夫人が、伯爵だか子爵だかの末裔で、絶世の美女であるとも聞いた。実に現実的な話と、おとぎ話のような非現実的な話を取り混ぜて聞かせてくれた。だが、主な話はそれだけで、二人の青年の失踪に結び付くような情報は何も得られなかった。

とにかく、あの時は、どんな結果に終わろうと、素通りすべきではないという思いが、胸の中で蠢《うごめ》いていた。川瀬武夫の時はそうではなかったが、半年後に村上将太の失踪を聞き、その内容が川瀬の状況と酷似していると思った時から、これはもっと掘り下げるべき案件ではないか。そう思い始めた。

警察手帳をちらつかせたり、友人に頼み事をしたりと、それだけの行動を起こさせたのは、二人の失踪に、事件の匂いを嗅ぎつけたからだ。脳の壁に、〝犯罪〟、この二文字が張り付いていた。それは理屈ではなく、勘だったと思う。だが、五年の歳月が流れ、勘も熱意も消滅しようとしている今になって、倉元家で何かが起こった。

その家は、目黒不動尊から徒歩三十分ほどの場所にあった。

警察署員と鑑識員が同時に到着したのが、十二月三日午前五時五十五分だった。鑑識員の作業が終わるまで、警察官は何もできない。脇田はふと思いつき、玄関に入る前に勝手口と思われる方向に歩いた。過去にこの家の周りを偵察まがいのことをしたから方角が分かる。勝手口はすぐ分かった。勝手口の脇に自転車が二台並んでいた。

あの頃、吉田明子宅と田辺昭一宅に、配達すべき食品を運ぶには自転車を利用したと思ったのだ。そして、倉元家なら必ず自転車はある、そう確信したものだった。

脇田警部補は倉元家の食堂にいる。その隣が現場となった居間。食堂と居間には仕切りがない。観葉植物の鉢がいくつも並び、中には、大人の背丈ほどの植物もある。それらが、居間と食堂を仕切る役割もしている。居間は投光器に照らされて眩《まばゆ》いほど明るい。食堂では、倉元家の家族と思われる人たちが沈痛な面持ちで食卓の椅子に座っている。

脇田は食堂の窓から庭を見た。日の出までには三十分ほどあるから、外はまだ暗いが、鑑識員の照らす明かりが屋敷のあちこちに見える。五年前、大谷石の塀の外から背伸びをするように見た庭に、今日は正門から堂々と入り、倉元家の屋内からその庭を見ている。

警察署を出る前、松本係長より今回の指揮を任命された。

脇田英雄、三十六歳。

脇田が過去に、現場となる下目黒一帯の交番巡査部長を務めており、その経験と、刑事課に異動してからの多くの犯罪捜査で、その粘りの強さと、実直な性格が評価されたのだと思う。松本係長が直にそう言ったわけではないが、何気ない会話の中でそれらしきことを言われたことがあり、また、そういうことは自然と心に響いてくるものだ。

捜査した中には殺人事件が二件あった。どれも単純な衝動殺人だったが、犯人は逃亡した。その時の、犯人逮捕までの道のりが、合理的だったと言われた覚えがある。仕事の要領の良さも買われたようだ。

さっき、倉元家へ向かう車の中で、佐藤和弘刑事が耳打ちした。「松本係長、やっぱり、脇田さんに目を付けましたね。なんだか因縁を感じませんか。倉元家ですよ。倉元家」。そう言うと、「腕が鳴ります」。佐藤刑事は実際に腕を上げてみせ、前を見た。

脇田は向きを変え、食堂の椅子に並ぶ人たちを見回した。食堂は広くテーブルも大きい。高い背もたれに、ふかふかした布が当てられた高価そうな椅子が六脚。そこには、沈痛な面持ちで俯《うつむ》く人、毅然と前を見る人、落ち着きなく指先でテーブルを叩く人、様々な表情の四人が座っている。以前、倉元家の家族構成をメモして持ち歩いたこともあったが、どこに仕舞ったか覚えていない。

森口正行の言った、伯爵だか子爵だかの末裔で、絶世の美女とはどの人だろうと見回したが見当もつかない。やはりあのような話は尾ひれが大きくて、必要な時に役には立たない。

脇田はそんなことを思いながら、空いている椅子に座り、言った。

「お悲しみのところ、恐縮ですが、ご協力ください。倉元宗一郎氏のご遺体を最初に発見された方のお話を伺いたいのですが」

「わたくしです」

四人の座る場所から少し離れて椅子に座っていた中年の女性が返事をした。脇田が食堂に入った時から表情を変えず、まっすぐ前を見ていた。まだ夜明け前というのに、髪の毛一本乱さず、清潔そうな白いエプロンをしている。

細面の整った顔立ち、立ち上がれば、さぞすらりとした体形だろう。背筋を伸ばし、両手を膝の上に重ねた姿は凛としていて、隙を感じさせない。

「お名前は？」

「村木と申します。こちらのお屋敷で、女中としてお仕えいたしております」

いつの間にか、佐藤刑事が脇田の隣に座り手帳を開いている。どこから持ってきたのか、ごく普通の椅子だ。そう言えば、村木という女性も、他の四人とは違う椅子だった。

暮らし向きのいい家に女中がいても不思議はないが、それにしても、ずいぶん権高く感じる女中だ。

「村木さん。お名前の方は」

「聡子。村木聡子です」

「村木さんが、宗一郎氏のご遺体を発見した時の状況を、なるべく詳しくお聞かせください」

「わたくしは、毎朝五時半に台所へ行きます。台所へ向かう途中、食堂の方が明るいように思いました。そのような気がしたのです。この時期の五時半はまだ外は暗いですから屋内も暗いのです。でも今朝は、食堂の内部が見えるほど明るかったのです。わたくし、食堂に入りました。明るい理由が分かりました。居間のシャンデリアの明かりが点いていて、その明かりが食堂に差し込んでいたのです。昨夜、就寝前に屋内の見回りをした時、シャンデリアは消えていました。これは間違いありません。こんなことは初めてのことでしたので、どなたか、夜中に用事があり、居間にいらして明かりを消し忘れたのかと思ったのですが、念のため、お声がけをしました。お返事がありませんので、それで、明かりを消そうと思い、居間に入って――」

「倒れている宗一郎氏を発見した」

「そうです」

「ということは、村木さんはご遺体に近づいた？」

「はい。ご主人様が、ご気分が悪くなって、倒れていらっしゃるのかと思いましたから」

「それで？」

「――お亡くなりになっていると思いました」

「どうして亡くなっていると思ったのです？　ご遺体を触ったんですか」

「いいえ、――後頭部に血が付いていていて、お顔の色が――」

村木聡子がそこで息継ぎをした。膝の上の手を握りしめるのが分かった。それでも姿勢は崩さない。この婦人、人間を装った置物のようだ。脇田はそんなことを思った。

「村木さんがご覧になったのはそれだけですか」

「はい。それだけです」

「村木さんが宗一郎氏のご遺体のそばに行ったとき、宗一郎氏の周りに何かありませんでしたか」

「ご主人様の周辺に棚の置物が散乱していました。信二郎様をお起こしして、もう一度ご主人様のところへ行ったときに、大黒天の置物に血がついているのが分かりました」

「その大黒天の置物なのですが、いつもはどこに置いてあるんです？」

「ご主人様が倒れていたところの、飾り棚の上の棚です。ご主人様は置物をとても大切にしていらっしゃいまして、その置物を週に二回磨くのもわたくしどもの仕事です」

「わたくしども？　どもということは、女中さんは他にもいる？」

「はい。臼井《うすい》さんという、通いの人がいます」

「なるほど、お屋敷が広いから一人では手が回らないというわけですね。その人は何時に来るんです？」

「九時に来ます。先方に電話がありませんから、まだ伝えていません」

「そういうことですか。ところで、村木さんのお名前は聞いたのですが、他の皆さんのお名前も聞かせてください。宗一郎氏とのご関係も合わせて」

隣の佐藤刑事が鉛筆を持ち直すのが分かった。彼はさっきから一心にメモを取っている。

「あなたから順番にどうぞ」

脇田と目の合った男性が名乗った。「倉元和樹、宗一郎の息子です」。「倉元真希子、娘です」。「青山優子、宗一郎の妹です」。「青山信二郎、優子の夫です。宗一郎氏の義弟です」

青山信二郎の紹介が済むと、皆が黙り込み、気まずいような、気づまりのような、何となく居心地の悪い空気が食堂内を包み込んだ。

「あの、宗一郎氏の奥さんは？　いらっしゃらないんですか」

脇田の問いに、青山信二郎と名乗った宗一郎の義弟が、さっと顔を上げた。脇田と村木聡子の顔を交互に見た後、興奮気味の声を出した。

「この騒ぎに寝ているそうです！　自分の夫が死んだんですよ。それなのに、瑤子奥様はよくお休みになっていらっしゃるんだそうです。二人は夫婦なんですよ。その神経が分からない！」

「瑤子奥様は、まだご主人様のことをご存じではありません。昨夜は睡眠薬をお飲みになりましたのでお眠りが深いのです。ですから、わたくしの判断でお起こしすることを控えました。瑤子奥様は大変神経が過敏でいらっしゃいます。無理にお起こしして、いきなりこのような大事をお聞かせすることはできません。八時半には自然にお目覚めになります。その時にご報告いたします。瑤子奥様のご習慣は、ご主人様が最もお分かりのはずです。ご主人様にはご理解いただけると存じます」

村木聡子は、脇田の顔も、青山信二郎の顔も見ず、前方を見たまま、臆することなく、そう言った。女中と言いながら、居並ぶ親族の中で最も毅然としている。言葉遣いは芝居がかったほど丁寧だが、それが不自然に聞こえない。芯から身に付いた話し方なのだ。

そういえば、鑑識員や警察官を玄関で迎えたのは村木聡子だった。

その時、僅かな会話を交わしただけだが、警察官を出迎えた時の態度、立ち居振る舞い、話し方、まるで指先にまで神経が行き届いているようで、隙がない。ガラスのような冷たさを感じることは確かだが、そこには知性と品格も備わっている。まるで宗一郎の親族よりも数段高い位置にいるような、奇妙な錯覚を起こしそうだった。
佐藤刑事が脇田を見るのが分かった。佐藤も呆気に取られているらしい。村木聡子という
この女中、何と表現したらいいのか分からないが……浮世離れした人、脇田はそんな風に感
じた。それで思い出した。五年前、森口正行から聞いたことを。
森口は釣り書きのような、家系図のような紙を示して言った。
「家柄とか血筋とか学歴に対して嫉妬しつつ羨望している。やがてそれが高じて、家柄や血
筋が欲しくなる」。それに対して脇田は反論した。「欲しいからって、買えるものじゃないだ
ろう。第一、今の時代に家柄も血筋もないよ」と。
「ないと思う人にはないし、あると思う人にはあるんじゃないのかな。それに、腐るほどの
金があれば買えるかもしれない」
森口は脇田の意見に対してそんな風に答えたと思う。そして森口は言ったのだ。倉元の後
添えは、伯爵の末裔だと。
もしかしたら、子爵か侯爵だったかもしれない。とにかく、やんごとなき家柄の末裔だっ
たように聞いた。家系図のような物を指さし、名前も言ったように思うが全く覚えていない。
そもそも、森口の話すことが、脇田の知りたいことからだんだん離れていき、途中から興味
を失ったように記憶している。

だが今、村木聡子の話を聞いているうちに、森口の話がぐっと身近に迫ってくるようだった。改めて村木聡子を見る。聡子は何事にも動じないというように背筋をまっすぐに伸ばし、どこか一点に目を当てている。

再び森口の話が蘇る。確かこんなことも言った。

倉元の後添えになった人は、幼いころに両親を亡くし、その家にずっと仕えてきた女中が引き取って育てた。倉元とその人が結婚した後、女中はどうなったかは分からない。その後添えは絶世の美女。こういう話に出てくる女性は、少々不細工でも、絶世の美女と言われる。そんなことを言って森口は笑った。もしかして、この人、村木聡子がその女中？

東の空が白み始め、薄雲の向こうが徐々にオレンジ色に変わり始めたころ、ようやく鑑識員のなすべきことが終わった。大西監察医が大きく膨れた鞄をソファの上に置き、中に手を入れて何やら整理している。大西とは現場を通して何回も会っている。細身で背も低い大西監察医が、丸々と膨れた大きな鞄を持っていると、つい手を貸したくなる。

「先生、お疲れさまでした」

「ああ、長く待たせましたね」

「いいえ、いかがだったでしょうか」

「死亡原因とおおよその死亡時間をお伝えします。死後硬直が全身に見られますから、死後六時間から八時間経過、と見ていいでしょう。今、午前八時。となると、死亡推定時間は、幅を持たせて昨夜の十一時から今朝の四時ごろまでの間。死因は石の置物が後頭部を直撃したことによる脳挫傷と思われます。石と言ってもただの石ではない。現物がそこにあります」

刑事たちが、死体の周りに散乱している置物を見た。そのなかに大黒天がある。大黒天の顔面に赤黒い血痕があり、血痕は顔面の広い範囲に広がっている。

脇田は鑑識員から聞いて知っている。凶器となったのは重さ五キロの翡翠の大黒天であること。それと、飾り棚の詳細な構造。そのことは他の刑事達にも伝えてある。

刑事たちは飾り棚に目を移す。

高さ百八十センチ、幅百八十センチ、奥行四十センチ。構造は、上の二段が高さ六十センチの置物の棚。下の六十センチが、縦三段、横三列の引き出しに台輪。今、中央の一番下の引き出しが二十センチほど引き出されたままの状態になっている。

宗一郎が置物の直撃を受けた原因として推測されるのは、宗一郎は、中央の一番下の引き出しを開けようとしたが、途中までしか開かなかった。そのため、力を入れて引いたと思われる。その衝撃で置物が揺れ、上の棚の石の置物が七点、下の棚のガラスの置物三点が落下した。

凶器となった大黒天は、倒れている宗一郎の肩から三十センチほど離れた場所にあり、その場所から目を上に移動させると、上の棚の中央に行き着く。今その場所には何もない。

引き出しの開かなかった理由はすぐに分かった。

引き出しのレールに薄い雑誌が挟まり、滑らなくなっていたのだ。そのことに気づかなかった宗一郎が無理やり引っ張ったので、置物が落ちるという悲劇が起きた。ではなぜ宗一郎は深夜に居間の引き出しを開けようとしたのか、ここからは村木聡子の推測となる。

先程、村木聡子が食堂で話した内容は、宗一郎は、寝つきはいいが、最近になって、寝てから二時間ほどで必ず目が覚める。覚めると眠れない。それが嫌で睡眠薬を飲む習慣ができた。病院に行くのを嫌がり、妻の瑤子が服用している薬を分けてもらっていた。

宗一郎は毎晩十時半から十一時の間に就寝するが、その時に、村木聡子が錠剤の睡眠薬一錠を、小さなプラスチックの箱に入れ、水差しと一緒に盆に乗せて、ベッドのサイドテーブルに置く。

昨夜も同じようにした。だが、宗一郎が目が覚めた時、睡眠薬が見つからなかったのだろう。深夜のことだから聡子を起こすわけにいかず、自分で居間に行き、睡眠薬の仕舞ってある引き出しを開けようとした。

村木聡子は言った。私は決して睡眠薬を忘れるようなことはしない。現に水差しはある。水差しだけ持っていくなどありえないと頑として譲らなかった。


屋敷の周りを調査していた鑑識員が居間へ入ってきた。一人が代表という形で報告した。

「外は異常ありません。日が出て明るくなってから再度調査しましたが、不審な物は何も発見できませんでした。正門の鉄製の門扉は、錆《さび》が出ているため、指紋の検出は不可能。勝手口の木製の木戸からは何種類かの指紋が検出されました。あの木戸なら、入ろうと思えば誰でも入れます。簡単な差し込み錠はありますが、防犯にはなりません。しかし、晴天続きで地面が乾いているため、不審と思われる足跡の検出はできませんでした。それは正門についても同じです」

それを聞いた刑事たちは脇田の指示を待っている。

もし、これが事故ではなく事件であるなら内部犯行ということになる。そのような兆候が少しでも見られれば、警察官の心意気が一変するが、今回の場合、事故という印象が圧倒的だった。自宅内での変死だが、一通りの捜査はする。だが、事件と事故では警察官の意識が全く違うのだ。

「了解です。私は残って、もう少しご家族から事情を聴きます。誰か一人残ってもらいたい」

「はい、自分が残ります」

佐藤刑事が、脇田のその言葉を待っていたかのように間髪をいれずに手を挙げた。

「では他の皆さんは引き上げて結構です。ご苦労さんでした」

全員がぞろぞろと出て行く。その背中に、事件じゃないよ、と書いてあるようだった。

鑑識が終わるまで、警察官は何もできない。だがそれは、遺体やその周辺に触れるなど、手出しをしてはならないのであって、現場は自然に目に入る。当然、遺体の状態も見える。捜査員の中には現場の状況を見ただけで、直感が働く者もいる。

外部から人が侵入したとは思えない。なぜなら、屋敷内のすべての出入り口が施錠されていたからだ。

これについては、それぞれの部屋の住人が証言し、その他すべての出入り口を村木聡子が就寝前に見回り、施錠されていたことを確認したと証言した。そしてどの施錠も外から開けられた形跡はなかった。ということは、大きな屋敷が丸ごと密室ということになる。

鑑識員が現場を整理し、持ち帰るべき物品は持ち去った。

皆の姿が見えなくなると大西監察医はうつ伏せになっている遺体に目を遣《や》り、言った。

「そろそろ搬送します。あとは大学病院でもう一度精密に検案し、解剖に回すかどうかを判断します。遺体を見ますか？」

「是非。先生のお話も、もっとお聞きしたいと思っていますから」

脇田は遺体のそばに座り込んだ。丹念に見るのはこれが初めて。倉元宗一郎は寝巻のままだった。肌触りのよさそうな、ガーゼのような生地でできた寝巻。華奢な男だった。建設会社の社長で、元は大工。森口正行からそんな風に聞いていたので、体格のいい、骨組みのがっしりした、精力的な職人風。そう勝手に想像していたが、思ったより細身で、背もそれほど高くなさそうだ。大西監察医を二回り大きくしたほどに見える。人相はよく分からないが、口ひげを蓄えている。白いものがちらほら見えるが、なかなか立派な口ひげだ。佐藤刑事も脇田に倣って座る。

「意外と小柄な人ですね」

佐藤刑事も同じような感想を言った。脇田は大西監察医を見上げて言った。

「一撃ですね」

「一撃という表現がふさわしいかどうかは別として、一回の打撲です」

大黒天の置物があった場所には白いテープが貼られている。事故の可能性が大きいとはいえ、大黒天は人を死に至らしめた凶器。鑑識員が持ち帰り、速やかに科学的な分析が行われる。

宗一郎の遺体は、半分ほど開いた引き出しの前。致命傷となった打撲痕は宗一郎の後頭部にあった。宗一郎の両手は、頭を抱えるかのように頭の両脇に置かれ、テープの張られた場所の真上が石の置物の棚の中央。

その棚の隅に小ぶりの置物が三点、倒れていた。他の置物は絨毯《じゅうたん》の上に散らばっており、梟《ふくろう》と馬の置物が九の字に曲がった宗一郎の膝のそばに落ちていた。

下の棚のガラスの置物は三点だけ絨毯に落ち、他の置物は棚に横倒し、鳳凰の置物が落ちずに棚の中央に倒れていた。石の置物もガラスの置物も破損はしていない。それは床に絨毯が敷かれていたからだと思われる。

「先生、鑑識員から聞いたのですが、あの大黒天、翡翠でできていて重さが五キロだそうです。床から大黒天の置かれた棚まで百二十センチ。宗一郎は中央の一番下の引き出しを開けようとしていたわけですから前かがみをしていたはず。後頭部は開いた引き出しの前辺りにあったと思われます」

「そうなりますね」

「となると、落下場所から落下地点の頭部まで百センチほど。その距離で死亡するほどの衝撃になるものですか」

「なる場合とならない場合があるでしょうね」

「では、大黒天が棚から落ちたのではなく、誰かが大黒天を持ち、故意に後頭部を殴打したとしたらどうでしょう。力任せに」

大西監察医は一時じっと脇田を見つめたが、宗一郎の後頭部の損傷部を示した。

「この箇所に、あなたが言ったようなことが行われたとしたら、まず即死でしょう。狙い撃ちということですからね。しかし、大黒天が棚から落ちたとしても、衝撃は大きいですよ。即死とは言い切れませんが、それに近かったはずです。頭蓋骨が陥没していますからね。外からでは分かりませんが脳の損傷は大きい」

「百センチほどの距離でも頭蓋骨陥没になりますか」

「なるとも言えるし、ならないとも言える」

「出血の状態はどうでしょう」

「刺し傷ほどではないが、血は飛び散ったでしょうね。それは鑑識さんが分かっているはずです。その辺に点々とあるでしょう」

「よく分かりました。先生、ありがとうございました」

「瑤子奥様がお目覚めになりました。お連れしてもよろしいでしょうか」

びっくりして食堂を見た。

村木聡子が立っている。この人は、立っている時も歩いている時も、両手をそっと重ねて腹の中央辺りに置いている。

「そうですか、どうぞお連れください。ちょうどよかった。これから搬送するところでした」

「かしこまりました。しばらくお待ちください」

村木聡子はお辞儀をすると、居間へ入ってきた。二階への階段は居間にある。聡子は上半身を動かすことなく居間を横切ると二階へと上がっていく。その姿を三人が見送る形になった。大西監察医は帰ると思ったが、その様子がない。鞄もソファに置いたままだ。

三分ほどすると、二階に人の気配がし、やがて階段を降りる微かな足音。二人の女性が降りてくる。脇田は固唾《かたず》をのんで見守っていた。一人は鼠色のセーターに同系色の長めのスカート、真っ白いエプロンをかけた村木聡子。聡子はもう一人の女性の手を取るようにゆっくりと降りてくる。

二人の女性が階段の下に並んだ。脇田は呆然としてその女性を見た。森口正行の言った絶世の美女がそこにいた。まさに絶世である。佐藤刑事も監察医も、息をのんでいるのが伝わってくる。

その女性は黒いドレスのような衣装を着ていた。レースが混じっているような布地で仕立てたようだ。襟はハイネック、袖だけが肩から手首までふわっとしていて、あとは特にデザインのない簡単な作り。少し裾広がりでスカート丈はくるぶしまである。黒い室内用の靴を履いていた。

二人はまっすぐ前を向き三人に近づいた。遺体となった宗一郎には見向きもしない。

「皆様、こちらが倉元瑤子様、宗一郎様の奥様でございます。瑤子奥様、こちらのお三方は、警察のお方です」

倉元瑤子と紹介された女性は、三人を一人ずつ一瞥《いちべつ》すると、「よろしく」と言った。それだけだった。村木聡子が彼女の背にそっと手を触れ、宗一郎氏の近くへ導くようにした。

「ご主人様でございます」。聡子が小声で言うのが聞こえた。

倉元瑤子は、顔を頷くほどに曲げて、宗一郎をじっと見下ろしている。すらりとした背は伸びたまま。その姿勢のままで言った。「もういい」と。その間、五秒ほど。その後くるりと背を向け、階段へ向かう。今度は三人に見向きもしなければ、頭一つ下げない。全くの無視。

瑤子が階段を上がって行く。スカートの前を両手で摘まみ上げるようにしているが、動いているのは足元だけ。上半身は全く動かない。

村木聡子が言った。

「大変ご無礼とは存じますが、ここで失礼させていただきます。お見送りもいたしませず、申し訳ございません」

聡子は深く頭を下げると、倉元瑤子を追うように階段を上って行った。三人は声を出すのも忘れ、お互いの顔を見つめ合った。まるで、芝居のひとコマを観た後のようだった。

目黒南署の刑事部屋。

その部屋に人はまばら。倉元宗一郎の変死から三日過ぎている。結局、宗一郎の解剖は行われなかった。死後硬直の緩解が始まっていない。死斑の現れた部位やその状況から、死亡推定時間が若干、狭められた。十二月三日午前零時から三時までの間ということになり、倉元宗一郎の死は事故という結論で片付いた。

すでに署内でその話題は消えている。昨日の午後、管轄内で強盗事件が発生。家人に見つかった犯人はその家の主婦をサバイバルナイフで切り付け、背中に傷を負わせて逃走した。刑事課署員はほとんどがその事件を追いかけている。

脇田警部補の机の上に、宗一郎死亡の原因となった大黒天の置物が、ビニール袋に入れたまま置かれている。いずれ、倉元家へ返す品だ。

佐藤刑事が近場にある椅子の向きを変え、脇田警部補の前に座った。

「君は行かなかったの？　ホシはまだ都内に潜伏中なんだろう」

「ここに誰もいなくなるわけにはいかないでしょう。もっと大きな事件が発生するかもしれない。その時一番乗りをして手柄を立てるには、スタートラインの署内にいるのが一番」

そう言って佐藤は笑い、煙草に火を点けた。交番にいた頃は吸わなかったと思うが、今では煙草とライターがポケットにないと落ち着かない煙草好きに変身している。脇田もそうだ。交番勤務の頃に比べると、本数が増えた。刑事は皆煙草好きで、捜査会議になると、部屋の中が煙草の煙で、霞がたなびいたようになる。

「何が気になるんですか。さっきからずっと大黒様と睨《にら》めっこしてますね」

「なんだい、見てたのか。観察されているようで落ち着かないねえ」

「観察することは警察官の基本中の基本。鑑識員とは違う観察眼を持ってね。鑑識員の眼と警察官の眼は違います。鑑識員は物質を科学の眼で見て事実を証明する。警察官は心の眼で人の言動を見て真実を追求する。三日前、大黒天の置物について、大西監察医にずいぶん細かい質問をしてましたよね。何かあるなと思いました」

「ほう、鋭いね。で、どうしてだと思う？」

「それは何か気になることがあるからですよね。でも、何が気になるのかが分かりません。

だからさっきから観察させていただきました」

「なるほどね。ところで君は、倉元夫人、どう思った？」

「そう来ると思いました。はっきり言っちゃいますけど、あの人、変です」

「変？　どこが変？」

「どこもかしこもです。あの人の全身に漂う雰囲気。うまく表現できませんけど、感情を持たない美しい人形、と言えば近いかもしれません」

「なるほど、感情を持たない人形ねえ」

「おかしいですか」

「いや、うまい表現だと思う」

「でも……今のは、遠まわしに言ってます。まっすぐに言えば、病気……」

脇田は少々驚いて佐藤刑事を見た。病気！　脇田はそんな方向で考えていなかった。それは、森口正行からの情報に影響を受けているからだと思う。確かに、倉元瑤子のあの振る舞いには面喰らいもし、驚きもしたが、森口の話は本当だったと単純に思い込んだ。華族だか貴族だかの末裔――。

我々庶民とは縁のない、上流階級という特殊な環境が、ああいう風変わりな人間を作り上げた。単純にそう思った。

佐藤刑事に倉元瑤子の話を持ち出したのはほんの軽い気持ちから。現実離れしたような美貌の女性を目の当たりにした若い佐藤刑事の、率直な感想を聞いてみたかったからだ。深い意味はない。ところが佐藤は、彼女は病気だと言う。

「病気ねえ。君の言う病気って何？」

「病気と言い切ったのは言い過ぎです。でも、変わってますすよね。脇田さんはそう思いませんでしたか」

「確かに風変わりな人だったと思う。——なるほど病気ねえ」

「それにしても、物凄《ものすご》い美貌ですよね。でも、——その美貌にも普通ではないものを感じます。たぐい稀なき美貌も、歩き方もしゃべり方も、そもそも、その美しい顔に表情がない。表情がないということは感情が希薄、ということに繋がりませんか。自分が病気と思った理由はそれかもしれません」

「感情を押し殺さなければならない環境で育ったとしたらどうだろう」

「もし、そんな環境があるとしたら、あんな風になるのかもしれないけど、なんだか現実的ではないなあ。——でも、やっぱり変です。自分は初めて会ってすぐそう思いましたけど、毎日一緒に生活している人はどうなんでしょうね。特に死んだ宗一郎氏ですが、何とも思わなかったんでしょうか。自分の妻が他の人とは変わっているということです。宗一郎氏は再婚ですよね。前の妻と比べられます」

変だ、変わってる、を連発する佐藤に、「もう少し具体的なことが聞きたいな」と、水を向けた。

「うまく説明できませんけど、目に濁りがなかったです。実際の歳を知りませんが、三十過ぎくらいじゃないですか。でも、あれは子供の目です。瞳は黒々としていて、白目が、水色がかっていました。目だって歳を取ります。あの目は子供のままの目です。不愛想な人を、盆と正月にしか笑わないって揶揄しますよね。でもあの人は、盆にも正月にも笑わないと思います。心の底から笑ったことのない人、つまり、感情が希薄」

「君、いくつになった？」

「二十七です」

「しかし、よく舌が回るし、よく観察していたもんだ。たった一分足らずの時間だったのに」

「すみません。しゃべり過ぎました。実は、——正直に言うと衝撃が大きかったんです。あの夜は宗一郎氏の死よりも、あの女性の顔がちらついて、よく眠れませんでした」

脇田は森口正行から聞いた話を披露しようかと思ったがやめた。二十七歳の佐藤刑事に話したところで、現実的でないという思いに変わりはない。彼にとって、華族も貴族も遥か彼方のおとぎの世界のようなもの。倉元瑤子は単に病に侵された人、それも肉体の病ではなく心の病。そんな風に思うのが落ちだろう。

「そんなことより、自分が知りたいのは大黒様です。脇田さん、ずいぶん深刻な顔で考え込んでいました。何が気になるんですか」

脇田は、五年前の森口との雑談を追いやり、ビニール袋に入った大黒天を持ち上げた。脇田の家に大きなクリスタル製の置時計がある。ふと思いついて体重計で測ってみた。ちょうど五キロだった。どっしり感はあるが、持ち上げられないほどの重さではない。今も目の高さまで持ち上げた。

佐藤刑事がビニールの中を覗き込んでいる。

「血痕がはっきり見えますね。脇田さんが気になるのは血痕ということですよね。指紋は採取して、臼井という女中だけの指紋が検出された。彼女は宗一郎氏の死には無関係ですから、脇田さんが気にすると言えば、血痕です」

あの日の朝、九時ちょうどに臼井という女中が出勤してきた。すでに遺体は搬送され、大西監察医、佐藤刑事、そして脇田が、青山優子に案内され、食堂を出ようとしていた時、台所口の雨戸が叩かれた。優子が小走りして台所を降り、ガラス戸の鍵を開け、雨戸の閂を外し、戸を開けた。

「優子様！　どうかなさったんですか。勝手口は開けさせてもらいましたが、雨戸まで閉まっていて。あの、聡子さんは？」

青山優子はその質問に答えず脇田を見た。優子は、「通いで、家の手伝いをしてくれている臼井典子《のりこ》さんです」、と紹介した。

脇田は、臼井にいきさつの要点だけを話した。その内容を把握しきれずに、呆然としている臼井に協力を要請し、指紋を採取したのだ。警察署に戻り、大黒天の指紋と照合した結果、大黒天の背中の袋に残された指紋と臼井の指紋が一致した。臼井以外の指紋はなかった。

村木聡子は、宗一郎が大切にしている置物を週に二回磨くのも、わたくしどもの仕事だと言っていたが、それはどうやら建前で事実ではないようだ。臼井という女中が言っていた。「置物を磨くのは私の役目です」と。あの村木聡子が、ちまちまと置物を磨く姿は想像しにくい。

「この大黒天の検証については、特に念入りにと頼んだ。だからもう、こんな袋に入れておく必要はない」

脇田は袋の口を開け、机の上に出した。薄緑色の翡翠の大黒天。置物の大黒天のスタイルは大体決まっている。大黒天が二つの米俵に乗り、右手に打ち出の小槌《こづち》、背中に袋を背負い、左手で袋の口を持っている。背中の袋は膨らんでなく平たい。頭巾をかぶったその顔は、本来、これ以上の笑顔はないというほどの笑顔だが、今はその笑顔がどす黒い血に染まっている。高さ四十センチ、幅二十五センチ。重さは五キロ。

「顔面が当たったんですね、宗一郎の後頭部に」

「この大黒様を見て何か感じることはない？」

「触っていいですか」

脇田が頷くと、佐藤刑事は大黒天を持ち上げた。

「重いですね。うちの実家に五・五キロのデブ猫がいるけど、あいつより重く感じます」

「生き物は抱いている人に凭《もた》れ掛かるから、抱いている人は足の力も使えるが、石は全部の重さを腕で支えるからね。石だって肩に担げば軽く感じる」

「へえ、そういう原理なんですか、脇田さん博識ですね」

「そんなことはいいから、それを見て何を感じる？　重いだけじゃあ、話にならない」

佐藤刑事は、大黒天を左見右見《とみこうみ》して首を傾げている。

「さっき君が言った血痕だ」

「そうです。血痕ですよね」

佐藤は大黒天を机に置いて眺め、持ち上げて底を眺め、背中を眺めていたが、大黒天を机に置くと、「降参です。教えてください」。そう言って頭を下げる格好をした。

「宗一郎氏は大黒天の顔の直撃を受けている。その際、大黒天の顔以外にも血液が飛散し、絨毯にも飛んでいた」

「はい、そうです」

「絨毯は別として、宗一郎氏の後頭部を直撃したのは、大黒天の顔面、直径七センチほど。これは、後に精密に遺体を検視して、後頭部の傷痕と、大黒天の顔面の凹凸が合致したから確かなことだ。だが、見た通り、血痕は直径七センチどころではない。顔全体に広がっている」

「そうですね」

「まあ、これは理解できる。後頭部に当たった箇所だけに血が付くとは思わない。当然その周りにも血は広がる」

「はい」

「ところで、顔面以外の体の部位を見て何か感じないか」

佐藤刑事が真剣な顔をして脇田の言われた箇所に目を当てている。三十秒経ち一分経った。佐藤刑事がふーと息を吐くと、「分かったような気がします。間違っているかもしれませんが」、と言った。

「何が分かった？」

「大黒天の腹部から下に血痕がありません。胸にも、打ち出の小槌にも、袋を持った左手にも血が飛んでいます。それによく見ると、この胸の下、お腹に付いた血痕の一つが変です」

「どんなふうに変？」

「なんだか、楕円形の血痕が途中で切れたように血痕の下の線がまっすぐです」

佐藤刑事がそう言って、腹部の血痕の一つを指さして脇田を見た。脇田は頷いた。

「そうなんだ。その血痕の形は不自然だよね。血が途中で止まっているようだ。そして、君が言うように、大黒天の下半身に血痕が全くない。――実はね」

「何です？」

「下半身には血痕もないが指紋もないんだ。臼井という人が言うには、二段の棚に、それぞれ素材の違う置物が置いてあって、一週間に二回磨く。事故のあった三日前に磨いたそうだ。もちろん、大黒天も磨いた。当然、臼井の指紋が付いているはず。磨いた後だからべたべたと触るわけはないが、指紋を一つも残さず元の場所へは置けない」

「そうですよね」

「彼女に言わせると、せっかく磨いた後なので、手の跡を付けたくないと思い、一度、磨いた布で覆って棚に乗せようとして、滑って落としそうになった。それからは、じかに手で持って置くようにしているそうだ」

「なるほど、分かるような気がします」

「そういう場合、下半身を持つのが普通だ。彼女もそう言っていた。ところが下半身に彼女の指紋が一つもない。しかし大黒天の背中の袋からは、彼女の右手の人差し指と中指の指紋が検出された」

「ということは、どういうことなんです？」

「どういうことだと思う？　佐藤刑事さんは」

「それは、──大黒天の下半身を誰かが拭き取った」

「何のために？」

「拭き取ったというよりも……そういうことよりも、根本的なことが全く違うんじゃないでしょうか。宗一郎氏は棚から落ちてきた大黒天の直撃を受けたのではない。誰かが大黒天を使って後ろから狙い撃ちをした。そうなると、殺人になります。それも計画殺人」

「そういうことになるかねえ、やっぱり」

「脇田さん、これは凄いことになりますよ、きっと。しかし、いつの間にそこまで調べたんですか？　臼井という人にも直接会ったということですよね」

「彼女は通いでね、九時に出勤して十二時に一度家に帰る。午後三時に再び倉元家に来て夜八時に帰宅。そういう勤務形態だそうだ。あの日、指紋の採取をお願いしただろう。その後、玄関まで送ってくれた時、聞いた」

「早業ですねえ、全然気づきませんでした。それで、十二時から三時の間を狙って、彼女に聞き取り調査をした」

「そういうこと。通いということは倉元家に近いということ。住居表示案内板を見ればすぐ分かる。とにかく、遺体のそばにあった大黒天を初めて見た時から、不自然さが気になって仕方がなかった。まるで、上半身と下半身が別物みたいに見えた」

「だからあの時監察医に訊いたんですね。大黒天が棚から落ちたのではなく、誰かが故意に後頭部を殴打したとしたらどうでしょうって」

「そういうこと」

「推測を進めますと、指紋が消え、血が付着しなかったということは、手袋をするか、何かの布を巻いたということですよね」

「手袋だろうね、布を巻いたりするより手軽だ。この米俵の上を握りしめると、米俵が支えになって手がぶれない。両手で握りしめると、手の端がちょうど大黒天の腹部に来る」

「そういうことですね」

「もし、ここで話し合ったことが事実だとすると、宗一郎氏が、引き出しを開けようとして開かなかった理由、ええと、何だったっけ？」

佐藤刑事が慌てて手帳を出して開いた。

「引き出しの開かなかった理由は、薄い雑誌がレールに挟まっていて、引き出しが滑らなくなっていたから。それを取り除いたら引き出しはすっと滑った。それで、村木聡子が言っていたように、瑤子が飲んでいるのと同じ睡眠薬が五錠入ったプラスチックの箱が、引き出しの奥まったところにあった」

「そうだったな。睡眠薬を取ろうとしたが、引き出しが滑らなかった。ということは、引き出しの滑りを悪くするために誰かが故意に、雑誌を挟むという細工をしたということになる」

「そうなります。だから計画殺人。で、これからどうするんです」

「それをさっきから考えているところ。今までの話はあくまでも推測だからな。それを証明する決定打となるものがない。手袋を犯行に使ったとしたなら、かなり返り血が付いたと思うが、そんなものはとっくに処分してるだろう」

脇田の頭の中で突然思考が飛んだ。それは、大黒天の置物でも、血痕の不自然さでもない。

脇田は両手で後頭部を支え、遠くを見るような目つきをした。

「どうしたんです？」

そう言う佐藤刑事の顔を脇田がじっと見る。

「何です？」

「うむ、今不意に思い出してね」

「何をです？」

「臼井典子に話を訊いた時、倉元夫人の外出についても訊いたんだ。君と同じように、変わった人だと思ったし、あんな風変わりな人が、外に出て、友達に会ったりするのかなあと思ってね」

「ええ、それで何と言ってました？　臼井典子は」

「月に一回の割合で外出すると言っていた。銀座とか日本橋の百貨店だそうだ。タクシーで行って、タクシーで帰ってくる。必ず、村木聡子が同行する。——月に一回というところに引っかかった。君はどう思う？　月一回の外出」

「通院だと思います。百貨店にも行くのでしょうが、主なる目的は病院通いだと思います」

佐藤刑事は事も無げに言った。

2

脇田警部補が、目黒区碑文谷にある、消防署員の官舎を訪ねたのは、倉元宗一郎の変死体が見つかった、昭和三十八年十二月三日から五日過ぎた、十二月八日の午後一時前だった。師走に入っているが、警察官には暮れも正月もない。犯罪に休日はないからだ。

警察署員も消防署員も地方公務員。官舎の造りも似たり寄ったりだった。目指す家は二階。どの家にも洗濯物が気持ちよく並んでいる。その中に、浴衣を解いて作ったようなおしめが、ずらりと並んでいる家があった。

脇田はコンクリートの階段をゆっくり上がった。

五年前の、二人の青年の行方不明も、今回の倉元宗一郎の変死も事件扱いにはなっていない。倉元宗一郎の方は今後、どう転ぶか分からないが、二人の青年の方は、このまま闇に葬られることになるだろう。そのことがまだ脳みその隅に引っかかっているが、今となってはどんな手立ても浮かばない。

警察官たるもの、ああいう苦い思いは二度としたくない。脇田は警部補になった。五年前よりもちょっとだけ偉くなった。だからというわけではないが、動き回るのに少しだけ大胆になったようだ。

本当は今日、佐藤刑事も同行させたかったが、彼はまだ若い。もし今回、脇田の考えていることが勇み足であったなら、佐藤刑事にとんでもない迷惑をかけることになる。

脇田は、二〇三号室の前に立ち、表札の名前を確認してから、扉を軽く二回叩いた。

「はい」、と、中から綺麗な声が聞こえ、ドアが開かれた。

出迎えた女性を見て驚いた。思っていたよりもずいぶん若く、そして美しかった。

「こんにちは。目黒南警察署の脇田と申します」

脇田は名刺を出した。女性が両手で受け取った。

「目黒消防署の榎本さんにご紹介を頂いて、お訪ねしました」

「はい、今日、お見えになることは、主人から聞いております。どうぞお入りください」

通された部屋は綺麗に片付いていた。部屋の間取りも脇田の家と大差ない。ちゃぶ台の脇に正座している篠田夫人の前に座布団が置かれている。脇田は座布団を脇にずらし、自分も正座して改めて挨拶をした。夫人の挨拶とお辞儀は丁寧だった。

隣が四畳半。そこに赤ん坊が寝ている。脇田は立ち上がった。

「どうぞ、こちらにお座りください」

夫人が座布団をちゃぶ台の前に移動させた。

「お子さん見せていただいていいですか」

「あら、どうぞ、見てやってください」

夫人が笑いを含んだ声で言う。男はあまりこういうことはしないのかもしれない。赤ん坊は小さい布団の中で、静かな安定した寝息を立てている。布団から覗いた白くて小さい両手が軽く握られ、安心しきった寝顔だった。その皮膚が神々しいほど白く透き通っている。脇田は、無垢という言葉を思い浮かべた。

「女のお子さんですね。生後どのくらいですか」

「一歳になります」

脇田は用意された座布団に座った。湯飲み茶碗に注がれたお茶が湯気を立てている。脇田は一口飲んだ。旨いお茶だ。熱さもちょうどいい。この人はやることなすことにそつがない。この人が二十二歳！

「男が、よそ様の赤ん坊を見せてくれなんて普通言いませんよね、びっくりしたでしょう」

「そんなことありません。そう言われると嬉しいものです」

「実は、うちも生まれるんです。結婚して十年目でようやく親になれそうです」

「まあ、それは、お喜びですね、おめでとうございます」

脇田は二十七で結婚した。初めての子を流産してからずっと授からず、もう諦めていた。子供がいなければ、いないなりの生き方がある。そう思えばどうということはない。ここ数年は夫婦でそんな風に思っていたら、思いがけず授かった。

授かってみればこの上もなく嬉しい。だが、そのことは誰にも言ってない。男たるもの、そんな私的なことを口にするものではない。そんな風に思っていたが、今日、実際に赤ん坊を見ていたら自然に口から出てしまった。もしかすると夫人の持つ雰囲気が、脇田の心の紐を一時《いっとき》解いたのかもしれない。

夫人は、ふっくらとした丸顔だが、色白できめの細かい肌をしていた。清純で世俗に汚されていない風に感じる。若いから当然と言えばそれまでだが、それだけではない。二十二歳とは思えない心の落ち着きと温かさが感じられる。

脇田は本題に入った。

「私がこうしてお訪ねすることに当たり、ご主人からどんなことをお聞きですか」

「主人からは何も聞いておりません。目黒消防署に親しくしている人がおりまして、その人から頼まれたと申しておりました」

「そうです、その通りなんです。その人とは、何かの時に、私と卒業した学校が同じだということが分かって、それから、たまに飲んだりするようになったんです。その人が、碑文谷出張所のご主人と親しくて、奥さんが、結婚前に下目黒の倉元家に勤めていたと聞いたものですから」

「その通りです。倉元様のお屋敷で女中をしておりました」

「ということは、住み込みということでしょうか」

夫人は笑い、

「女中ですからもちろん住み込みです」

「どのくらいお勤めだったんですか」

「中学を卒業してすぐにご奉公に上がりましたから、丸五年です」

「丸五年ですか。――それはそうと、奥さんは倉元宗一郎氏の御不幸はご存じですね」

「はい、存じております。それも主人が目黒消防署の友人から聞いたと言ってすぐに教えてくれました」

「お葬式には行かれた？」

「社葬でしたので、お通夜に品川にある会社に行き、正面玄関に設《しつら》えた祭壇でお焼香をさせていただきました。告別式には伺っておりません」

「宗一郎氏の親族の方と会われましたか」

「いいえ、どなたともお会いしません」

「たまには倉元家へ行かれるんですか？　お子さんも生まれたことだし」

「いいえ、全く。お屋敷を下がってしまえば無縁となります。私などが気やすく出入りできるようなお宅ではありません。住む世界が違いますから。お屋敷を去るとき、二度とここを訪ねることはないと思うと辛かったです」

「そういうものですか。それにしても、驚かれたでしょう」

「もちろん、驚きました。ただ――」

「ただ、何です？」

夫人は小さく笑い、

「ご主人様のことはよく存じ上げないんです。よくというより、ほとんど存じません。お話ししたことは一度もありませんから」

「はあ？　五年も同じ家に住んでいながらですか」

「はい。名前を呼ばれたこともありません」

「名前を呼ばれたこともない！　どうしてなんですか？　ちょっと考えにくいんですが」

「どうしてと言われましても、――私には、直接のご用がないことは確かですから。それに、私が子供のような年齢でしたから、そんな理由もあったかもしれません」

「それでも、弔問には行かれた。ご立派ですね。宗一郎さんが亡くなられた原因、ご存じですか」

「それは主人から聞いています。主人は目黒消防署の友人から聞いたことを私に話しましたので、また聞きになりますけど、ご主人様は、飾り棚から落ちてきた置物が頭部に当たって亡くなられたと聞いています」

「そうです。その通りです。深夜に、居間の飾り棚の引き出しにある睡眠薬を取りに行き、そういうことになりました」

「睡眠薬？　ご主人様は睡眠薬をのまれていたんですか」

「はい、最近になり、常用するようになったそうです」

「そうだったんですか。私は辞めてから二年以上も経ちますから、そのことは知りませんでした」

「あの、女中さんというのはみんなそうなんですか」

「どういうことでしょうか」

「さっきおっしゃっていた、名前を呼ばれたことがない。話もしたことがない、ということです」

「よそのお宅を存じませんから、何とも言えません」

脇田は思った。この夫人を通して倉元家の住人の情報を聞き出すのは無理かもしれないと。しかし、五年も同じ屋根の下に暮らし、相手が女中だから、子供だからという理由で、一度の会話もない。名前を呼んだこともない。それが宗一郎という人間。これには驚いた。

脇田は、自分が女中を雇うような身分ではないから分からないが、新聞記者の森口正行から聞いた話では、宗一郎は尋常小学校も出ていない、「バラック御大尽」。言い替えれば、成り上がり者とも言える人間だと聞いている。そんなところに脇田には計り知れない、宗一郎の心に潜む何か、例えば、歪みのようなものがあるのかもしれない。

それにしても、と脇田は思う。雇い主から名前も呼んでもらえなかった環境、少女から大人の女性へと移りゆく、いわば節目という時期を、そのような環境で過ごしたこの人の、今の人間性はどこから来るのだろう。安易な言葉ではあるが、この夫人は素敵な人だと思う。

「あの、ご用件は倉元家のご主人様のことなのでしょうか。それでしたらお役に立てることは何もないと思いますが」

「そのようですね、いや、少々驚きまして。よくそういう雇い主のところで五年間も辛抱できたと思っています」

「それは少し違います。ご主人様から侮蔑されたことはありません。怒鳴られたこともありません。ただ、私に無関心だった。ですから、我慢とか辛抱とか、そんな風に思ったことはありませんでした」

「はあ、そんな風にも考えられるわけですね。ところで、奥さんは確か東北のご出身と聞いたのですが、そうですか」

「はい、秋田の出身です」

「それにしては、ずいぶん綺麗な標準語で話されますが、秋田にいたころからそうだったんですか」

篠田夫人はおかしそうに笑い、

「初めのころは、私の話す言葉はどなたにも通じませんでした」

「それが、今はそんな風に話される？」

「自分では標準語が話せているのかどうか分かりません。でもそう言っていただけると嬉しいです」

「誰かの指導を受けたんですか」

「そんな大げさなことではないんですけど、こんな風にしてみたらどうかと、助言してくださった人はおります。私も標準語を話すことに憧れていましたから、一生懸命練習しました」

脇田は、夫人の話を聞きながら、脈絡もなくあることが頭の中を掠《かす》めた。夫人は中学を卒業して上京、倉元家で女中奉公を丸五年勤めた。その時期と、二人の青年の行方不明は重ならないだろうか。青年二人は、倉元家に配達したのを最後に行方が分からなくなった。

初めは吉田家と田辺家が最後の配達先と思われていた。吉田明子も田辺夫人も、当初、店主の問いに対し、商品を受け取ったと答えたからだ。だが後になって、吉田明子は、届いた商品は、川瀬武夫から手渡されたのではなく、実際は牛乳箱に入れられていたのだと告白した。

田辺夫人も、村上将太から直接受け取ったのではなく、品物は、台所の出入り口の脇に取り付けられた牛乳箱に入っていたと言った。吉田明子の場合と同じである。

ということは、二人の配達人が最後に配達したのは倉元家。五年前、そのことを自分なりに掘り下げてみようと努力はしたが、空振りで終わった。その苦い経験は、今でも脳の奥底に瘡蓋《かさぶた》のように張り付いている。

「あの、奥さんが上京したのは何年ですか」

唐突と思われる脇田の質問に、夫人は少し目を見張るようにしたが、「三十一年の三月二十日です」と、答えた。

「退職されたのは？」

「お屋敷をお暇したのは、三十六年四月三日だったと思います」

「奥さんは倉元家の台所仕事もしていたんですよね」

「もちろんです。掃除、洗濯、台所仕事、それが女中の主な仕事ですから」

「そうですよね。それで、倉元さんのようなお宅だと、食品は食料品店から配達されると思いますが、どうでしょう？」

「はい、そうでした。たまに細々としたものを買いに行くことはありましたが、配達が多かったです。それが何か？」

「奥さんは、山崎食料品店と大塚精肉店を覚えていますか」

「はい、覚えています。よく配達していただいたお店です」

「その二軒の店の配達人のことを覚えていませんか。二人とも二十歳くらいの青年で、がっしりした体形で色が浅黒く、真面目そうな無口な青年です」

篠田夫人は白い手を頬に当て、小首を傾げるようにしている。脇田は、記憶の再生に邪魔にならないように口を挟まず待っていた。細かいことは捜索願届書を見なければ分からないが、失踪した年月日、これだけは諳《そら》んじている。篠田夫人が倉元家で働いていた時期と重なる。

「よくお話をして、いつもニコニコしていた人のことは覚えています。ただ、その人がどちらのお店の人だったかまでは覚えていません」

それはたぶん、山崎食料品店の従業員、佐山健二だと思う。背のひょろりとした愛想のいい青年だった。脇田は思い切って二人の名前を言った。

「山崎食料品店の配達人は川瀬武夫といいます。その当時二十歳、大塚精肉店の配達人は村上将太、当時二十一歳です。二人とも色が浅黒くて、がっしりした体格の人です。無口だけど真面目な青年だったそうです。覚え、ありませんか」

夫人は笑顔を見せて言った。

「お屋敷に出入りしていたお店は、五、六店ありました。配達する人も何人もいました。私はその人たちの名前を知りません。配達の人は、お店の名前は言いますけど、自分の名前は言いません。その人たちも、私の名前を知らないはずです」

「まあ、そうですよね」

「あの、その二人の青年。刑事さんは確か、無口で真面目な青年だったそうですっておっしゃいましたよね。ちょっと気になる言い方なんですけど、その二人の青年、どうかしたんですか」

脇田は、この夫人は賢い人だと思った。無意識に言った過去形に気が付いている。この人なら信頼してもいいと思う。それに捜査をしているのではない。捜索願届書を受理しているのだから、何かのきっかけがあれば雑談的に話しても問題はない。

「これは捜査ではないんです。雑談だと思って聞いていただきたいのです」

夫人が真剣な顔をして頷いた。脇田は要点だけを話した。今から五年ほど前、二人の青年が行方不明となり、いまだにその生死さえ分かっていない。行方が分からなくなった年月日は、川瀬武夫が昭和三十三年六月六日。村上将太がその半年後の十二月十日だった。二人は自転車で配達している途中で行方不明になったが、最後に配達したのが倉元家だった。

脇田は話を端折った。あの当時、山崎食料品店の主人は、最後の配達先は吉田家、大塚精肉店の主人は最後の配達先は田辺家だと言った。倉元家が最後の配達先と判明したのは、脇田の聞き込みによってである。だが、ここでこの夫人にそこまでの経緯を話す必要はない。

「お屋敷が最後の配達の家って、そういうことがはっきり分かるものなんですか」

「ええ、分かります。二店の店主が、二人が配達した家を一軒ずつ聞いて回り、そういう結論が出ました」

「だからと言って、二人の行方不明者が、お屋敷と関係あるとは思えませんけど」

「その通りです。関係があるとは言えません。ですから、今も何も分からない状態のままなんです」

「あの、刑事さんの今日のご用件は、そのことだったのでしょうか」

「いえ、そうではありません。宗一郎氏の死は事故、という結論が出たのですが、調書を作成するに当たって、第三者のお話をお聞きすることがあるんです。それで伺ったのですが、お話を聞いているうちに、奥さんが倉元家で働いていた時期と、二人が行方不明になった時期が重なっていることに気づいたので、つい、話が横道に逸れてしまいました。失礼しました」

「それで、どういうことをお話しすればいいのでしょう？」

「宗一郎氏のことを聞いて、何となくお屋敷内の様子が分かるような気がしたんですが、家族全員が、奥さんに無関心で、口も利かない、名前も呼ばない。そんなことはないですよね。いくら何でもそれでは居たたまれないと思います。話を聞いただけで胸が苦しくなる。その点はどうだったんですか」

　夫人が笑った。笑いながら空になった茶碗に新しいお茶を注いでくれた。

「今の私の話だけを聞いたらそんな風に思うかもしれませんね。倉元様のお屋敷はたぶん、よそ様と少し違うんだと思います。私は倉元家のご主人に雇われていましたけど、実際には、ご主人様始め、ご家族の皆様と接触することはほとんどないんです」

「どういうことです？」

「私が直接関わるのは女中頭です。私はその人の言うことに従っていればいいんです。ご家族の皆様と接するのは女中頭。例えばですけど、私は、皆様がお食事なさるのを見たことがありません。食堂には入りませんから。お給仕は女中頭がします。私は台所に控えていて、女中頭の指示を待っています。ですから、女中頭の小間使い、とでも言うのでしょうか」

　そう言って篠田夫人は静かに笑う。

「毎日毎食ですか」

「そうです。私は皆様が食堂を退出した後、テーブルの片付けに食堂へ行きます。何事においてもそうですから、ご家族の皆様とお顔を合わせる機会はないんです」

「奥さんは、五年間、誰と話をしていたんですか。十五歳から十九歳までと言えば、俗に箸が転がってもおかしいと言われる年頃ですよね、それを話し相手もなく、たった一人で過ごした？」

「あの、女中という仕事は忙しいんです。寂しがったり、無駄話をしている暇はありません。結構充実していましたよ。結婚の話があったとき、お屋敷を退くのが寂しくて悲しかったです。もっといろんなことを身に付けたいと思いましたから」

「立ち入って申し訳ないのですが、それは、奥さんをそういう気持ちにさせる何かがあったからですよね。それは物ではない。やはり、人間だと思います」

夫人は静かに微笑んでいる。

脇田は思った。核心に触れる機会が訪れたようだと。

「奥さんがおっしゃった女中頭というのは、村木聡子さんじゃないですか。村木さんとは宗一郎氏のことがあって初めて会いました。とても聡明で常識的で、話し方から立ち居振る舞いまで、一分の隙もないように思いました。それが私には、ちょっと冷たいように思えましたが、奥さんはそうは思わなかった。むしろ、村木さんを慕っていた。そうでなければ、五年間も倉元家にいられなかったと思います」

「そうかもしれません」

「村木さんという人は、感情をむき出しにするようなことはないんですか」

「ありません。五年の間、注意をされたことは数知れずありましたが、感情的に怒られたことは一度もありません。実家にいた頃は毎日のように母親が大声で怒鳴っていました」

　夫人はそう言って声を出して笑い、部屋の中を見回した。

「この部屋にある家具調度品のすべてが倉元様から贈られた物です。たぶん、村木さんが口添えをしてくださったのだと思いますが、ご主人様は反対することなく、このようにしてくださいました。ですから、ご主人様も根はお優しい方なのだと思います」

「ほう、この家具一式ですか。豪勢な物です」

「村木さんにはいろいろなことを教わりました。言ってはいけないこと、言わなければいけないこと、してはいけないこと、しなくてはいけないこと、話し方、挨拶の仕方、数え出したらきりがありません。九年間学校で勉強したことよりも、お屋敷での五年間の方が自分を育ててくれたと思っています」

「はい、それは、奥さんを見ていればよく分かります。聞くところによると、倉元家に出入りしている植木職人が奥さんを気に入り、知り合いの結婚相手にと熱望した。そしてご主人は奥さんを一目見て結婚を決意した。そのように聞いています」

　それに対して、夫人は微笑むだけで何も言わない。

「ところで、宗一郎氏の奥さんですが、やはり、他の家族と同じように奥さんとも接触がなかった？」

「はい、私との接触はありません」

「私も一度しかお会いしてないのですが、あまり話もせず、感情を外に出さないように思えました。衝撃的なことがあった後だからと思ったのですが、普段からそういう人だということなんですね」

「さあ、私はその場にいませんでしたから、奥様がどんなご様子だったか分かりませんし、お屋敷にお仕えしていた時も、直接、奥様と接することはありませんでしたからよく存じ上げないのです。ですから何とも言えません」

「あの方は、外出はしないんですか、大変美しい方で、初めて顔を見た時、息をのみました。あんな美しい奥さんですから、宗一郎氏は自慢だったでしょう。二人で出かけることだってあったわけですよね」

「はい、時々お出かけでした。私は玄関でお見送りしますが、外出用のお衣装に着替え、薄くお化粧をした時の奥様は、それはお美しくて、いつも見とれていました」

脇田の耳の奥で、また森口正行の声が聞こえたようだった。尋常小学校も出ていない小僧が十歳で家出をし、叩き上げの大工となった。それが今や、大倉建設の社長。欲しいものをすべて手に入れ、最後に手にしたものは、家柄と血筋。たぶん、夫人はそこまでは知らないだろう。

「そういう時、村木さんは同行するんですか。ご主人と奥さんに」

「もちろん、同行します。ご主人様は遅くまで用事がありますが、奥様はお招きのお客様にご挨拶をし、お食事が済めば帰宅しますから」

「外出はそれだけですか？　あとは家の中だけでの生活？」

「そんなことはなかったです。月に一度くらい、百貨店にお買い物にお出かけでした」

「それはそうですよね。いくらなんでも退屈で時間を持て余してしまう。気分転換も必要ですからね。最後に訊きますが、倉元家には自転車が二台ありますね。あの自転車は奥さんが倉元家にいらした頃からあったんですか。ずいぶん使い込んだように見えたんですが」

「あの自転車、まだあるんですか。和樹様と真希子様の通学用でしたが、真希子様は信二郎様のお車でお出かけのことが多かったですから、あまり使われていませんでした」

もし、脇田の推測通り、吉田家と田辺家へ商品を運んだ人間がいるとするなら、それは倉元家の人間。もっと自分の考えを押し出すなら、その人物は村木聡子。田辺家も吉田家も女の足で往復すれば一時間以上かかる。自転車なら二十分足らず。

聡子には病を抱えていると思われる瑤子がいる。長い時間家を空けられない。瑤子だけではない。聡子の小間使いだと自認する、目の前の夫人にも家を空けたことが分かってしまう。一時間以上の空白時間は、後になって災いとなる。だから自転車が必要。

「倉元家の住人で他に自転車に乗れる人は誰でしょう。男性は当然乗れるでしょうが、女性で乗れる人がいますか。例えば、奥さん、青山優子さん、村木聡子さんとか」

「さあ、乗れるかどうかは分かりませんけど、乗ったところを見たことはありません。ただ、瑤子奥様は乗れないと思いますけど」


台所で後片付けをしている時、子供が目を覚ましました。

泣いてはいませんが、寝ているか起きているかは気配で分かります。ハイハイをするので目が離せません。思った通り、ハイハイでちゃぶ台に近づいています。

おしめを取り替え、授乳を済ませました。今は母乳と離乳食が半々なのです。

子供を抱き、一つだけある椅子に座ります。そよとも風が吹かず、師走とは思えない穏やかな天気。真昼の日差しを浴びて、いろいろな柄のおしめが並んでいます。子供は握ったガラガラを振り回し、ご機嫌です。お客様とあれだけ話をしている間、一度も目を覚ましませんでした。

倉元家で過ごした五年間のことはよく覚えています。忘れていることの方が少ないと思います。脇田という刑事さんの話で意外だったのは、ご主人様が睡眠薬を常用していたことです。私がいた時、それはなかったはずです。

　高血圧の薬を飲んでいたことは知っていました。その薬は毎朝、私が用意しました。朝食が済んだ頃を見計らい、コップに水を入れ、食器棚の引き出しから薬の袋を出して、薬を一錠、手塩皿に乗せ、コップの水と一緒に盆に乗せておくのです。お食事が終わると、聡子さんが台所へ来て、用意してある盆を持って食堂へ行きます。

「睡眠薬は、深夜に飲むので、飾り棚の引き出しに仕舞ってあった」。刑事さんはそんな風に言っていましたが、ご主人様は睡眠薬を飲んでいることを人に知られたくなかったのかもしれません。二年前から女中が変わったのですから、やり方がいろいろに変わっても不思議ではありません。

　夫の話では、ご主人様は、落ちてきた置物が頭部に当たり、亡くなられたそうですが、どの置物だったのでしょう。置物は二段に分けて飾られていました。上の棚が石でできた置物。下の棚がガラスの置物でした。

　置物でよく覚えているのは翡翠の大黒様。大黒様は上の棚にありました。薄い緑色で半透明のような、神秘的な色合いでした。米俵に乗った大黒様は、これ以上は笑えないというほどに、口と鼻が頬の中に埋もれ、目尻が下がり、顔じゅうで、いえ、体じゅうで笑っていました。その顔を見ていると、こちらまでつられて笑顔になったものです。

これは翡翠という石でできているのよ、と聡子さんが教えてくれました。翡翠でできている置物は他にもありました。梟、馬、龍、亀もあったように思います。その他の置物は何の石か知りません。石の置物とガラスの置物を合わせると、二十点くらいありました。それらの置物を一週間に二度磨きました。曜日はいつでもいいのです。ですから磨く曜日は自分で決めました。丁寧に磨くので時間がかかります。それに高価なものだと分かっていましたから気骨が折れたものです。

よく覚えていることがあります。翡翠の大黒様と、下の棚にあるガラス細工の鳳凰という鳥、この二つは、毎月二日に置き場所を変えます。変える場所はどこでもいいのですが、とにかく毎月二日の午前中に、置く場所を変えるのです。なぜそうするのか、詳しくは知りませんが、中国から伝わった縁起らしいです。ご奉公に上がった初めの頃に教えられました。

十五歳だった私は、そのことをとても大事なのだと思い、絶対忘れないように帳面に書いた覚えがあります。でも、帳面を見なくても一度も忘れませんでした。

脇田刑事はもっといろいろなことを訊きたかったのだと思います。それは、聞き方の熱心さで伝わってきました。でも、本当に知らないのですから話しようがありません。それよりも、すでに辞めている元の使用人を、刑事がわざわざ訪ねてくるということが意外に思えました。調書作成のためと言っていましたが、ご主人様は事故でお亡くなりになったのに、まるで、事件の捜査のようにも思えます。

——事件と言えば……。

二人の青年が行方不明という話。これは意外であり驚きでした。申し訳ないのですが、倉元家のご主人様の事故よりも驚きました。刑事さんに、二人の青年の名前を知らないと言いましたが、半分は嘘です。たけおという名前は知っています。その人が山崎食料品店の配達人だということも知っています。話し好きでいつもニコニコしていて、こんにちはが、「ちわー」と聞こえて、聡子さんを苦手な青年から聞きました。

体ががっしりしていて色が浅黒く、無口で几帳面な青年が、しばらく顔を見せなくなったことに気づいて、「ちわー」の人に訊きました。その時彼は言ったのです。「ああ、たけおね。あいつ、故郷へ帰ったようですよ」と。その言い方が変に思えたので問い返すと、「あいつって、僕と違って無口でしょ。だから、何考えているかよく分からないんです」。そんな風に言ったと思います。

無口だから分からないのではなかったのです。あの時すでに、たけおという人は行方不明になっていたのです。そう思って間違いないと思います。こうして、回想に耽っていると、いろいろなことがどんどん蘇ってきます。いつのことかは覚えていませんが、たけおという人の相乗りの姿――。

無口で几帳面で、ちょっと東北訛りを感じさせる、真面目そうな人と思っていたので、昼日中に相乗りなんて彼らしくないなあと思ったこと。そして、そのことと一対になって思い出すのが、相乗りの自転車をじっと見送るようにしていた、瑤子奥様のすらりと伸びた後姿なのです。

その後、たけおという人がお屋敷へ来たかどうかは覚えていません。

もう一つ鮮明に覚えていることがあります。大塚精肉店の配達人。この人の名前は知りませんが、脇田刑事は、確か、村上しょうたと言ったと思います。この人も、たけおと同じように、色が浅黒くて、がっしりした体格。無口で真面目そうな青年でした。ある日、この青年が、お屋敷に配達に来ました。何の配達だったかは覚えていません。

彼が商品を置いて、ガラス戸を出る時、ズボンの後ろポケットがパンパンに膨らんでいて、ポケットの口からふわふわした布のような物がはみ出ていました。あれでは落としてしまう。教えてやろうと思っているうちにガラス戸が閉まり、そのままになってしまいました。

それからどのくらい経った頃だったか、小池のおじさんが庭の隅でごみを燃やしていました。私も燃やしたい物があったので、おじさんと一緒にいました。おじさんが、ドラム缶の焼却炉の中を竹棒でかき回している時、布のような物が竹棒の先に引っかかりました。それはマフラーでした。

おじさんは襟巻と言いましたが、お屋敷の脇の道に、猫がじゃれたようにぼろぼろになって落ちていたのだそうです。私はそれを見てすぐに、大塚精肉店の配達人が落としたものだと分かりました。ポケットから覗いていた柄と同じだったのです。やっぱりあの時、大きな声を出してでも教えてやればよかったと思っていました。

そんなことを考えている時、私は瑤子奥様の声を聞き、驚いて後ろを振り向きました。おじさんも振り向きました。そこに瑤子奥様が立っていらっしゃいました。瑤子奥様は、焼け焦げたマフラーを指さし、「それは何？」とお訊きになったのでした。おじさんが手短に説明しました。瑤子奥様はくるりと背を向け玄関の方へ歩いて行きました。


子供はお尻がさっぱりし、お腹がいっぱいになり、温かい日差しに包まれて小さい口を半分開いて眠っています。寝つきがよく、寝起きもよく、我が子ながら手のかからない良い子だと思っています。私は赤ん坊を布団に寝かせ、もう一度椅子に座りました。

気にし出すと、いろいろなことが気になってきます。ご主人様の御不幸は頭の隅に追いやられ、脇田刑事の話で思いがけなく知った、二人の青年の行方不明という暗い情報が、妙に心をざわつかせているのです。友達でもない、知人と言えるほどの知人でもない。全くの赤の他人です。今まで思い出しもしませんでした。

二人の青年が行方不明になった時期は、確かにお屋敷にお仕えしていた時期と重なります。脇田刑事の話を整理してみると、私がお屋敷にご奉公に上がって、二年目か三年目くらいに二人の青年が行方不明となったようです。先に行方不明になったのはたけおという人、その半年後に、しょうたという人。私はその後、二年ほどお屋敷にお仕えしていたということです。

脇田刑事はなぜ途中から話の方向を変えたのでしょう。唐突に話の内容が変わったように思えるのです、もしかしたら、私を訪ねた本当の理由は、青年二人の行方不明について、訊きたいことがあったのではないでしょうか――。

いいえ、それは違います。脇田刑事は倉元宗一郎氏の調書作成のために来たのです。話の途中で方向転換したのは、二人の青年が行方不明になった時期に、たまたま、私がお屋敷にご奉公していたことを知り、急きょ話を切り替えた。そうに違いないと思います。ということは、脇田刑事は二人の行方不明に深い思い入れがあるということです。

そして、やはり気になるのは、二人の青年が、倉元家に商品を配達した後に行方が分からなくなった、ということです。私は、そのことが倉元家に関係があるのかと反論めいたことを言い、脇田刑事はそんなことはないと言いました。

でも、よく考えてみると、たまたま偶然が重なった。それで済ませていいものだろうかと、自分の中で葛藤が生じています。あの頃、どんなことがあっただろう――。

私は外の日差しの具合を見、少し早目でしたが、洗濯物を取り込むことにしました。何となく落ち着かず、やるべきことをやってからゆっくり考えてみたいのです。

洗濯物を取り込むときになると、お屋敷でのことが思い出されます。洗濯物の種類はまるで違いますが、太陽をたっぷりと含んだホカホカする感触は同じです。衣類もおしめもたたみ、部屋の隅にうずたかく積み上げました。

お茶を淹れ替え、再び椅子に座りました。物干し竿から洗濯物がなくなり、部屋の中が明るくなったように感じます。

いざ思い出そうとすると、咄嗟には整理がつかず、何を手掛かりにしたらいいのか見当がつきません。お屋敷に上がってから二年目か三年目。その頃、どんなことがあったでしょう。特に二人の青年に関わることです。ということは、山崎食料品店と大塚精肉店も関わってきます。

そう言えば、いつの頃だったか、山崎食料品店のご主人がお屋敷に来たことがあります。目を瞑ると鮮明に思い出せそうです。

簡素な木の背もたれに体を預け、私は目を瞑りました。

あれは確か、夏の頃でした。山崎食料品店のご主人が台所口のそばまで来て声をかけたのです。その時の用件が、注文の品が届いているかどうかの問い合わせでした。感じのいいご主人だったことを覚えています。品物は届いていました。

山崎食料品店のご主人が帰った後で、聡子さんに言われたことも思い出せます。「勝手口の鍵、閉め忘れたの？」。「夏場は七時でいいんですよね。冬は六時ですけど」、こんな風に答えたように記憶しています。ですから、あれは夏の頃です。

届いたその品は何だっただろう。その品は――。

すぐには思い出せません。

今から五年ほど前、二人の青年が行方不明となり、いまだにその生死さえ分かっていない。「生死さえ分かっていない」。脇田刑事のその言葉が、重くのし掛かってくるようで息苦しくなります。その言葉に、生よりも死の方を強く感じるからです。

脇田刑事は言いました。山崎食料品店の主人も、大塚精肉店の主人も各家を廻って確認し、最後に配達したのが倉元家だったと。

脇田刑事の話を飾らずに言えば、二人の青年が、倉元家に品物を届けた後に死んだ。極端かもしれませんけど、そのように受け取れます。脇田刑事は本音では、そう言いたかったのではないでしょうか。

「最後に届けた先が倉元家だからといって、二人の行方不明の理由が、お屋敷に関係あるとは思えません」。「そうです。関係があるとは言えません」

脇田刑事と私の会話はこんな内容だったと思います。でも、本当にそれでいいのでしょうか。

山崎食料品店のご主人が来たのは覚えていますが、大塚精肉店のご主人が来たのは記憶にありません。もしかすると、私のいない時に聡子さんが応対したのかもしれません。

脇田刑事には、「よくお話をして、いつもニコニコしていた人のことは覚えています」と言いましたが、それは嘘です。私がよく覚えているのは、行方不明になったという、たけおと、しょうた、という人の方です。二人とも朴訥《ぼくとつ》としていて誠実そうで、言葉に東北訛りを感じたからか、親しみも湧きました。

そして何より、二人に関わるある光景——。

たけおという人の、自転車の相乗り。それを見送っているような瑤子奥様の後姿。しょうたという人の、ズボンの後ろポケットからはみ出していたマフラー。その後日、ドラム缶の焼却炉で無残に焼け焦げていたマフラー。それをじっと見て、「それは何？」と、指さした瑤子奥様。

その光景は、二人の青年の行方不明に関わりがあるのでしょうか。あるとしたら、どんなことが憶測できるでしょうか――。

私は、無意識に首を振りました。具体的なことは何も浮かびません。光景は鮮明ですけど、その光景が、二人の青年の行方不明にどう繋がるのか、その糸が見えません。それなのに、このままやり過ごしてはならないような焦燥感が拭えないのです。

他にないだろうか、二人の青年の行方不明に少しでも関わるような出来事。私がお屋敷に仕えて丸二年が過ぎた頃――。

私は立ち上がり、物干し竿に置き忘れている雑巾を取りながら、何気なく下を覗きました。ちょうど小学生の下校時間らしく、数名の男の子がランドセルを背負い、談笑しながら歩いてきます。なぜか一人だけその仲間に入らず、五メートルほど後ろを歩いています。子供たちが固まって真下を通り過ぎました。一人がその後を追います。その子が私の真下を歩いています。私はその子をじっと見下ろしていました。

こんな光景をどこかで見たことがあります。その子が突然走り出し、前を行く仲間たちに合流しました。私は雑巾を持ったまま椅子に座りました。

あれはいつの頃だろう。お屋敷の二階に行きました。何のために行ったのか定かではありませんが、とにかく二階へ行きました。お屋敷の二階の廊下は北側。窓が四つあります。その窓を閉めている時、何気なく下を見ました。眼下を人が歩いていました。

お屋敷の裏は小高い丘とお屋敷に挟まれて陽が差さず、草が生え、大きな石、小さな石が転がっています。崖が時々小さく崩れ、落石するのです。そこは道ではありませんが、人が歩いていたのです。

さっきの子供も、上から見下ろしたので、頭とランドセルしか見えませんでした。その時も、歩いていた人の頭と肩しか見えませんでした。それに見えたのはほんの一瞬。その人はすぐにお屋敷の壁の向こうに消えてしまいました。

あの人は誰だったのだろう。その時どう思ったのかは忘れていますが、今は、その人は男性だったように思います。なぜだか分からないのですが――。

窓を閉めようとしたのですから夕方です。でも、その人の頭と肩がはっきり見えたのですから、日の長い夏だったはずです。あの人はあそこを通ってどこへ行ったのでしょう。その人の向かった方角は西側でした。そこには何もありません。

また思い出しました。芋づる式とはこういうことを言うのでしょう。どこかが一つ刺激を受けると、連鎖反応のように別の何かが浮かび上がってきます。今もそうです。山崎食料品店のご主人が来て、注文の品が届いたかどうか確認しましたが、その商品は蜂蜜でした。もう一種類あったように思いますがそれは思い出せません。そして、蜂蜜を、たけおという人から受け取ったのは私ではなく、聡子さんでした。

食品棚の扉を開けて、届いた蜂蜜を出して見せたのは私です。またまた思い出しました。その時私は、聡子さんに注意されました。年長者に話しかける時や物をやり取りする時は高い位置からしてはいけない。そんな注意だったと思います。

そうだ！　その日だったか前の日だったか、瑤子奥様が熱を出されました。間違いありません。五年間のご奉公の間に、ご病人が出たのはその時が初めてでしたから。だんだん思い出してきます。聡子さんは、瑤子奥様の食欲がないからと、届いた蜂蜜をヨーグルトにかけたのです。

確かその夜だったと思いますが、私は夜中に不審な物音で目を覚ましました。その物音は物置の方から聞こえました。ガサゴソと物を動かすような音。最後には、戸を軋ませて、物置を閉める音も聞きました。それから寝られなくなり、夜が明けた時、瞼が重かったのを覚えています。

結局、物置から聞こえた音の正体は、聡子さんだったことが分かりました。私は夜中の不審な物音を黙っていることができず、聡子さんに話したのです。最後まで話を聞いた後で聡子さんが笑いながら言いました。「それは私」と。

聡子さんは、その夜、瑤子奥様の寝る場所を変えたんだそうです。ご主人様に気兼ねなく看病するためにです。ベッドのない部屋で、ソファをベッド代わりにしてお休みになる瑤子奥様がお労しくて、物置にある古いマットを取りに行ったけど、一人ではどうすることもできなかった。そう言って聡子さんは苦笑していました。

私は、その並々ならぬ忠誠心に言葉も出なかったことを覚えています。

こうして、いろいろと思い出してはみましたが、これらのことが、二人の青年の失踪とどう繋がるのか全く分かりません。というよりも、関連性がないという印象が強いのです。そもそも記憶の日時が定かではありません。どういう順序で何があったのか、時系列が不明なのですから。

脇田刑事の話では、たけおという人が行方不明になったのは六月。しょうたという人は同じ年の十二月。ということは、瑤子奥様の発熱、届けられた蜂蜜、物置の物音、二階の窓から見た正体不明の人物、これらは初夏の頃ということになり、たけおという人が失踪した時期と重なります。

でも、しょうたという人のことはわかりません。覚えているのは、小池のおじさんがドラム缶の焼却炉で燃やしていたマフラー。そのマフラーはしょうたという人のポケットから落ちたマフラーだと思います。そして、その焼けこげたマフラーを指さし、「それは何？」とお聞きになった瑤子奥様。

そのことがしょうたという人の失踪にどう繋がるのかわかりませんが、マフラーが道に落ちていたのですから冬です。しょうたという人が失踪した時期と重なります。

そして、なぜか隠してしまいました。

それは、聡子さんが自転車に乗れるということです。脇田刑事の口から唐突に出た自転車の話に、私は訳もなく狼狽《ろうばい》していました。

私がお屋敷に上がって間もなくの頃だと思います。聡子さんが言ったのです。その時の会話を大体覚えています。

「あなたは自転車に乗れますか」

「いいえ、乗れません。家に自転車はありませんでした」

「必要な物は、大体届けてもらうけど、細々した物をお店に買いに行くとき、自転車に乗れると便利だと思う。私はこう見えても自転車に乗れるのよ」

「女でもですか」

「ええ、女でも。十七歳のときに乗り方を教えてもらったの。もう十年以上も乗っていないけど、自転車って一度覚えたら一生、乗り方を忘れないんですって——」

こんなような会話だったと思います。自転車は一度覚えたら一生乗り方を忘れない。これが本当なら、聡子さんは自転車に乗れるということになります。でも、なぜか脇田刑事に言えませんでした。二人の青年の失踪と、聡子さんが自転車に乗れるということに、なぜか、暗いものを感じたのです。

聡子さんにとって良くない、暗いもの――。

3

「消防署員の友達がいるんだが、その友達の同僚の奥さんが、二年ほど前まで倉元家で女中をしていたことが分かってね」

脇田警部補は佐藤刑事にそんな風に切り出した。場所は仕事帰りの居酒屋。十二月に入り、客が多い。二人は隅の席に座っている。客が多くてうるさいが、その方がかえって話しやすい。客は自分たちで盛り上がり、刑事二人の話に耳を傾ける者はいない。二人は熱燗で寄せ鍋を突《つつ》いた。酒を飲むときは手酌。二人の間でそう決まっている。

「へえ、それはまた偶然ですね。で、その奥さんと会ったんですか、倉元家のことで何か聞けたんですか」

脇田は、倉元家の内部事情について知り得たことを話したが、話が途中から横道に逸れ、川瀬武夫と村上将太の失踪について熱が入ったことは話さなかった。なにぶん五年も前の話、手掛かりになるようなことは得られなかったし、佐藤も、あの頃とは立場も環境も変わっている。

「へえ、女中ってそんなものですか。初めて聞きました」

「倉元家はよそとは少し違うとは言っていたけどね」

「それにしても、五年間同じ家に住んで、一度も名前を呼ばない、口も利かないなんて、倉元宗一郎は変わり者ですね。よく辛抱できたものです。その元女中さん」

「彼女は賢い。村木聡子の聡明さとは質が違う。何事も前向きで、物事を良き方へ考えて、経験したことを糧とできる人だ。生きていく上で、大きな財産となる気質だな」

「へえ、脇田さん、その元女中さんにずいぶん肩入れしますね」

「肩入れするつもりはないが、若い女性から、何かを学んだような気がした。結論を言えば、その人に会ってもこれと言って得る物はなかったということだ。もし、宗一郎の死に疑問があり、事故死として片付けられないのであれば、素人を頼らず、警察官としてのプライドにかけることになる」

「脇田さんはどう思っているんです？」

「あれは事故死ではない！」

「大黒天の血痕ですか」

「そう。それが一番の理由だが、あの屋敷内に漂う独特の雰囲気、何が起きても不思議ではないと思わせる、何と言うか、実に不安定な危うさ。そんな風に見せないように取り繕っているが、一つバランスを崩すとたちまち総崩れ、そんな印象が拭えない。そんな中で起きた主の死。事故死として簡単に片付けられない」

「それは自分も感じます。脇田さんのようにうまく表現できないけど、あの家族全員がガラス細工のようですよね。それもすでにどこかにひび割れが生じている。それは宗一郎の死もですが、生きている人にも感じます」

「倉元夫人か」

「そうです。それから村木聡子。あの二人は人間離れしています」

「人間離れねえ」。脇田は鶏肉をほお張りながら笑った。

「変ですか」

「いや、変ではない。私はあの日、宗一郎が死んだ日だ、村木聡子を見て浮世離れした人だと思った。そして倉元夫人は確かに人間離れしているよ。今までずいぶんいろんな人と接してきたが、珍しい部類に入る」

　また森口正行の言葉が聞こえたようだ。倉元夫人は華族だか貴族だかの末裔。その頃、夫人に仕えていた女中がどうなったか分からないと言っていたが、今は分かっている。村木聡子は長く倉元家へ仕えているが、実際は倉元瑤子の乳母であった。

「元女中さんは何と言ってたんですか。ああいう独特の雰囲気の漂う家の中で丸五年間、誰とも話さない。主人からは名前も呼ばれたことがない。聞いただけで息が詰まります。本人には当然不満が募りますよね。そういう心理から、つい本音が出て、倉元家の秘密とかを、ぽろっと漏らすなんてこと、ないんですかね。どうだったんですか」

「そんなことは一切言わない。むしろ親しみを持ち、恩に感じているようだった。その人の嫁入り支度一切が倉元家から贈られている。後から聞いた話だが、これは珍しいことではないようだ。長年勤めあげた使用人が雇入先から嫁ぐとき、退職金代わりとして嫁入り道具を贈るらしい。それに、彼女は、村木聡子とはうまくいっていたようだった。そのあたりが人間関係の難しいところだな。一人の人間が、Aという人には仏に見えても、Bという人には鬼に見える。ともかく、宗一郎の死が事故ではないとすると、事件、つまり殺人ということになるが、じゃあ、犯人は誰だろう」

「浮世離れした人と人間離れした人でしょう。外部からの侵入は認められなかったわけですから、あの夜、家にいた人間ということです。となると、その二人しか考えられない」

「浮世離れと人間離れの共犯？」

「それは分かりません。ただ――」

「何？」

「倉元瑤子を共犯には選ばないと思います。危険が大きいです。脇田さんだって見ていたじゃないですか」

「実はね」

「ええ、何ですか」

「知り合いから聞いた話なんだが……」

脇田の話し方が一変したことに気づいたのか、佐藤が箸を置いて脇田の目をじっと見ている。脇田は、佐藤が笑い飛ばすだろうと覚悟していた。

「倉元夫人、倉元瑤子だが、伯爵だか子爵だかの末裔でね、村木聡子はその家に長く仕えていた女中だそうだ。この話、君はどう思う？」

「その情報の元になったのは誰なんですか」

「新聞記者、私の知人だ。だが、今の情報を提供してくれたのは彼ではない。彼の友人。君が知っているかどうか分からんが、《平和公論》の雑誌記者。調査方法は企業秘密だから言えないそうだ」

「《平和公論》、知ってますよ。共生出版から出てますよね。月刊誌か季刊誌でしょ。結構有名です。そこからの情報なら信用できるんじゃないですか」

「へえ、意外だね。こういう種類の話、君たち若者には時代錯誤と一笑に付されると思っていたけどねえ」

「忘れたんですか？　いつかも話しましたよ。貴族の女子の話。確か、自分とは全く違う環境の異性に対して憧れを持つ。そんな話だったと思います」

「ああ、そう言えばそんな話を聞いた覚えがある」

「だって、よくある話じゃないですか、何もかも手に入れた人が最後に熱望するものは何か。それは家柄と血筋だと」

脇田はますます驚いた。佐藤刑事からこんな反応が返ってくるとは思わなかった。これではどちらが時代錯誤なのか分からない。

「君たちのような若者の間でもそんな話題が出るの？」

佐藤刑事はにやにや笑い、椎茸を丸ごと口に放り込み、よく噛んで飲み込むと言った。

「自分には歳の離れた姉がいるんですが、姉がそのテの話が好きで、母親とよくそんな話をしていたんです。ほら前に、人から聞いた話だけどと言ったでしょう。あれは姉と母親のことなんです。だから半分は二人からの受け売りです。でも、二人が荒唐無稽の話をしていたとは思いません。丸ごと信じようとも思いませんが、半分以上は事実だと思っています。で、子爵なんですか、侯爵なんですか」

「思い出せないなあ、どっちだったか。だが苗字は覚えている。鷹塚と言った。たかという字が、高い低い、の高じゃなくて鳥の鷹だったから覚えていた」

「じゃあ、五つ言いますから思い出してください。公爵、侯爵、伯爵、子爵、男爵、この五つです。どれですか。公爵と侯爵は、音は同じですが字が違います」

「今聞いてみると伯爵だったような気がする」

「そうですか。この際、伯爵でも子爵でもいいですが、今の話を聞いて、全体像が見えてきたような気がします。目の前の、細く曲がりくねって先の見えない道が、いきなり広くてまっすぐな道になったような、そんな感じです。今回の事件の根はそこだと思います」

「今回の事件というと、宗一郎の死か」

「そうです。宗一郎は犯人にとって御用済み、もう必要なくなった。だから殺した」

脇田はあきれて佐藤を見た。悪酔いしたのか、ふざけているのかと思ったが、それほど飲んではいないし、腹が空いていたのか食べるのに夢中だった。脇田が、宗一郎の妻瑶子が、伯爵だか子爵の末裔と話した時から、佐藤の目つきが変わった。その顔は真面目そのもの。

脇田は今まで胸にたたんでおいた話を初めて目の前に広げた。宗一郎の生い立ち、錦の旗を飾るきっかけとなった、関東大震災と太平洋戦争。「バラック御大尽」と揶揄されながらのし上がった、大倉建設の創設者。

「その話を聞いてますます理解できます。宗一郎にあって、瑤子にない物。瑤子にあって宗一郎にない物。これがぴたりと一致した。そこで風変わりな夫婦の誕生。こういうことでしょう」

「そんなに簡単なものかねえ」

「あっちこっちに転がっている話じゃないでしょうけど、敗戦し、政府からの援助金が廃止された。同時に巨額の財産税が課され、生活手段を知らない華族様たちは、生活に困り邸宅や土地を売って、売り食い生活をした。困窮のため、二進《にっち》も三進《さっち》も行かなくなって、没落した華族はいっぱいいたし、経済的な困窮を理由に華族の地位を自ら棄てる家もかなりあったと聞きました。中には暮らしに困って、写真のモデルをして、生活の糧とした華族のお姫様もいたらしいですよ」

「そういう話も、お袋さんと、お姉さんから聞いた？」

「ええ、二人で本か何か読んだのか、そんなような話をしていたし、こういう話、特に珍しいとは思いませんけど。その一つが、宗一郎の奥方。ほら、よく言うじゃないですか、世が世なら何々公爵のお姫様って」

「まあねえ。それがつまり、鷹塚瑤子姫というわけだ」

「となると、あの人間離れした態度も腑に落ちますからね」

「分からん。頭が混乱気味だ。少し時間をもらって頭を整理しなくちゃならんようだ」

「脇田さん、一番肝心なことを我々は置き去りにしてます」

「何？」

「動機です。宗一郎殺害の」

「遺産だろう。そんなことは分かっている。宗一郎が死ねば、遺産の二分の一が瑤子。あとの二分の一が先妻の二人の子供。これだけだ。妹の青山優子にも、その夫、信二郎にも権利はない」

「動機は十分ですよね。宗一郎が死んでしまえば、瑤子も聡子もあの家にいる理由がない。二分の一の遺産をもらって自由になれる。宗一郎の私的財産は半端じゃないと思います。彼の生きてきた歴史を考えますとね。それに、生命保険の受取人が瑤子だったら、二人はホクホクですよ。聡子は一生瑤子から離れないでしょうからね」

「まずは、係長から再捜査の許可をもらおう。宗一郎の死は事故と結論が出たようなものだ。もっと捜査が必要だと訴えてみる。今の状況では、警察官としての捜査がままならない」

青山信二郎が目黒南署の脇田警部補を訪ねてきたのは十二月十一日の午前十時。脇田と佐藤が居酒屋で話し合った翌日だった。

　脇田はその日の朝、倉元宗一郎の死亡原因について、再捜査したい旨を、係長に願い出た。再捜査の理由を正直に話した。もちろん、倉元瑤子が伯爵の末裔云々については話さない。凶器となった大黒天の血痕と指紋の有無の不自然、複雑な家族構成、宗一郎が死んで得する者、損する者。何が起きても不思議ではない、屋敷内に漂う独特の雰囲気、この点については脇田の印象だとも正直に伝えた。

　署内は、十二月に入り最も多忙な時期である。それに一度解決した案件を蒸し返すことを警察署の幹部はひどく嫌う。係長がいい顔をするわけがない。係長とそんなやり取りをしている途中で、管轄内で起きた強盗事件の犯人が、潜伏先の友人宅で逮捕されたという情報が入った。係長の顔つきが変わり、少々機嫌が良くなった。それが幸いしたのだと思う、脇田の願いが受け入れられた。

　だが、宗一郎死亡の再捜査に関わるのは脇田と佐藤だけ、それも大っぴらにしない。つまり、内密に動けという条件付きだった。

　お墨付きがもらえた。脇田は踊り出したいほど嬉しかった。そんな時、青山信二郎が目黒署へ来たのだ。それも、脇田刑事に会いたいとご指名だという。電話をくれた受付の人に、一階の応接室に案内するように伝えた。

脇田が二人分のお茶を持って応接室に行くと、コートを着たまま座っていた青山信二郎が立ち上がり、コートを脱ごうとした。脇田は、「そのままで結構です。座ってください」と言い、青山の前と自分の座る場所にお茶を置き、座った。

「その節はどうも、脇田です。ここにも達磨ストーブがあの通りあるんですがね、無人の時、火の始末が心配ですから、使わないことが多いんですよ」

「今日はそれほど寒くはないです。早速ですが」。そう言って青山信二郎が名刺を出し、脇田に渡した。大倉建設株式会社常務取締役　青山信二郎。

「常務でいらしたんですね、このたびはとんだことでした」

脇田は儀礼的に頭を下げた。

青山はKENTを出すと、脇田に勧めた。脇田は断り、自分の煙草を出し、火を点けた。青山のライターはカルティエ。ふと森口正行を思った。彼はデュポンだった。二人とも豪勢なものだ。ちらりとそんなことを思う。

「それで今日はどういうご用件で？　私に話があると聞いています」

「義兄の宗一郎の亡くなった時、脇田さんが捜査の責任者だと聞いていたものですから」

「ええ、その通りです。しかし、宗一郎氏のことはすでに結論が出ていますが、何かありましたか」

今日は日曜日ではない。青山は会社を抜け出してきたということだ。何となく期待を持ってしまう。ついさっき、係長から再捜査の許可をもらったばかりだ。青山は高級煙草を二口ほど吸って粗末な灰皿の中でもみ消した。

「昨日、弁護士が来ました。義兄の遺産に関することです」

「そうなんですか。初七日は終わったんですよね」

「ええ、終わりました。終わって二日目に来ました」

「あの、弁護士というのは——」

「村木聡子が依頼した弁護士です」

「遺産相続のために？」

「そうです」

「しかし、村木さんは倉元家の使用人ですよね。それなのにどうして遺産のことにまで関わるんです？」

「瑤子さんの後見人のようなつもりでいるんじゃないですか。刑事さんもご存じのように、義兄の遺産は、配偶者である瑤子さんが半分、残りの半分を宗一郎の子供の和樹と真希子が二分の一ずつ。それは法で決まっているわけですからいいのですが——」

「ええ、何です？」

「私も、妻の優子も納得していません」

「何が納得できないんですか。遺産のことは納得済みだといいましたね。私が変だなあと思うのは使用人の村木さんが、そういうことにまで立ち入る。そのことが引っかかる。だって、使用人でしょう、まあ、それなりの理由があるのでしょうけどね」

脇田はここで訊き出したいことがある。いい機会だと思っている。青山は、二本目の煙草に火を点けた。深く吸い込み、ゆっくり吐きながら粗末な灰皿を見ている。

「青山さんはご存じのはずですが、警察というところは事件発生と共に稼働します。遺産がどうのこうのというのは門外漢です。村木さんには何か事情があって、自分から弁護士を依頼したのでしょうから、私どもが立ち入ることではないです」

「刑事さんは、私が妻の実家に住んでいることを不思議に思いませんか」

青山が意外なことを口走った。その点については以前より気になっていたことだが、脇田はさほど気にしていないような素振りで言った。

「まあ、思わないと言えば嘘になりますが、各家庭にそれぞれ事情があるでしょうから」

青山が間髪をいれずに言った。

「妻がどうしても兄さんと一緒に住みたいと言ったからです。義兄と瑶子さんとの結婚話が浮上した頃、私どもは、手頃な家を探していました。それまでは借家住まいでした。義兄が私たち夫婦に瑤子さんを紹介した時からなんです。妻が、兄さんと一緒に暮らすと言い始めたのは」

「それは、どんな理由で？」

「怖いと言いました」

「怖い？　何が怖いんですか」

「瑤子さんがです」

「瑤子さんがなぜ怖いんでしょう」

脇田はそんな訊き方をしたが、優子という人の気持ちが分かるような気がした。佐藤刑事は、瑤子を人間離れした人と評し、あの人は病気だと、事も無げに言った。優子も、瑤子を一目見た時に、我々と似た印象を持ったのかもしれない。

「刑事さんは、あの朝、瑤子さんを見たでしょう。何とも思いませんでしたか」

「正直に言えば、ちょっと変わった人だなあとは思いました。しかし、なにぶん短い時間でしたし、あの人にとっては衝撃的だったでしょうから、ああいう表現しかできないのかと思い、深くは考えませんでした」

「妻は、初めて瑤子さんに会った日の帰り道、私に言いました。あの人、ちょっと変わってるって」

「変わってる？　どんなふうに？」

「刑事さんですから正直に話しますが、瑤子さんは心の病を持っています。瑤子さんと三日も一緒に暮らせば分かりますよ」

「心の病。それは、はっきりしたことなんですか」

「本人に訊くことはできませんが、村木に訊きました。村木は否定しました。しかし、結婚して半年ほど経った頃、義兄の息子の和樹から聞いたんです。その頃和樹は、高校卒業後の進路について迷っていて、大学受験もせず、就職もせず、家で勉強していることが多かった。その和樹から、瑤子さんと村木は月に一回の割合で外出すると聞いた時、ピンときました。通院ではないかなと。和樹は二人が外出する曜日と大体の時間まで分かっていました。それで、私はある日、二人の跡を追ったんです。向こうはタクシー。私は自分の車です。やはり、二人が向かった先は、渋谷にある精神科医でした。それで村木に問いただしました」

「村木さんは何て？」

「瑤子奥様は不眠症なので、そのための薬を処方してもらっていると言いました。こういうことは医者に訊いても教えてくれるわけがありませんから、それ以上のことは分かりません。しかし、瑤子さんは不眠症などではない。もっと深刻な病だと思います」

「ということは、心の病という点については青山さんの憶測ということですね」

「まあ、それはそうですが――」

「では、青山さんは二人が結婚してから、そのことが分かったということになりますが、青山さんの奥さんは結婚前から分かっていた。奥さんは結婚に反対しなかったんですか」

「真っ向から反対したわけではないですが、遠まわしに話したようです。その時分かったんですが、瑤子さんが心の病を持っていることは義兄も承知していたんです。それはそうですよね。義兄は学歴こそありませんが、知恵の回る、頭のいい人です。その義兄が、たぐい稀な美貌だけに目が眩んだとは思えません」

「それで？」

「妻がその話を持ち掛けた時、分かっている、と言ったそうです。義兄はむしろそんな瑤子さんに同情気味で、何もかも承知の上で結婚したようです。刑事さんはご存じかどうか、瑤子さんという人は、伯爵の末裔なんだそうです。旧姓は鷹塚、鷹塚瑤子です。明治のころまでは鷹塚伯爵と言えば上流階級だったそうですが、太平洋戦争後は、世間に周知されている通りになったわけです」

昨夜、佐藤刑事が語ったことを、今青山信二郎が語っている。そういった話に最も疎かったのは脇田ということだ。

「その話は初めて聞きましたが、そろそろ本題に戻りましょうか。奥さんが瑤子さんを怖がったということは、瑤子さんの病によって、お兄さんである宗一郎氏に危険が及ぶ。だから離れて暮らすのは心配。そういったことですか」

「そこまではっきりしたことではないんですが、とにかく瑤子さんには、相手の気持ちを受け止め理解するという、人として基本的な意思の疎通が図れない。何を考えているのか全く分からない。村木は、自分とは意思の疎通はできていると言っていますが、私にはそうは思えない。瑤子さんはいつも自分だけの世界にいる。村木にも瑤子さんの世界へは入れない。私はそう感じています」

「しかし、宗一郎さんはよく奥さんを連れて、食事をしたりしていたと聞いていますが、そのあたりはどうなんです？」

「確かにそうです。義兄は、瑤子さんを連れて歩くことが自慢でした。あの通りの美貌です。私も初めて見た時は、これが人かと思ったほどです。まるで人形でした。しかしあれは病による病的な美しさです。ただ、初めて会う人はそんなこと分かりませんから、その美しさに息をのむ。伯爵の末裔が、乳母に付き添われて夫の会食に同席する。義兄にとっては、それだけで瑤子さんの存在価値は十分なんです。簡単な挨拶をし、食事が済めば退席。退席しても不自然ではない。むしろ、長々と夫と同席するよりも、謙虚さと奥ゆかしさを感じさせます。義兄はそこまで計算していたと思います」

「なるほど。おっしゃりたいことは分かりましたが、今日、こちらに見えた本来の目的は何ですか。瑤子さんの病気の報告をしに来たわけではないですよね。今までのお話は警察が立ち入ることではないですから」

青山は頷き、

「そうです。瑤子さんのことが目的ではありません。ただ無関係とは思いませんから、話しました。妻が本当に怖がっていたのは村木です。村木が瑤子さんに寄せる忠誠心は尋常ではありません。確かに瑤子さんも他の誰よりも村木を信頼しているのでしょうが、信頼の質が違う。何と言うか、子供の頃からそばにいた人だから、他の人とは少し違う。そんな程度だと思います。しかし、村木は、瑤子さんのためなら命も捨てる——」

「人も殺しかねない。こういうことですか？」

「そうです。おかしいと思いませんか。いくら子供の頃から世話をしてきたからと言っても、根は他人です」

脇田は青山の即答ぶりに驚いて、その目を見返した。

「奥さんもそう考えているんですか」

「そうだと思います」

「そのことが今回の宗一郎氏の死に繋がる？」

「ええ、そう思えてなりません。そもそも、義兄が睡眠薬を常用しているなんて、初めて聞きました。私と義兄は義理の間柄でしたが、関係はうまくいっていたと思います。私的なことも話した方だと思います。だから、高血圧の薬を飲んでいたのは知っています。義兄から聞いていました。でも、睡眠薬のことは知りません。義兄の生い立ち、今日までの並々ならぬ奮闘。義兄の神経は並ではありません。よく言ってました。自分の特技はどこでも眠れること、野宿だって平気だと。睡眠薬だなんて考えられません」

「口を挟んですまないのですが、殺人には必ず動機がある。村木さんにとって、宗一郎氏を殺害する動機は何ですか」

「それは義兄の遺産です」

「瑤子さんのためにということですね？」

「そうです」

「しかし、今どうしてその遺産が必要なんですか。確かに宗一郎氏はまだ若い。遺産についてはずっと先のことでしょう。しかし、瑤子さんは今、何不自由なく暮らしている。遺産にしても、法定相続人が少ないから、トラブルの起こる要因も見当たらない。それなのに殺人という極めて危険なことまでして、今遺産が欲しい。そんな必要があるでしょうか」

「それは村木にしか分かりません」

「ちょっと無理があるなあ。それに、動機と言えば、宗一郎氏が亡くなり、後継者問題が出てきますね。青山さんが次期社長になる可能性は十分にある。何しろ妹の連れ合いですからね。となると、青山さんにも動機が生じてくる。早く社長になりたいという動機です」

青山は苦笑いをし、

「それはないんです。後継者は決まっていますから」

「ほう、そうなんですか」

「もうすぐ正式に発表ですから、話しますが、当社には、尾関という専務取締役がいます。この人は大倉建設創業以来の、いわば、義兄とは同志のような関係、義兄も尾関を信頼していました。次期社長は尾関専務です。私もそのことに不満はありません」

「なるほどそうですか。では次に、さっきの話です。現在何不自由なく暮らしている生活に終止符を打って殺人を犯す動機は遺産だと言いましたね。そして、あなたは村木の気持ちは分からないと言った。本当に分からないんですか。あなたなりの考えとか、憶測とかがあるんじゃないですか。人を殺すということは、自分も命を懸けるということですよ。村木さんに何かがあったら、瑤子さんはどうなりますか」

「村木は倉元家にいたくないんです。あの人には筋違いな誇りがあって、倉元家の人間をどこかで軽蔑しています。義兄は尋常小学校も出ていない、叩き上げの大工です。瑤子さんとは住む世界の違う人。平民である我々とは早く縁を切って、瑤子さんと二人だけで暮らしたい。瑤子さんが倉元家に嫁入りしたのは、困窮から脱出するための一時しのぎ。それは成功しました。だからと言って、末永く倉元家の人間でありたくない。早く鷹塚家を復興させたい。と言って、結婚してすぐ離婚というわけにはいかない。今がちょうどいい時期。そう思ったんじゃないでしょうか。それこそ、我々平民には分からない価値観です。村木は自分が平民の、それも使用人だということを忘れているんです」

「結婚して何年です？」

「かれこれ十三年ほどになります」

「それで、青山さんが事故ではなく事件だと思う根拠は何です？　睡眠薬の件は、根拠となるほどの信憑性はありません」

「そうかもしれません。私は解剖すると思っていました。そうすれば義兄が睡眠薬を常用していたかどうかが分かると期待してました。でも解剖はしなかった」

「変死体だからと言って、すべてのご遺体を解剖するわけではないのです。細かな内容は省きますが、解剖は、死因や犯罪性を検視では判定できないときに行います。宗一郎氏の死因は、頭部強打による脳挫傷、原因は置物の落下による事故と判断されています。世間でどう思われているか知りませんが、変死体の解剖が行われるのは、地域によって違いますが、平均値は二十パーセント前後なんです」

「そういうことですか。それにしても、義兄が深夜に起きて、居間へ降りたということが腑に落ちないんです。死亡推定時間は、三日の午前零時から午前三時と聞いています。真冬の深夜です。義兄は、肌に直に着た寝巻のままだった。何も羽織っていなかった。あの家は広い。天井も高いですから、火の気がなくなると、とたんに冷えるんです。何かよほどのことがあり、慌てて居間へ降りた。つい、そんな風に考えるんです」

「なるほど。そう言われてみればそうですね。考えられないことではない」

脇田は、ここで自分の失態を一つ指摘された思いだった。確かに、宗一郎は寝巻姿だった。寒くて凍えるような時期ではないが、布団の中で体が温まっているので、布団から出ると寒い。便所に行くときにも何かを羽織る。睡眠薬を取りに行くのにそんなに急ぐだろうか。普通なら何かを羽織ると、脇田も思う。

「それに」

「ええ、何です?」

「引き出しのレールに雑誌が挟まっていて、引き出しが滑らなかった。そういうことでしたね」

「そうです。だから、無理に開けようとし、飾り棚が揺れて、置物が落ちた」

「それも、変です。義兄は腕のいい大工です。大工は、そういう無茶はしないものなんです。そういうときの対処の方法を知っていますから。棚の物が落ちるほど、無理やり引っ張るなんて、子供のようなことはしません。私も、どのくらい引き出しが開いているか見ました。あれだけ開いていれば、引き出しが滑らない理由が分かります。それを置物が飛び散るほど無理やり引っ張り開けようとした。義兄のような腕のいい大工のやることとは思えない。それに――」

「まだありますか？」

「高血圧の薬は台所の食器棚の引き出しに、睡眠薬が飾り棚の引き出しに入っていたということですよね」

「そうです」

「そもそも、あの引き出しはそういう、何というか家庭用品のような物を入れておく引き出しではありません。会社関係の古い書類がほとんどです。別に、秘密にするような物ではないから鍵は掛かっていませんが、その引き出しに薬の箱？　やっぱり変です。薬の管理は村木がしていましたから、村木がそうだと言えばそう思うしかないですがね」

　脇田は考えるべきことが山ほどあるように思いながら青山を見ていた。

　独特の個性を持つ人間の住む倉元家の中で、青山は平凡に見える男だった。顔立ちも容姿も、どこにでもいる普通のサラリーマン。その妻である優子という女性もそうだった。平凡だが穏やかな夫婦。あの朝、短い時間の聴取だったが、脇田は二人にそういう印象を持った。

その青山が話した内容は、宗一郎変死の再捜査を開始しようとする脇田に、多分に示唆することがあったように思う。一見平凡に見えるこの男は、警察官でさえ素通りしてしまうような事物を詳細に観察している。

他に話すべきことはないか、そんな顔つきでＫＥＮＴの箱を指先で軽く叩いている青山に言った。

「ところで、さっき話に出た遺産相続の件、村木さんは弁護士を立てたということでしたが、倉元家の方でも当然そういうことになりますよね」

「もちろんです。こちらは会社の顧問弁護士に一任してありますが、今回は法人ではなく倉元宗一郎個人のことですから、複雑なことはないんです。村木の方の弁護士とも面倒なことなく、話は進むと思います」

「宗一郎氏は、遺言書は書かれていたんですか」

「いえ、ありませんでした。ですから法定相続人が、法で定められた遺産を相続する。それだけです。ただ、村木の方の弁護士は条件を出しました」

「どんな？」

「義兄の私的財産、これは不動産を含めて何点かありますが、村木は、宗一郎の私的な預金のみの相続を要求しています。それ以外のものは一切放棄ということです」

「どういうことですか」

「例えば、現金を相続すれば、その額にもよりますが、額面がそのまま課税対象になる。不動産もそうです。不動産を相続すれば、相続税は現金で支払わなくてはならない。手続きが非常に厄介。下手すると相続税で足が出てしまう。そんなことを予想したんだと思います」

脇田はこの手の話は苦手だ。話の内容が頭に沁《し》み込まない。脇田には遺産を相続するほどの金持ちの親族はいない。皆、その日その日をつましく生活している人ばかり。そんなことに頭を使う必要がない。

「だから預金のみの相続？」

「はい。私はそういうことに不案内ですが、相続が発生すると預金についても相続の対象となります。銀行は、誰が銀行預金を相続するのかはっきり分かるまで、トラブルを避けるために払い出しをやめて口座を凍結させるそうです。そして、相続人が確定した段階で引き出せるようになるのが通常の取り扱いなんだそうです。そのあたりは顧問弁護士が速やかに対処しました」

「こんなことを訊いていいのかどうか」

「何でもどうぞ」

「宗一郎氏の私的預金額はどのくらいですか。答えたくなければ答えなくていいんです」

「義兄は用心深い人で、現金は持たない人でした。それに、社長だからと言って公私混同するような人ではありません。苦労人にはとかくそういう人が多いと聞きますが、義兄は違いました。会社のために働く人間を大切にする人でした」

「ということはつまり？」

「私的なお金に関しては、現金として金庫に仕舞うなどということはせず、すべてを預金。その総額は、――それをお訊きになりたいんですよね」

「そうです。ですから答えたくなければ答えなくていいと言ったんです」

「別にかまいません。義兄の私的預金額は三千五百万円です」

「へえ、それはまた大金ですなあ」

「それと、瑤子さん受け取り名義の生命保険が一千五百万です」

「一千五百万！」

「そうです。ですから、お分かりのように、瑤子さんが受ける遺産相続額は、相続税を差し引いて三千万円ほどじゃないでしょうか。単純計算ですがそのくらいになるはずです」

「へえ、我々の感覚では、貨幣価値の理解を超えていますね」

「そうかもしれませんね。それほど瑤子さんを大切に思っていたのでしょう。義兄は十歳の時より働き詰めでした。『バラック御大尽』と揶揄され、『成り上がり者』と侮蔑されていることも、本人は承知していました。しかし、義兄は働いて得た金を贅沢三昧に使うような人ではなかった。これらの話は、妻からも聞いていましたが、私自身、大倉建設で働きながら、義兄の人間性は分かっていました」

そこで青山は言葉を切り、煙草を引き抜いた。脇田もつられて煙草に火を点ける。一日の本数がどんどん増えていくようだ。青山がゆっくり煙を吐いた後で言った。

「ただ——」

「ええ、ただ何です？」

「普段は全く見せないんですが、義兄は自分の出自と無学に対して、かなり劣等感の強い人でした。普段は全く見せないんですよ。むしろ、せっかく教育を受けたのに碌《ろく》な仕事もできないと、身近で働く人間を非難することの方が多かったです」

「ええ」

「でも内心は違っていた。家柄と学歴に対しては、どうしてそんなに、と思うほどの劣等感を持っていました。その裏返しが、会社の新社員の採用です。採用の第一条件は大学卒。これはいつも空振り、そもそも、大学卒の絶対数が少ないんですから当然です。大卒はみな大手企業が持っていってしまう。その都度、笑い飛ばしていましたが、内心は穏やかではなかったと思います」

「そういう時に、瑤子さんという人が現れた」

青山は小さく笑うと頷き、

「そういう時というよりも、もっと前です。義兄の前の奥さんも、義兄や、私の妻と同じで、無学な人だったそうです。ただただ働く一方。その奥さんを亡くして四年ほど経ったとき、ある人の仲立ちで瑤子さんと出会ったそうです」

「その瑤子さんが、伯爵の末裔だということは本当のことなんですか」

「ああ、それは本当だと思います。義兄が瑤子さんと結婚したのちに、家系図を見せましたから」

森口正行が見せたあの印刷物のことだろう。妻の家系図を見せるということがそもそも、劣等感の現れ、その穴を埋めたのが瑤子の出自と、たぐい稀なる美貌。この二つが自分のものとなる。宗一郎は夢かと思っただろう。

「それで？」

「ご存じのように、戦後は華族にとって波乱万丈だった。まして、瑤子さんの家は、両親を早くに亡くし、働き手は前から仕えていた村木聡子一人。彼女は、金物屋の店員から、料理屋の皿洗いまでしたそうですが、なにぶん、瑤子さんというお姫様がいましたから、思うように収入は得られなかった。かなり困窮していたと聞いています。そこに義兄との縁談が舞い込んだのです」

「すぐに纏まったのですか」

「そのようです。両家の間では何の問題もなかったようですが、義兄には前の妻との間に二人の子供がいましたから、まずはこの二人に瑤子さんを会わせました。もちろん、村木も同席の上です。二人は、特に反対ということはなかった。その後で私たち夫婦が会ったわけです。後で訊いてみると、下の子供、真希子といいますが、私の妻に言ったそうです。『瑤子さんて人、なんか変』て。子供にもそういう印象を与えたんですね」

「なるほど、よく分かりました。それで、今日の話の核心は？」

「義兄の死因です。瑤子さんと村木は、年内に倉元の家を出るそうです。早く鷹塚の姓に戻りたいのでしょう。自由にしていいんです。遺産のことも、強欲な要求をしたわけではないし、生命保険も義兄が承知の上のことです。その点についてどうこう言うつもりはないし、我々にはその権利もありません。ただ、義兄の死についてはどうしても納得できない」

「納得できない理由、先ほど何点かおっしゃいましたが、他に何か感じていることありませんか」

青山は、両手の指を組み、膝に置き、じっと一点を見つめている。脇田もここまで聞いた青山の話を思い起こし、これからの捜査の段取りを考える。青山が不意に顔を上げ、脇田を見つめた。

「どうしました？」

「いや、大したことではないのですが、義兄が、真夜中に寝巻のまま居間に降りてきた。どんな用事があったのかなと思いまして。義兄がよく言ってたんです。どこでも眠れることはさっき言いましたが、枕に頭を付けたら五分で寝てしまう。目が覚めたときは朝。便所にも起きない。たっぷり八時間寝る。そんなことを自慢していたんです。でもあの日は深夜に飛び起きるようなことがあったわけですよね。何があったんでしょう」

「村木さんの話を信じると、睡眠薬を取りに居間へ降りた。引き出しが開かないので無理に開けようとして、結果的にああいうことになった。しかし、あなたの話を聞けばなるほどと思える点もある。ただ、事故ではなく事件となると、あなたの話だけでは根拠が薄過ぎます。これは分かっていただけると思う。警察用語に、物的証拠と状況証拠というのがあります。あなたの話したのは後者の状況証拠に近い。どこでも眠れる人だから睡眠薬を飲むのはおかしい。寒い深夜に寝巻のまま居間へ降りてくるのは考えにくい。実はこれらは状況証拠にもならない。あなたの印象と推測です。ただ一つ、これはと思うことがありました」

「何でしょうか」

「宗一郎氏は腕のいい大工だということです。腕のいい大工が、置物が飛び散るほど無理やり引き出しを引っ張り出すわけがない。これは、説得力がある。しかし、これもあなたの推測ですよね。状況証拠にもならないんです。腕のいい大工だから絶対そんなことはしない、とは言い切れませんからね。人間、時によって思いがけない行動をすることがある。しかし、この点については、素通りできない重みのような物を感じることは確かです。どうでしょう、もっと他に気になったことはないでしょうかね。宗一郎さんらしくない何かとか、ここがおかしいとか」

「刑事さんの言った、人間、時によって思いがけない行動をすることがある。確かにそうでしょう。だが、義兄は違うと言い切れる。しかし、ここでそれを力説しても仕方ありません」

青山は毅然とそう言い、膝の上で指を組み替えた。

「――義兄のことではないんですが」

「ええ、何でしょう？」

「あの日の朝、義兄の遺体が発見された直後のことです」

「はい」

「刑事さんは、鑑識員が仕事中は何もできないと言って、鑑識員の仕事が終わるまでの時間を使って、私たちに質問しましたね。自己紹介のようなものでしたが。場所は食堂でした」

「ええ、そうでした。覚えていますよ」

「その時、私が村木聡子に、瑤子さんのことで抗議したことを覚えていますか？　興奮して皮肉交じりに」

「はい、そんなことがありました。村木さんは全く動じず、毅然とその理由を話していましたね」

「はい、そうでした。あの人は何が起ころうとも、ああいう態度なんです。確かにあの時は瑤子さんに対して腹が立ちましたが、瑤子さんの事情をある程度知っていますから、仕方がないという気持ちもありました。それよりも、村木に対して非常に腹を立てていました」

「何があったんです？」

「警察の方が見える前、義兄の遺体が発見された直後のことです。居間の義兄のところにみんなが集まりました。その時、村木が、瑤子さんがいないと叫んだのです。叫んだかと思うと、二階への階段を駆け上がって行きました。一度階段を踏み外したほど慌てふためいていました。あんな村木の姿を、私は初めて見ました。みんなも、そんな村木の姿を呆然と見ていました。一瞬、義兄の悲劇が消え失せたかのようでした」

「ほう、そんなことがありましたか」

「瑤子さんのことは村木が一番知っています。薬を飲んで熟睡し、朝決まった時間までは起きない人だということです」

「宗一郎氏の遺体を見て、瑤子さんにも不幸なことが起きたのではないかと心配になったんじゃないですか」

「まあ、そうとも考えられますけど」

「その後、村木さんはどうしたんですか」

「数分して階段を降りてきました。何事もなかったかのように平然として」

「なるほど。まあ、日頃の村木さんを考えると、さほど気になることではないと思いますけどね」

「そうなんですが、しばらく時間が過ぎ、冷静になって考えた時、村木のその時の行動に疑問というか、それまでとは違う想像をしました。――誰もが、間もなく警察が来ることを分かっています。だから」

「だから？」

「うまく説明できないのですが、警察が来る前に、二階に行って早急にやっておかなければならないことがあった。例えば、義兄の睡眠薬を飲む習慣が嘘だとしたら、本当のように見せなければならない。仮にですが、睡眠薬の入ったプラスチックの箱をサイドテーブルの下に落としておくとかです。これは、事前にできないことですよね。そんなことをして、万に一つでも、義兄がその薬を発見すれば不審に思います。だから、あの時間を使い、瑤子さんの様子を見に行くように見せかけて、実は、睡眠薬の入った箱をベッドの周りに置いた。だが、捜査は、二階の寝室にまでは及ばなかったので、その薬は回収した。いや、もしかしたら、まだそのまま置いてあるかもしれない」

脇田は、青山信二郎の想像力の逞しさに驚くばかりだった。この人はすでに宗一郎氏は殺されたのであって、その犯人は村木聡子。そう思い込んでいる。

4

青山信二郎が帰った後、佐藤刑事に、その話の内容の一部始終を聞かせた。佐藤刑事は興味津々といった顔つきで聞いている。

「青山という人、ずいぶん思い込みの激しい人ですね」

「君もそう思うだろう。のっけから宗一郎の死は事故ではなく事件。そして犯人は村木聡子。そう決めつけている。確かになるほどという事柄は何点かある。しかし、そのまま鵜呑《うの》みにできるようなものではない」

「自分が強く感じたのは、腕のいい大工は、力任せに引き出しを引っ張ったりはしない。これは説得力があります。それから、睡眠薬の件ですが、高血圧の薬は台所の食器棚、睡眠薬は居間の飾り棚の引き出し、これもおかしいです。薬の管理は村木が全部しているわけでしょう。高血圧の薬は台所から持っていき、睡眠薬は居間の飾り棚から持っていく。普通、薬って同じ場所に置いてありませんかね」

「確かに、それは言える。とにかく、我々に与えられた時間は少ない。合理的に時間を使おう。倉元家の人間以外で、倉元家のことを一番知っているのは臼井典子。この人から聞き込みを始めてみよう。彼女の歳は、村木聡子とそう変わらない。まして家庭の主婦というものは、よその家庭のことには興味を持つものだ。主婦特有の勘も働くかもしれない」

臼井家は下目黒二丁目にある。倉元家から歩いて二十分ほど。臼井典子は十二時に一度家に帰り、三時にまた倉元家へ行く。理由は、中華料理店勤務の夫が病気療養中なので、食事の世話をするためである。夫は軽い脳梗塞で、料理人としての仕事復帰までしばらく時間がかかる。

臼井家はこぢんまりした一軒家だった。脇田と佐藤が訪ねたのが午後一時。夫は留守で典子一人だった。

「主人はリハビリの散歩なんです。今日は風もなく穏やかですから出かけました。途中に碁会所がありまして、そこに行くのが楽しみなんです」

典子が座敷に上がるように勧めたが二人は上がり框に座った。典子が座布団を運び、お茶を淹れてきた。五十代半ばと思われる。中年特有の肉付きで、全体的におっとりしている。典子は床に座った。

「ご主人の具合の方はいかがなんですか」

「お陰様で手当てが早かったものですから、右足の痺れが少し残っているだけなんです。あと一ヶ月もすれば復帰できると思うんですが」

「それは良かった。ということは、ご主人の復帰と同時に奥さんは倉元家を辞めるということですか」

「そうですね。私は製紙工場で働いていたんですが、朝六時に家を出て帰りが夜七時半だったものですから、しばらく休職させてもらったんです。主人が復帰すれば工場へ戻ります。そういう約束なんです」

「それは倉元さんも承知しているんですか」

「もちろんそうです。家の事情を話してありますから」

「倉元家にはどのくらいになるんです？」

「五ヶ月です」

「五ヶ月？　そうなんですか。もっと長いと思ったんですが」

「だいぶ前に若い人がいて、その人はずいぶん長く勤めたようですが、その後の人は続かなかったようで、私が確か三人か四人目ですよ。二年ほどの間に」

若い人とは、消防士夫人のことだろう。しもぶくれの、肌の綺麗な人だった。二十二歳とは思えないほど常識的で落ち着いていて、すでに完成された人間。そんな風に見えた。名前は出さなかったが、彼女が尊敬し、親しんだ人は村木聡子だと思う。村木も子供のような彼女には愛情が持てたのかもしれない。

「それはやっぱり、仕事がきつい？」

「どうなんでしょう。私は特にそうは思いませんけど、人のことは分かりません」

「それは、そうですね。しかし、今回のことは驚かれたでしょう」

「驚きました。初めてです。こんな経験。――刑事さんが見えたということはどういうことなんでしょう。ご主人様のことは事故だったと聞いていますが」

「ええ、そうなんですが、警察官が出動すると調書というものを作成します。それが決まりです。それで、日頃倉元家に出入りしている人たちに協力をしてもらうというわけなんです」

「協力と言われても、私には何も分かりませんけど」

「直接、宗一郎氏と接することはなかった？」

「はい、全くありません。私の仕事は、村木さんの手伝いをすることで、ご家族と直接、接するのは村木さんです」

これも、あの夫人と同じだ。彼女も言っていた。私は女中頭の小間使いなんですと。臼井典子と向かい合うように座っている佐藤刑事は、メモを取ることに余念がない。字を書くのが速く、それでいて読みやすい。誰にでも特技はあるものだ。

「そういうことですか。ところで、臼井さんは飾られた置物を、週に二回磨いていたわけですね」

「はい、そうです。石の置物とガラスの置物を合わせると二十点ほどありますけど、けっこう気骨の折れる仕事なんです」

「そのようですね、臼井さんは宗一郎氏があいうことになった原因は知ってますね？」

「はい、翡翠の大黒天が棚から落ちたんですよね」

「そうです。そのことで何か感じたこととか、変だなと思ったことなどないですか」

「特にないですけど、――そう言えば、こんなこと全く関係ないと思いますけど、あら……」

臼井典子の顔が緊張したように思えた。典子は両手を合わせて握りしめるようにしている。その手をじっと見つめだした。何かを深く考えているようだ。

「臼井さん、何か思い出したんですか。どんなことでもいいんです。気が付いたことがあったら聞かせてください」

「いいえ、大したことじゃないです。友達から聞いたことを思い出して……」

「友達からどんなことを聞いたのですか」

「私、友達に倉元さんのお宅で仕事をしていることを話したことがあるんです。そのとき、村木さんのことを話したんです。そうしたら、その人とっても驚いて」

「なぜそんなに驚くんです？」

「村木さんは亡くなったと思っていた。その人はそう言いました」

「亡くなったと思っていた？　その人は村木さんと友達なんですか」

「友達というより、ちょっとした知り合い程度だったそうです。村木さんは以前、目黒のあるお屋敷で女中をしていたんですけど、あの戦争で目黒が空襲を受けたとき、亡くなったという噂を聞いたそうなんです。だから私の話を聞いて驚き、生きていてよかったと言ってました」

なんだ、そんなことかと拍子抜けした。戦後の混乱期にはどこにも似たような話があった。

死んだと思っていた人が実は生きていた話。その逆の話。夫の戦死の知らせがあり、残された妻が、嫁ぎ先の家の存続のために、戦死した夫の弟と夫婦となる話、これもざらにあった。挙句の果て、戦死したはずの元夫が生きて帰ってきたという、胸が潰れるような痛ましい話もあった。だからこそ、『尋ね人の時間です』が、今も続いている。

そして今、東京オリンピック開催を来年に控え、全国民が沸き返っている。

それよりも、臼井典子が最初に見せたあの顔つき、あれは普通ではなかった。あの、一瞬強張ったような顔つきは、二十年近くも前の戦争関連のことではない。つい最近、それも、倉元家に関する何かに反応した顔だ。

「臼井さん、村木さんの話をする前に、何か思い出したことがあるんじゃないですか？　飾り棚の置物の話をしていた時です」

「ああ……」

「飾り棚の置物についてはとても重要なんです。臼井さんを悪いようには決してしません。約束します。聞かせてください」

「それは、飾り棚の置物の話を聞いた時、急に村木さんを思い出したからです」

「なぜ村木さんを思い出したんですか」

「飾り棚の置物については、というよりも、お屋敷内のことは、すべて村木さんの指示で行いますが、勤めて最初の日に、飾り棚のことで、決して忘れないようにって、特に念を押されたことがあるんです。刑事さんの話を聞いて、その時の村木さんを思い出したら、友人から聞いた村木さんの話を思い出しちゃって、話が混乱しちゃいましたね。すみません」

「そういうことだったんですか。それで、村木さんから特に念を押された、飾り棚のこととは？」

「倉元家のご主人は、とても縁起を担ぐ方らしいんです。ご主人は元大工さんだったと聞きましたけど、建築関係の人って、方角とか風水とかに拘るって聞きませんか」

「聞いたことあります」、と佐藤刑事が言った。

臼井典子は佐藤を見て頷くような仕草をした。

「方角とか風水がどうかしたんですか」と、今度は脇田が訊いた。

「今度問題になった、翡翠の大黒天と、その下の飾り棚にある、ガラス細工の鳳凰。この二つは月に一度、置く場所を変える決まりなんです。村木さんに念を押されたというのはそのことです」

「なるほど、それで」

「理由はよく分かりませんけど、ずっと同じ場所に置いておくと風通しが悪くなって、病人が出るとか。そんな風に聞いたことがあります。これは、村木さんから聞いたのではなく、他の人から聞いたんだと思います。だから、大黒天と鳳凰の場所を変えるように言われたとき、やっぱり、こちらのご主人は縁起を担ぐ人なんだなと思いました」

「それは、具体的にどんな風にするんです？　月に一度と言いましたが、場所を変える日は決まっているんですか」

「はい、毎月二日に変えます。それも午前中にしなければいけないんです」

脇田と佐藤は顔を見合わせた。二日と言えば、宗一郎の死んだ前日だ。宗一郎の死亡推定時刻は、十二月三日の午前零時から三時ごろまでという結果が出ている。

「では、今月も変えたわけですね。大黒天と鳳凰の場所。どの辺に変えたんですか」

「大黒天は中央から左寄りに、鳳凰は逆に中央へ置き換えました」

「大黒天は中央からどのくらい左に移しました？」

臼井典子が首を傾げている。脇田は気持ちを静めるようにお茶を飲んだ。すっかり冷めていた。脇田と佐藤は、臼井の話を辛抱強く待った。

「――飾り棚の横幅が確か二メートル近くあると思いますけど、五十センチから六十センチくらい左に移動させたと思います」

「それは入れ替えたということですか。つまり、それまで、五十センチから六十センチ離れた場所にあった置物を、大黒天のあった場所に持ってきて、大黒天をその空いた場所に置いた。こういうことですか。それとも、置物全部を動かした、どちらですか」

「ああ、入れ替えただけです。全部を動かすのは大変なんです。ですから入れ替えました。いつもそうしてます」

「大黒天と何を入れ替えたんです？　大黒天から五、六十センチ離れた場所には何があったんですか」

「梟と馬だったと思います。やはり翡翠の。もう一つ何か動かしたかしら。――思い出せません。二つだけだったかもしれない。大黒天と鳳凰には気を遣いますけど、他のものは磨き終わった後、あまり意識しないで置いていますから」

「それをしたのは、二日の何時ごろですか」

「――実はですね。その日は午前中に置き場所を変えるのを忘れてしまい、お昼に家に帰ってからハッとしたんです。村木さんに気づかれはしないかと落ち着かなくて、お屋敷に戻ってすぐに置き替えました。ですから午後三時五分過ぎぐらいだと思います」

202×年　篠田家の秋

私はこの春、めでたく八十歳になった。傘寿の祝いを、息子と娘とその家族で祝ってくれた。場所は名高いステーキハウス。傘寿の祝いにステーキハウスは珍しいそうだが、私は肉が好きだから、遠慮なく自分からリクエストした。孫たちが私以上に喜んだ。

曽孫がそろそろ満一歳になる。おばあちゃんになった娘は、「孫が可愛いって本当だわね。初めての男の子だからかしら。お母さんが浩平を可愛がった訳が分かったような気がする」。そんなことを言い、せっせとおもちゃを買い与えている。《赤ちゃんハウス》とやらの店には、目を瞑っても行けるんじゃないかと思うほど、娘は、娘と娘の息子を連れて通っているらしい。そんなことをわざわざＬＩＮＥで知らせてくる。もちろん、曽孫の写真付き。画面には、まだ首も据わらないうちからの曽孫がずらりと並んでいる。

八十歳でもＬＩＮＥができる。うちだって二人の可愛い孫が、奪い合うようにして、スマホの使い方を教えてくれるのだ。

「ばあちゃん、歳の割には飲み込みが早いね」、などと言われるとやはり嬉しい。

「ばあちゃんは、元々頭がいいの。中学では生徒会長を三回続けてやったんだから」、と威張って言うが、実際は一回だけ。こういう時都合のいいのは、孫はばあさんの子供の頃を知らないが、ばあさんは孫の成長を全部見ている。だから言いたい放題だ。

上の啓太が大学一年、下の雄太が高校一年。誰に似たのか二人ともいい子だと思う。これもどっちに似たのか学校の成績もいい。啓太は志望校にすんなり合格。雄太の方も少しずつ将来を見つめる芽が育っているようだ。

感心することに、母親の奈緒美は口うるさくない。「あたし、女だから男の子の気持ちって分からないわ」、と言いながら、孫がまだ小さかった頃、休日に三人でゲームを楽しんでいた。

息子の浩平もほぼ同じ、お役所仕事で、いわゆるデスクワーク。営業マンのようにお口上手ではない。すでに、口では子供に負けている。唯一、孫と四つに組めるのはこのばあさんただ一人。男の子でも孫と話すのは楽しい。

さて、そろそろ昼ご飯、今日は何もしなくていい。昨夜のすき焼きの残りがある。肉好き一家なので、季節に関係なくすき焼きを食べる。それを温め、冷や飯を温めればいい。なんと便利なことか。八十になっても食欲は失せない。量は奈緒美よりも食べる。だからと言って太っているわけではない。身長が二十年前と比べると二センチ低くなった。

私は、肉が大好き、毎日食べてもいいと思う。今は牛肉と豚肉がほとんどだが、子供の頃食べた肉と言えば、鹿か猪。年に二回ほど、家で飼っている鶏を潰して食べた。さっきまで庭を歩き回り、エサをついばんでいた鶏。それが鍋の中で野菜と一緒に煮えている。その日の夕ご飯はみな無口になったものだ。

昼食の用意ができた。全部がレンジでチンだから用意というほどのものではない。

テーブルに向かいテレビを点ける。朝のドラマの再放送を観ながら食べる。今放映のドラマは面白い。だから同じドラマを一日二回見る。

ドラマが終わり、ニュースになった。高層マンションの上階で火災が起きた。高齢者の運転する軽自動車がコンビニの正面入り口へ突っ込んだ。アクセルとブレーキを踏み間違えたよう。次のニュースは、

「去年の七月、目黒区内の工事現場から見つかった二体の白骨体の付近から、今度は自転車の残骸と思われる物質が採取されました。残骸を細かく分析、分類すると、大人用の自転車二台分になることが判明。この現場からは五ヶ月前、人間の髪の毛が数本採取されており、この毛髪は、白骨二体の毛髪ではないことが、科学捜査研究所のDNA鑑定で判明していいます。二体の頭蓋骨には致命傷となるほどの陥没がありましたが、採取された毛髪と、自転車の残骸が、白骨体に関係あるかどうかは分かっていません。現場は太平洋戦争中に掘られた防空壕跡と見られ、現場では、白骨体に繋がる調査を続行中です」

午後、久しぶりに自室を整理した。

人生終い支度を意識し出してから、物を増やさない、ということは買わない。欲しい物もない。二年間一度も着ない衣類は迷わず捨てる。そんなことを心掛けながら、あまり周りに迷惑をかけないで、終わりの日を迎えたい、などと感傷に浸ったりしている。元々身の回り

を飾り立てる性分ではないから、部屋の中は常にござっぱりとしていた。

不思議なもので、嫁の奈緒美もその点は似ている。よけいな買い物はしないし、部屋も飾り立てない。ところが娘は誰に似たのか、買い物好き、それも安物買い。捨てるのが嫌いだから、安物が溜まる一方。嫁に行く前はそのことでよく喧嘩したものだが、六十に手が届く今でも変わらない。

部屋の中を見回す。結婚当時の家具が一つだけ残っている。

あの日、二間だけの官舎に光り輝くように置かれた鏡台。縦長の鏡を覆う鏡掛けには、薄い藤色の地に鶴が羽を広げ、下方に松の枝が伸びていた。その鏡掛けはずいぶん昔に色褪《いろあ》せほつれ、取り替えた。今の鏡掛けは何代目になるだろう。少し濃いめの藤色で無地の鏡掛け。鏡台そのものはまだ使える。昔の家具は総じて材質が良く丈夫だったが、ある日、夫の知人で家具店に勤める人が来た時、大変上等な品だと言ってくれた。

鏡台には引き出しが五つある。鏡の台の下に横長の引き出し。左右に小引き出しが二段ずつ。その一つには鍵が掛かるようになっている。その鍵はその下の引き出しに入れてあるから、鍵があってもなくても同じようなもの。その鍵も六十年経った今でも使える。

久しぶりにその引き出しを開けてみる。

中には布に包まれた箱が一つあるだけ。六十年以上、他のものを入れたことがない。あの頃は包装紙に包んであったが、洋裁教室に通っていた頃の余り布を使って袱紗《ふくさ》を作った。その袱紗も三代目くらいになるだろう。だんだん横着になり、今の袱紗は買ったものだ。何年ぶりに見るだろう。一年に一回見ることもあれば何年も見ないこともある。そっと袱紗をめくってみた。中の箱はあの時と全く変わらない。こげ茶の艶のある木製に細かい貝殻が埋め込まれている。

なるべく自分の手垢が付かないように気を配りながら蓋を開ける。中は紫色のビロードの布が張られ、その髪飾りはガーゼのハンカチで包まれている。ハンカチの端を摘まみ、丁寧に開く。懐かしい髪飾りがあの時の姿のままで現れた。

薄い水色の地に、螺鈿細工が施された髪飾り。扇のような形で、角度が変わるたびに複雑な色合いの光沢を放つ。裏側は櫛になっていて髪留めにもなる。和装にも洋装にも合う髪飾り。私は一度も使ったことがない。

そして、髪飾りの下には、カールした二本の髪の毛。「瑤子奥様……」。髪の毛が瑤子奥様であるかのように小さい声で呼びかけた。髪飾りをもう一度ゆっくり眺めてから、髪の毛の上にそっと置く。ハンカチで覆い、木の蓋をする。生きているうちに、あと何回見ることになるだろう。そんなことを思いながら袱紗にくるみ、引き出しに仕舞った。

その時、下の孫の雄太が帰ってきた。

この家の二人の孫は、幼稚園バスの見送りも迎えも私がした。参観日は強制的に奈緒美を行かせたが、奈緒美は参観が終わると職場に戻る。だから二人が幼稚園時代のバス停までの送迎はすべて私の役目となった。

そのせいもあるのだろう。二人とも、小学校、中学校と、学校から帰るとまず、「おばあちゃーん、ただいまー」と言ったものだ。今では、それはなくなり、私の姿が見えないと、一応探して「ばあちゃん、ただいま」と言う。いつの間にか、「お」が取れて、ばあちゃんに変わっている。それで結構。

雄太が襖を開けて、「ばあちゃん、ただいま」と言った。

「おかえり。おやつ、ネギ焼作ってあるから食べなさい。まだ温かいと思うけど、冷めてるようだったらチンして」

「分かった」

私の得意料理、ネギ焼。料理というほどの物ではなく、おやつというほどおやつらしくない。戦後の、食糧難の頃の代用食で、母がよく作っていた。メリケン粉を水で溶き、そこにネギを刻んで入れ、塩を一つまみ入れる。よくかき混ぜ、油を熱したフライパンに流し込む。表面にぷつぷつ穴ができたらひっくり返し、両面がこんがり焼けたら出来上がり。ただそれだけだ。それを食べやすい大きさに切り、熱々のうちに醬油をかけて食べる。代用食とはいえ美味しかった。

　そのネギ焼を、今は孫が大好きでよく作る。材料が少し変わり、ネギは郡上《ぐじょう》ネギを使う。それにサクラエビの素干しを混ぜる。焼きあがった熱々の上に、孫たちはソースか、何やらドレッシングめいたものをかけて食べる。

　片付け物が終わり、ダイニングルームに行ってみると、雄太がネギ焼をほお張っている。私は、雄太の前の椅子に座った。雄太がソーダ水を飲むと、雄太が「なに？　どうしたの？」と聞く。

「あのさ、雄太が小学校の三年か四年だった頃だと思うけど、同じクラスで、算数はとっても得意だけど、その他の勉強には興味がなくて、すぐに外へ出て行っちゃう男の子がいたこと覚えてる？」

「覚えてるよ」

「どんなこと、覚えてる？」

「どんなことって、今、ばあちゃんが言ったことくらいしか覚えてない。何で？」

「その子、小学校は卒業したんでしょ？」

「それも、覚えてない。ただ、誰とも遊ばなかったことは覚えてる。ああ、美味しかった。

御馳走さまー」

雄太は皿を流しにおくと二階へ上がって行った。

その夜、例のごとく風呂上がりにアイスクリームを食べている。

「へえ、雄太がそんなこと覚えているんですか」

私は、空になったカップを洗い、ごみ箱に捨てるともう一度椅子に座った。奈緒美は、一日に必要な野菜を摂取するために、オレンジ色の飲み物を入れたコップを両手で握りしめるようにして私を見つめた。

朝は何とかというサプリメント。夜は野菜ジュース。四十七歳にしては若く見える方だと思うが、本人にとって美と健康に関しては、これで良しということがないようだ。毎日気の張る人と会い、言葉や所作に気を遣い、頭を使い、意識していなくても常に緊張している。その緊張が若さに反映しているのかもしれない。

「奈緒美さん、雄太のクラスの子のような話、聞いたことない？　あなたは毎日いろいろな人と会うでしょう」

「聞いたことありますよ。雄太のクラスの子と同じかどうか分かりませんけど、私の仕事仲間の知り合いに、似たようなお子さんを持つ親御さんがいるんですって」

「そういう子の普段の生活ぶりを聞いたことある？」

「ちょっとですけどね」

「どんな風なの？」

「人と関わらず、ほとんどの時間を一人で過ごす。興味の対象が偏っている。ほら、雄太のクラスの子は算数だけが得意だけど、他の教科には興味を示さなかったと言ったでしょう」

「そうそう、雄太のクラスの子はそうだったみたい」

「私の知り合いの、知り合いのお子さんは、記憶力が抜群だと聞きました。どんな風に抜群なのか分からないけど。何か一つの分野に異常な拘りを持つみたいです。雄太のクラスの子と同じで、人とのコミュニケーションが取れない」

「そういう子が大人になったらどうなるのかしら」

「さあ、そこまでは分かりませんけど、そういう傾向が強ければ、社会の中では生きにくいでしょうね。でもそれは、我々が勝手に思うことで、本人はそんなこと思わないんじゃないですか。私の知り合いの、知り合いのお子さんは、友達と遊びなさいとか、興味のないものを無理強いすると、パニック状態になるそうです。どうしたんですか。お義母さんの知り合いに、そういうお子さんを持つ人がいるんですか」

「ううん、そうじゃないんだけど。そういう子供って、昔もいたのかしら」

「昔ってどのくらい昔か分からないけど、いたんじゃないですか。ただ今ほど大げさに考えられなくて、ちょっと変わった子。そんな風に思われていたんじゃないかしら」

　私の言う昔とは、戦争前からってことよ。心の中で呟いた。

5

　目黒南警察署の応接室。脇田英雄警部補と佐藤和弘巡査部長が向かい合っている。

　倉元宗一郎の縁起担ぎの一件が、宗一郎死亡原因に大きな波紋を広げる結果となった。

　ここで大問題になるのが、臼井典子の証言。

　臼井は、十二月二日の午後三時五分過ぎ、大黒天を棚の中央から左方向へ五十センチから六十センチ移動させ、移動先にあった梟と馬を大黒天の置かれていた場所に置いた。つまり、大黒天と、梟と馬を入れ替えた。

　ということは、棚の置物が落下という事故が起きた時、大黒天のあった場所は、開いた引き出しの真上ではない。そこから左へ五十センチから六十センチ離れた場所にあった。その場所にある大黒天が、宗一郎の頭を直撃することはあり得ない。

　同時に、棚の中央、引き出しの真上に移された梟と馬が、宗一郎の膝の辺りに落下するということもあり得ない。このように結論づけられる。

開いていた引き出しの取手から、宗一郎の右手拇指の鮮明な指紋。引き出しの前板に右手拇指の指紋と、内側に人差し指から小指まで、四本の指の指紋が並んで検出されている。宗一郎は、半分ほど開いている取手を引き、開かなかったので、前板をつかんで更に開けようとしたことは確かなことなのだ。

「大黒天の落ちた場所が、五、六十センチずれた。これって物証になりますかね」

「ならないだろうな。状況証拠にはなると思うが、物証はやはり犯人の遺留品だ。大黒天の血痕の不自然な状況、大黒天の下半身に一つの指紋もなかったことは、犯人の遺留品に繋がるように思うが、直接的な物的証拠になるかどうかは難しいところだな」

「そうですよね」

「それはそれとして、宗一郎の死が殺人であったとしたら、犯人はあの日、倉元家にいた人間。これは間違いない。そして、犯人とおぼしき人物も浮上している。だが一見、彼女はミスをしていない。実際にはしているが。それを証明する材料が、あるようでないのが実情だ」

「状況証拠を積み上げて、物的証拠と同じ価値にする。これはどうです？」

「どんな状況証拠がいくつ積み上げられる？」

佐藤が両手を後頭部に当て天井を睨んでいる。たぶん、脇田から聞いた青山信二郎の言い分を思い起こしているのだろう。

「やはり、青山信二郎の話には信憑性を感じますよね。あの人、思い込みの激しいところもありますが、頭がいいし常識的です」

「君もそう思う？」

「思います。だから、話も信じられる。尾ひれを付けたり、後になっての保身を考え、曖昧な言い方をしていないように感じました。脇田さんの話を聞いた時」

「私もそう思う」

「腕のいい大工は、棚の物が落ちるほど、無理やり引っ張るなんてことはしない。そういう時の対処法を知っている。これは実に説得力があります。それから、宗一郎は、どこでも眠れる。枕に頭を付けたら五分で寝ちゃう。たっぷり八時間寝る。便所にも起きない。睡眠薬とは無縁の人」

佐藤は姿勢を正し、ポケットから手帳を出して開いた。

「それから、冬のさなか、真夜中に寝巻一枚で居間へ降りた。ということは、深夜に飛び起き、何も羽織らず、慌てて居間へ降りた訳があったはず。あとは、高血圧の薬は台所の食器棚の引き出しに、睡眠薬が、飾り棚の引き出しに入っていたことも納得できない。これは自分もそう感じます」

「そうだよな」

「ただ、住人全員で宗一郎の遺体のそばにいた時、村木聡子が二階へ駆け上がって行ったのは、瑤子の様子を見に行くと見せかけ、実は警察の捜査を想定して、睡眠薬を宗一郎のベッドの周りに置きに行った。その憶測は、ちょっと考え過ぎのように思います」

「それも、同感。——ところでだが」

「何です？」

「今、君が言っただろう。村木が二階へ駆け上がったのは、瑤子の様子を見に行くと見せかけるため云々《うんぬん》と。その話を聞きながら、急に臼井典子の話を思い出した」

「どんな話です？」

「ほら、臼井が友達から聞いたという話」

「ああ、知り合いが、村木聡子は死んだと思っていたのに、生きていて良かったと喜んでいたという話ですか」

「そうそう、あの時は、空襲の直後に同じような話が多くあったから聞き流したんだが、実は最近になって、時々頭の隅っこの方でちらちら蠢くものがあるんだ。忘れている時の方が多いんだが何かの拍子に、不意に脳みその真ん中に姿を現す」

「何です？」

「うむ、――しかしなあ……」

「何ですか。言ってくださいよ」

「――村木聡子は、本当に瑤子の乳母なのかな」

佐藤が脇田を凝視すると、唾を飲み込んだように喉を動かし、「え？　どういうことです？」と、ひっくり返ったような声で言った。

「青山信二郎の話の中に出てきたんだが、君に話したかどうか覚えていない」

「どんな話です？」

「彼が言ったんだ。村木は、瑤子さんのためなら命も捨てる。人も殺しかねないってね」

「へえ、そんなことを言ったんですか。自分は聞いていません」

「じゃあ、話さなかったんだな。その後で、こうも言った。おかしいと思いませんか。いくら子供の頃から世話をしてきたからと言っても、根は他人です、ってね。そんな話を聞いたからかもしれんが、何かの拍子に思うんだよ。ひょっとして、二人は親子なんじゃないかってね」

「――村木聡子は倉元瑤子の母親ということですか？」

「そういうこと。人の話を聞くだけで、実際を知らないんだが、話を聞く限り、乳母というか、女中というか、そういったことを超えているような気がする」

「しかし、そんなことが簡単にできるものですか。死んだ人に成り済ます、ということでしょう。臼井が聞いた、村木聡子死亡説が事実だとして、その人物は自分を抹消して死亡した村木聡子に成り代わる。瑤子の両親は、瑤子が幼い頃死んだと聞いています。戸籍はどうなっているんでしょう」

「それは調べてみなければ分からん。ただあの当時の日本は異常事態だったからね。目黒が空襲を受けたのが確か、昭和二十年の四月十五日と五月二十四日、二十五日だったと思う。死者も多く出たはずだ」

「自分はその頃まだ群馬でしたからよく分かりません」

「中目黒二丁目から四丁目、上目黒五丁目と八丁目。自由ヶ丘、原町など、要するにこの辺り一帯だ。特に五月二十四日には、焼夷弾投下によって広範囲に火災が発生、上目黒三丁目から五丁目、八丁目、中目黒二丁目、四丁目、下目黒三丁目から四丁目、この辺りが全焼に近かったはずだ。他にも多くあるが覚えきれない。確か区役所も焼けたと思う。全焼ではなかったと思うが。つまり、君と私が交番勤務していた辺りだよ。そう言えば、あの頃の山崎食料品店、大塚精肉店も焼け出されたはずだ。微かに覚えているが、山崎食料品店の主人は自分で言ったような気がする。戦争で焼けたって。確か、交番で聞いたように思うなあ」

「そうなんですか、そう言えば、交番勤務時代、いろいろありましたよね、ずいぶん昔に思えます――。話が逸れましたけど、村木聡子と瑤子、年内に倉元家を出るって言ってなかったですか。それでいいんですか」

「そうだったな、それは困るが、たとえどこへ越しても追跡は可能だ」


十二月十八日午後十二時四十分。臼井典子が目黒南警察署に脇田を訪ねてきた。重要な何かが聞ける。脇田は瞬時にそう思い、応接室に急いだ。

今日の応接室には達磨ストーブに石炭がくべられている。暮れも押し迫ってくると来客も多くなり、簡素な応接室が無人になることが少ない。脇田はドアを開けると臼井典子が立ち上がった。先の利用者が吸ったのだろう。煙草の臭いを感じる。

「どうも先日はありがとうございました。どうぞ掛けてください」

脇田は持ってきたお茶を臼井の前に置き、自分も椅子に座った。

「どうぞ、本物の粗茶です。熱いことだけは請け合います」

臼井は小さく笑って、頭を下げた。

「倉元さんの午前中の仕事が終わり、ご自宅に帰る途中でしょう。御主人の食事の支度がある。それをわざわざ訪ねてきてくれた。何か気になることでもありましたか」

臼井は脇田を見ると、「あの」と言った。

「はい、何です？」

「この前、うちに見えた時、ちょっと話に出たことなんですが」

「はい、いろいろ参考になる話をしていただきましたが、どの話のことですか」

「――村木聡子さんのことです」

脇田は、やっぱりと思いながら、それを顔には出さず、「村木さんのどういう話でしょうか」と、なるべく気楽な感じで聞いた。

「あれからちょっと気になりまして、この前話した知り合いと、昨日会ったんです。昨日は、倉元家のお仕事は休みだったんです」

「休みがあるんですか。そりゃそうですよね。それで、その知り合いとどんな話をしたんですか」

「私、訊いたんです。あなたの知っている村木聡子さんて、どんな容姿の人だったって。それから雰囲気なんかも」

「はい、それでどうでした？」

「全く違うんです。今、倉元家にいる村木さんと、彼女の話す村木さんの容姿が。それから、雰囲気も」

「それは、二十年近く経てば、変わってくるでしょうからね」

「それはそうですが、人間て、骨格までは変わりませんよね。彼女の知っている村木さんは、あまり背が高くなく小太りしていて、目がまん丸くて大きく、笑うと目尻が下がって、可愛らしい顔立ちなんだそうです。私も、私の知っている村木さんの容姿や雰囲気を話しました」

「ちょっと待ってください」

脇田は、やはりそうだったかと思いながらも、あくまでも用心深かった。

「たまたま、同姓同名ということは考えられませんか。昨日、臼井さんの知り合いが話した村木さんと、倉元家で働いている村木さんが同姓同名ということです」

「そんなことがあるでしょうか。ああ、一番大切なことを言い忘れていました。この前、村木聡子という人が、あるお屋敷でご奉公していたと言いましたが、お屋敷の名前が分かりました。知り合いが知っていたんです」

「何という名です？」

「鷹塚さんというそうです。たかつかのたかが、高い低いの高ではなく、鳥の鷹だそうです」

脇田はドキリとして臼井典子のぽってりした顔を見つめた。

「ご奉公していた地域も同じで、年格好も同じくらいで、同姓同名ってあるでしょうか」

「絶対ないとは言い切れませんが、まずないと言えるほど稀有でしょうね。それで、その人に倉元家の村木さんのことを話したんですね。どんな風に言ってました」

「全然違うと言ってました。正反対だとも言いました。二十年近く経ったからって、真反対になるほど変わるものじゃないですよね」

脇田は、それはそうですね、と言った後、この件について、倉元家の村木さんには口外しないようにと頼み、臼井典子の情報提供に厚く礼を述べた。


脇田はその足で目黒区役所へ向かった。区役所の戸籍係に訊きたいことを訊いた。戸籍係からの回答を要点だけ述べると、次のようなものだった。

昭和二十年五月二十四日の焼夷弾投下による広範囲の火災によって、目黒区に在住する人の戸籍謄本、住民票等、その人を証明するあらゆる資料が焼失した。区役所も燃えたからだ。全焼ではなかったが、焼失した場所が個人の情報を保管する、建物の東側だった。そのため、戸籍謄抄本及び、除籍謄抄本の交付ができない旨の、市区町村長の証明書、及び、上申書をもって、焼失した戸籍または除籍の謄本・抄本に代えることができた。証明書は役所が出してくれる。

ややこしい説明だが、つまり、目黒区長の証明書、上申書を持参し、仮区役所か新区役所かはともかく、役所の窓口で戸籍謄抄本及び、除籍謄抄本の交付ができる。生存している人、死亡した人、いずれの謄本も作成できるということだ。

脇田はそのように解釈した。ということは、鷹塚瑤子の両親は、瑤子が生まれて三年の間に死亡したことになっているが、それは単なる噂か、意図的な虚偽で、母親は生きていた。鷹塚家で女中をしていたのが、臼井典子の知人の知人、その人の名は村木聡子。瑤子の母親は、娘のため、ほとんど外出はしなかったのかもしれない。その容姿を克明に知っている人は村木聡子のみ。

そこに、太平洋戦争の勃発と敗戦。女中の村木聡子は、空襲の犠牲となる。敗戦後の華族の生活は既知の通りである。区役所の、個人資料消失を利用して、瑤子の母親は、死亡した村木聡子に成り代わる。それからしばらく、母親が娘の女中という、悲しく、いびつな関係が続くことになる。

やがて、倉元宗一郎が登場。伯爵の末裔とそれを支える乳母。困窮にあえぐ元華族に、『バラック御大尽』を見合わせようとする、いつの世にもいるお節介者。

伯爵の末裔でありながら、心に病を持つ瑤子には、そういう経緯に対して、疑問を持つ能力がない。そして、昭和二十五年、鷹塚瑤子は倉元宗一郎と婚姻。瑤子の母親は、瑤子の乳母として倉元家へ入る。

実の母子であるよりも、伯爵の末裔とその乳母の方が、困窮からの脱出には効果的と計算したのかもしれない。そしてそれは成功した。宗一郎にとって、周りに二人を紹介するとき、妻とその母よりも、元華族で美貌の妻とその乳母、と紹介する方が、宗一郎の自尊心をより高く満足させたのだ。


十二月二十日午前八時、脇田警部補、佐藤刑事、その他数人の警察官が、二台の車に分かれて倉元家を訪れた。前もって連絡してあったので正面の門扉は開いている。脇田たちは門扉脇に車を駐車し、門を入った。車が一台楽に通れるほどの通路が、少しカーブをして玄関へ続いている。

玄関の横手に、黒のトヨペットクラウンが駐車されている。高級車の後部座席のドアの横に男性が立っている。

脇田が玄関ドアのブザーを押す。

三分ほど待たされてドアが開かれた。そこから出てきたのは一人の紳士。脇田たちに目だけで挨拶をした。人を見る目ではなく、まるで物を見る目だ。次に出てきたのが村木聡子。

聡子は脇田に微かに頭を下げたように見えた。聡子は、濃い灰色のワンピースを着ている。

聡子が玄関の中に手を差し伸べる。倉元瑤子が聡子に導かれるように出てきた。純白のコートはくるぶしまである。高い襟元から、赤い絹のようなマフラーが覗いている。靴も赤い。顔の皮膚は白桃のよう。まつ毛の長い黒々とした目は、まさに人形。頰は桜の花びらのような色をし、小さめの唇はほんのりと赤く、輪郭がはっきりしている。瑤子は玄関前に並ぶ警察官たちには見向きもしない。

聡子が脇田を見た。「姫様をご門までお見送りいたします。任意出頭と聞いています。そのくらいはよろしいですね」。脇田は、どうぞ、と言った。

脇田を始め警察署員が自動車へ向かう三人を見送る形になった。

ドアの横にいた男性がドアを開け、前方を見て直立不動のようにして立っている。紳士が瑤子の手を取って車に乗せた。村木聡子が両手を腹に置くようにして深く頭を下げる。運転手と見られる男がドアを閉めた。それでも聡子は頭を上げない。

車がゆっくりと動き出し、脇田たちが来た通路とは別の通路を門扉へ向かっている。そこで初めて聡子が頭を上げ、脇田たちが来た通路を門扉へ向かった。黒のクラウンは聡子の歩調に合わせるかのように移動する。

自動車と聡子が同時に門扉に着いた。自動車が一度止まり、聡子が車の中を覗き込むようにした後、再び深く頭を下げた。クラウンは門扉の外へ走り去った。車が見えなくなって十秒ほどして聡子は頭を上げ、玄関へ向かって歩いてくる。両手を軽く重ね、腹の上に置いた姿は、いつぞや倉元家で見た聡子と少しも変わっていなかった。

まるで映画のひとコマを見るようだ。警察官たちは、呆気に取られていた気持ちを切り替えた。

警察官たちは玄関の内側にいる。家族は出勤したのか学校へ行ったのか一人もいない様子だ。何の物音もしない。その時、佐藤刑事が耳打ちした。

「大丈夫ですかね、村木」

「何が」

「自殺ですよ、姿が全く見えません。何の物音もしません」

「そんなやわな人間じゃないと思うよ」

微かにドアの閉まる音がして、間もなく村木聡子が現れた。足音を全く立てないで歩く人だ。改めて脇田はそんなことを思った。

「お待たせいたしました」。聡子はそう言うと、大小二つのボストンバッグを床に置き、脱いだスリッパを、手に持っていた新聞紙に包んだ。下駄箱から靴を二足出し、踵の低い一足を新聞紙に包んだ。スリッパも靴もかなり使い込んだように見えた。

聡子は脇田を見た。

「このスリッパと靴、警察署のごみ箱に捨てさせてください」

「ごみ箱なら、外の庭にありましたよ」

聡子はボストンバッグを持った。小さい方のバッグの上に、二つの新聞包みが乗っている。

「では、警察署に行く途中にごみ箱があったら教えてください。毎日パトロールなさるのでしょうから、どこに何があるか、よくご存じと思いますので」

玄関を出る。聡子は立ち止まりもせず歩き出した。

脇田が慌てて言った。

「村木さん、玄関の鍵は？　このままじゃ駄目でしょう」

聡子は振り返り、「こちらは、わたくしの家ではありませんから、そういうことは存じません」。

二人の制服の巡査、三人の私服の刑事、警察官よりも凛として姿勢のいい女性が一人、門扉までの通路を黙々と歩いた。門扉のことでも似たようなやり取りがあり、二人の巡査が扉だけを閉めた。そのうちの一人が聡子から荷物を受け取り、自動車の助手席に乗せる。

「それは、わたくしの生活用品です。今日は、警察署に泊めていただけるのでしょうか？　そうでなければ、旅館の手配をお願いします。お金の持ち合わせが少ないものですから、安宿を探してください。それとも、こういう状況下ですと、費用は警察署持ちなのかしら？」

誰も答えない。佐藤刑事が後部ドアを開け、先に乗った。脇田が聡子を促すように乗車させ、脇田が続いて乗る。佐藤と脇田で、聡子を挟むようになる。

「わたくし、こういう乗り方、したことがありませんの。どなたかお一人降りていただけません？　なんでしたら、わたくしが助手席に移りますけど」

「これが決まりなんです。少し窮屈でしょうけど我慢してください。遠い道のりではありませんから」

脇田はあくまでも低姿勢だった。

車が走り出してすぐ、大谷石の塀に寄せて、乗用車が止まっているのに気が付いた。倉元家の脇を通る道だ。数年前、倉元家を偵察した時、脇田が通った道。屋敷の向こうが小高い丘になっていて、その先のゆるいカーブを行くと住宅が立ち並んでいる。運転席に座っているのが青山信二郎であることはすぐ分かった。

6

一行は、九時ちょっと過ぎに目黒南警察署に着いた。

村木聡子の事情聴取は午後からということにし、その打ち合わせを十一時まで行った。午後一時、脇田と佐藤が二階の取調室に入って行くと、中にいた制服の巡査が出て行った。部屋の隅に記録係がいる。

　椅子に座る村木聡子の後姿がまっすぐ伸びていた。脇田は、聡子の前に座り、佐藤は少し離れた場所にある椅子に座った。

「今日はご苦労様です。村木さんに少しお訊きしたいことがありますので出向いてもらいました」

「前置きは結構です。ご質問をどうぞ」

「では、初めに訊きます。村木さんは自転車に乗れますか」

　聡子が少し眉を顰《ひそ》めるような表情をし、脇田を凝視している。脇田は言った。

「もう一度訊きます。村木さんは自転車に乗れますか」

「乗れません」

「本当に乗れませんか」

「乗れません」

「そうですか、では人違いだったのかなあ」

「どういうことでしょうか。わたくしが今日、任意出頭を受けたのは、倉元宗一郎さんの事故のことだと聞いていますが、そのことと自転車にどんな関係があるのでしょうか」

「なるほど、宗一郎氏はすでにご主人様ではないわけですね。失礼、話を戻しましょう。村木さんは自転車に乗れない。しかし、村木さんらしき人が、自転車に乗って、下目黒二丁目辺りを走っていたという人がいるんですよ。日時も分かっていて、昭和三十三年六月六日、午後三時半過ぎ。目撃した人というのはその近くに住む主婦なんです。買い物に行く途中で見かけたというんです」

「三十三年？　五年も前の話じゃないですか、刑事さんはどうしてそんな話を持ち出すんです？　わたくしは何のためにここにいるんですか」

「もちろん、宗一郎氏の件でおいでいただいた。ただ、宗一郎氏の件と無関係ではないように思われる節がありましてね。不愉快と思われるでしょうが、もう少し聞いていただきたい」

「……」

「次に村木さんらしき人が自転車に乗っているのを見たという人、これは中学生の男の子です。場所は下目黒四丁目。日時は昭和三十三年十二月十日、その前が六月六日ですから、半年後ということになります。時間は三時半過ぎ。実は、この子が目撃した内容はもっと具体的で、下目黒四丁目に田辺さんというお宅があるんですが、自転車に乗っていた人は、田辺さん宅の勝手口の前で降りて、勝手口を開けて中に入って行ったというんです」

村木聡子の表情は硬いまま、動揺する様子はない。

脇田の話は全くのでっち上げだ。そんな情報は何一つ聞いていない。だが、五年前、倉元家への配達を最後に二人の青年が失踪した。倉元家を最後に。ここが引っかかる。五年間引っかかり通しだ。

五年前のあの日、脇田は張り切って田辺家へ行った。そこで田辺夫人に聞いたことは、期待以上のものだった。その当時、佐藤巡査と憶測していた通り、田辺夫人は村上将太を見ていない。ボンレスハムは牛乳箱に入っていた。吉田宅と同じである。

田辺夫人は、その日のその時間帯、のっぴきならない用事ができて外出していた。脇田はその時の田辺夫人の思いつめた顔を、今でもよく覚えている。なぜ夫人は、大塚精肉店の主人に、村上将太から直接受け取ったような言い方をしたのか。その理由を訊きたいのは山々だったが、脇田は遠慮した。

帰りかけた脇田に田辺夫人は言った。

「その時間、息子に会いに行ったのです」

「息子さん？」

「ええ、最初の結婚で息子が生まれたのですが、いろいろな事情があって、息子を婚家先へ置いて離婚しました。今の主人とは再婚です」

「はい」

「離婚後は没交渉だったのですが、半年ほど前に息子と再会し、それからごくたまにですが、電話がかかってきて会うようになりました。そのことを、家族は知りません。あの日もそうだったんです。息子と別れて家に戻り、牛乳箱の中にあるハムを見つけました。翌日、大塚精肉店のご主人が見えたとき、娘がそばにいたものですから、つい、あのような言い方をしました。お巡りさんが事件に関わることだというものですから、正直に話した方がいいと思いまして」

脇田は心が痛んで言葉が出なかった。

「奥さんの協力に感謝します。聞いたお話は決して口外しませんから安心してください。十二月十日の三時半過ぎ、奥さんは配達人を見なかった。ボンレスハムは牛乳箱に入っていた。そのことだけ分かればいいんです。ありがとうございました」

そのことを佐藤巡査に話し、二人の歓喜と興奮は頂点となった。だがそれだけだった。最後に配達されたのは吉田家でも田辺家でもない。倉元家だった。それが分かったからと言って事態が動くものではない。どんな事情にせよ、偽りを述べたのは吉田家と田辺家。そのことに倉元家は関係ない。

また、最後に配達した家が倉元家だからと言って、そのことが二人の失踪に直結するわけではないのだ。状況証拠にもならない。脇田も佐藤も、無念さを飲み下すしかなかった。

　そこへ今回の宗一郎の事件。関連性など何もないのが実情。だが、このまま素通りできないという感情が拭い切れない。考え過ぎだとは承知しているが、宗一郎事件の発端は、二人の青年の失踪、そこにあるのではないかとさえ思ってしまう。

「村木さんは、山崎食料品店と、大塚精肉店を知っていますね？」

「知っています」

「では、覚えていると思うのですが、さっき言ったように、五年前の六月六日、半年後の十二月十日。この日か次の日、山崎食料品店の主人と、大塚精肉店の主人が、倉元家を訪ねている。これは確かなことです。私が調査しました。村木さんも覚えていますよね」

「覚えておりません。お見えになったのかもしれませんが、わたくしは覚えておりません」

　これでは話が進展しない。所詮、無理なことなのだ。諦めるしかない。脇田は気持ちを切り替えた。

「そうですか。では本題に入ります。まずは、お名前と生年月日を」

「村木聡子です。明治四十四年十二月二日生まれ。五十二歳」

「あの、お名前を」

「今、申し上げました。何回も同じことを訊くのでしょうか、警察というところは」

「そうではなくて、あなたの名前を聞かせてください。調書に書きますから」

村木聡子の目が一瞬動いたような気がした。脇田はその目をじっと見据えた。

「村木聡子です」

「その名前は、倉元家で使っていた名前ですよね。そうではなく、あなたの本名を教えてくださいと言っているんです」

「何をおっしゃっているのか分かりません」

「こちらも何回も同じことを言いたくない。倉元家で使っていた村木聡子ではなく、あなたが生まれた時につけられた名前です」

「――」

「自分の名前を忘れる人はいないはずですがね。では、こちらから言いましょうか。それでいいですか」

聡子の表情は動かない。

脇田は佐藤に目で合図を送った。佐藤が一枚の用紙を渡した。脇田はゆっくりと目を通す。一つの心理作戦である。どこでそれを使うかはその場で決める。事前に計画しておいて、結局はタイミングを失い、せっかくの隠し玉が不発に終わることがある。脇田は、今日は早い段階で使おうと思っていた。

「村木聡子は便宜上、使っていた名前。あなたの本名は、鷹塚苑子《そのこ》さん」

聡子の顔が突然強張り、目が大きく見開かれた。白目の端がだんだんに充血するのが分かった。脇田はその反応にびっくりした。

その時、聡子の口から迸《ほとばし》るような声が飛び出した。

「無礼者!!　お詫び申し上げなさい！」

脇田と佐藤が呆気に取られていると、聡子が静かに椅子を後ろにずらした。両手を膝の上に重ね、その手に顔が付くほどに頭を下げた。頭を下げたまま言った。

「奥方様、ご無礼の段、どうぞお許しくださりませ。いずれにつきましても、わたくしの力が及ばないがため、幾重にもお詫び申し上げます。どうぞお許しくださりませ」

それからふた呼吸ほど、そのままの姿勢でいたが、ゆっくりと頭を上げ、椅子を元に戻した。今の光景は何だったのだろうと思うほど、聡子の顔は元に戻っている。

「ご質問をどうぞ」

「あなたは誰ですか」

「村木聡子です」

「それは通らない。本物の村木聡子さんは、太平洋戦争で亡くなっている。昭和二十年五月二十四日の焼夷弾投下による広範囲の火災によってです。それはあなたが一番よく知っているはずだ」

「――」

「それに、今私の前にいる村木聡子さんと、戦争で亡くなった本物の村木聡子さんは容姿も雰囲気も全く違う。本物の村木さんは、背は高い方ではなく小太りしていて、目が丸くて大きい。笑うと目尻が下がり、可愛らしい顔立ちなんでしょう？　同じ家に住んでいたのだから知っていて当然」

「そういうことは、誰からお聞きになるんです？」

「そういうことを調査するのも警察の仕事なんです。本物の村木聡子さんが亡くなった時、あなたは親からもらった名前を捨て、お屋敷に奉公していた、本物の村木聡子さんに成り済ました。戦後の混乱期だから、それが可能だった。何しろ区役所の東側が焼けて個人を証明する資料が焼失した。だからこんなことができてしまった。しかしこれは立派な犯罪です。だが、これは民事。課が違うから、私の出番ではない。まあ、自分の名前を捨てて他人に成り済ます。よほどの事情があったのでしょう」

「――」

「これから話し合うことは、今現在のことです。あなたには不本意かもしれない。しかし、我々は現在を生きている。あなたが鷹塚家のことをどう思おうと、どういう言葉、どういう態度で表現しようと、自由です。しかし、さっきのような振る舞いは遠慮してもらいたい」

「――」

「あなたは今朝、署の車に乗るとき言いましたね。今夜は警察に泊めてもらえるのか、そうでなければ宿の手配をしてほしいと。あの言葉が軽口や冗談でなければ、相当の覚悟を持ってここにいるはずです。無駄な回り道はしないで話を進めたい。協力してください。本名を言ってください」

「津田峰子《みねこ》です。生年月日はさっき申し上げた通りです」

「津田峰子さん。住所は？」

「今日から住所不定です。こういう場合はどうしたらよいのです？」

「あなたの親族は？」

「おりません。肉親は、昭和二十年五月二十四日の目黒の空襲で、皆死亡しました」

「今朝、瑤子さんを連れていかれた人とはどういう関係なんです？」

「あの方の父君が、お屋敷の執務をなさっておりました。わたくしとは直接関係ありません」

「もしかして、あの人は弁護士？」

「そうです。あの、そんなことよりも事情聴取やらを進めていけばいろいろなことが明確になるのではないでしょうか。今、刑事さんがおっしゃいましたでしょう」

脇田は椅子を引き、気持ちを引き締めるかのように座り直した。

「では、このたびの倉元宗一郎さんの死について、あなたはどのように感じていますか」

「それは、悲しゅうございます」

「妻である瑤子さんはどんな風でしたか。宗一郎さんは、あなたが命とも思っている瑤子さんの夫です。妻として瑤子さんの様子はどんなでしたか」

津田峰子はじっと脇田を見ている。さっきの激情は芝居だったのではないかと思うほど、冷静な目だ。脇田は津田峰子の目を見返し続けた。そばにいる佐藤刑事の息遣いが聞こえるようだった。

「刑事さんは、ご自身を敏感だと思いますか、それとも、鈍感だと思いますか」

「周りの空気を敏感に感じ取れる人間だと自負しています」

「そうですか、それなら、今のような質問はなさらないと思いますけど」

「どういうことです？」

「姫様は、心の病をお持ちです。姫様に一度お目にかかれば、すぐお分かりいただけるはずですが」

「あの人は、姫様という名前ですか。今朝もそんな呼び方をしていましたが、瑤子さんではないのですか」

「刑事さん、さっき、おっしゃったばかりではありませんか。どういう言葉、どういう態度で表現しようと、自由だと」

「それは私的な場合です。警察署は公の場です。津田さんのように聡明な人がその区別もつかないんですか。調書に姫様とは書けません。これからは生まれた時に命名された名前を言ってください」

津田峰子が険のある目で脇田を見返している。

「瑤子さんの心の病について、ここで説明できますか」

「わたくしは医師ではありませんから、病の説明はできかねます」

「分かりました。では次です。宗一郎さんは、居間の飾り棚に置かれていた、大黒天の置物が落下し、後頭部に直撃を受けて死亡した。このように判断されています。津田さんの判断も同じと思っていいですか」

「結構です」

「では、宗一郎さんは、なぜ深夜に居間へ降り、引き出しを開けようとしたか、津田さんの仮説というか推測を、もう一度説明してください。何しろ、宗一郎さんが睡眠薬を常用していたことを知っているのは、津田さんだけなのです。実のお子さんも、実の妹さんもそのことを知らない。同じ家に住んでいながらです。誰もがびっくりしている。宗一郎さんの特技は、どこでも眠れること。枕に頭を付けたら五分で眠れる。便所にも起きないそうです」

「そういうことを言われても困ります。わたくしは、使用人として雇い主の要望に応えただけですから」

「では、あの夜のことをもう一度説明してください」

「説明はできません。わたくしは見ていたわけではありません」

「推測で結構です」

「宗一郎さんは、ここ一ヶ月ほど、寝つきはいいが、寝てから二時間ほどで必ず目が覚め、覚めると眠れないと言っていました。それが嫌で睡眠薬を飲む習慣ができたのだと思います。ただ、病院に行くのは嫌だといって、瑤子様が服用なさっている薬を分けてくれと言いました。瑤子様は医師が処方するお薬を数種類、服用なさっておいでですが、その中に睡眠薬もございます。それを宗一郎さんに分けていました。瑤子様と宗一郎さんでは服用する量が違います。間違いがあっては大変ですので、宗一郎さんの分は、初めから別にして、飾り棚の引き出しに入れておいたのです。瑤子様のお薬は、すべてわたくしの自室に置いてありました」

主客転倒とは、まさにこれを言うのだろう。自分の身内に丁寧語を使い、雇い主には普通語を使う。村木聡子こと、津田峰子の現金過ぎるほどの変わり身の早さ、鷹塚家に対する常軌を逸する忠誠心。こうなると浮世離れと人間離れが同居しているようで、薄気味悪さまで感じるようだ。脇田はそんなことを思いながら聞いている。

「十二月二日も、はっきりした時間は分かりませんが、十時半から十一時の間に寝室へ届けました。毎日大体そのくらいの時間です」

「そのとき、宗一郎さんは起きていましたか」

「いいえ、寝ていました」

「瑤子さんはどんな様子でした？」

「姫——瑤子様はよくお休みでした。瑤子様は九時にはお休みになりますから」

「それで？」

「宗一郎さんのベッドのサイドテーブルに、水差しと薬を置いて、自分の部屋へ戻りました」

「そして、翌日の朝、遺体となった宗一郎さんを発見したと、こういうことですね」

「そうです」

「分かりました。さて、その後のことですが、あなたは、我々が倉元家へ出向く前に、二階へ駆け上がったそうですが、それはなぜ？」

「それは、瑤子様のことが心配になったからです」

「しかし、瑤子さんは、医師から処方された薬を飲んで、ぐっすり寝ているわけですよね。それは、あなたが一番よく知っている」

「その通りです。ですが、あまりにも思いがけないことで、気持ちが動転していました。それで、胸騒ぎめいたものを感じて二階へ行きました」

「それで、瑤子さんは安眠していた？」

「そうです」

「宗一郎さんのサイドテーブルの上に、睡眠薬はありましたか」

「気づきませんでした。気づかないというよりも、気にしていませんでした。瑤子様がご無事だったので安心して、薬の方まで気が回りませんでした。でも、瑤子様がお目覚めになったとき、お部屋に伺いましたので、サイドテーブルを見ましたが、水差しだけで睡眠薬はありませんでした。テーブルの下もベッドの周りも見ましたがありませんでした」

「それはどうしてだと思います？　あなたは確かに水差しと薬を置いたんですよね」

「その通りです。それは間違いありません。水差しだけ持って、睡眠薬を忘れるようなことは決してありません」

「宗一郎さんは、水を飲んだ形跡はありましたか？」

「飲まなかったと思います。水差しの水の量が、変わっていなかったと思いますから」

「では、どうして睡眠薬だけなくなったんでしょうねえ。あなたの推測を補足すると、宗一郎さんが目が覚めた時、睡眠薬がなかった。深夜のことだからあなたを起こすわけにいかず、自分で居間に行き、睡眠薬を入れてある引き出しを開けようとしたのではないか、あなたはそう推測した、これに間違いはないですか」

「間違いありません」

「しかし、どうして寝室から睡眠薬がなくなったんでしょうねえ」

「わたくしには分かりません」

「そうですか。では、次の疑問点です。聞くところによると、宗一郎さんの高血圧の薬は、台所の食器棚の引き出しに保管されている。それなのに、睡眠薬は、居間の飾り棚の引き出し。普通、薬は同じ場所に置きませんか。これは署内でも話題になったんですよ。なぜ、別々の場所に入れてあるんです？　薬の管理はあなたがしていて、他の人は全く分からないと言っているんです。そもそも、宗一郎さんが睡眠薬を飲んでいることを誰も知らないんですから」

「朝飲む高血圧の薬は、臼井さんが準備します。夜の睡眠薬はわたくしが準備します。混合しないため。それだけのことです」

「なるほど、混合しないためですか。そんな風に考えて、置く場所を変えていたわけですね。分かりました」

この辺で本題に入ろう。脇田は再び気持ちを切り替えた。

「さて、宗一郎さんは飾り棚の置物を大変大事にしていた」

「そのようでした」

「そのようでしたって、津田さんも飾り棚の置物を週に二回磨いていたんでしょう」

「いいえ、わたくしは磨くことはしませんでした」

「そうなんですか。いつぞやあなたが、置物を磨くのも私どもの仕事だと言っていたので、てっきり、あなたも磨いていると思ったんですよ。まあ、そんなことはともかくとして、臼井さんが言うには、二段に飾られた置物を、週に二回磨くように言われていた。それでいいですか」

「はい、臼井さんにはそのように頼みました」

「ところで津田さんは、十二月二日と聞いて、何か思いませんか？　事故のあった前日です」

津田峰子は少し首を傾げるようにしている。机の端に視線を当て、真剣な顔つきに見える。

「どうです？　何か思い当たりましたか」

「十二月二日がどうかしたんですか。何も思いつきませんけど」

「あなたらしくないですねえ。女中さんを雇い入れるたびにあなたが言い聞かせていたことですよ。あなたは、自分が磨くことをしないで人任せだから、自分の言ったことを忘れちゃう。毎月二日です。このことを、雇人が変わるたびに厳しく言い聞かせていたんでしょう」

津田峰子が顔を上げ、ああ、というような表情をした。しかし、それは驚愕しているなどという大げさなものではなく、そんなことか、というような気楽と思える表情だった。

「やっぱり忘れていた。あなたにとって、倉元家での仕事は、ただただ、瑤子さんのため、他の人のことは瑤子さんの世話のついでだった。そういうことなんですね」

「好きなように思っていただいて結構です」

「今のその言葉も調書に記されますよ」

「結構です。刑事さんのおっしゃる通りですから」

脇田はあきれ返る思いで津田峰子を見ていた。彼女にとって、主家は鷹塚家のみ、鷹塚家以外は見下すだけ。倉元家でのあの凛とした態度は、瑤子を守り、鷹塚家の名誉を守るためだけの一種の虚像だったのかもしれない。

「では、その二日のことです。思い出したんでしょう。毎月二日はどういう日だったのですか」

「置物の場所を変える日です」

「全部の置物を、ですか」

「いえ、大黒天と鳳凰だけです」

「何のために？」

「そんなこと、すでに臼井さんから聞いているんでしょう。臼井さんの言った通りですよ、たぶん」

「今はあなたの調書の作成をしているんです。臼井さんは関係ない。もう一度聞きます。何のために、毎月二日に大黒天と鳳凰の置物の場所を変えるんですか」

「よく分かりませんけど、縁起担ぎのようです。宗一郎さんは元大工です。そういった人は、方角などに気を遣うようです。置物の場所を変えるのも、その一つだと思いますけど」

「そうですか。ところで、十二月二日は、大黒天と鳳凰の場所を変えたわけですが、どこへ変えたか知ってますか」

「知りません」

「ほう、それも知らない。佐藤刑事、例の写真を見せて」

控えていた佐藤刑事が、大きな茶封筒に入った写真を机の上に広げた。拡大された写真が何十枚とある。そこには宗一郎の遺体の写真もある。津田峰子は嫌な顔をすることもなく、無感動な表情で写真に目を当てていた。

「これらの写真は、十二月三日の事故現場の写真です。飾り棚の全体像、宗一郎氏のご遺体とその付近の写真もある。飾り棚の上の棚を見てください。どうですか」

「棚には何もありません」

「そうですね。何も見えない。しかし、正確には棚の隅に小ぶりの置物が倒れていた。この写真です。倒れているこの置物は何です？」

「亀と龍と猿です」

「そうですね。この三点は、強い揺れにも落下せず、棚の隅に倒れていた。次はこれです」

その写真は、半分開いた引き出しの前に倒れている宗一郎と、その周辺の写真。脇田は大黒天に指を置き、

「宗一郎氏を死に至らしめた大黒天はこの位置にある。宗一郎氏の肩から少し離れた場所です。分かりますか」

「分かります」

「では、宗一郎氏の膝のあたりにあるのは何です？」

「梟と馬です」

「そうですね。では、飾り棚の全体像と、この写真を突き合わせて見てみます」

津田峰子が真剣なまなざしで写真を見る気配が伝わってくる。

「宗一郎氏の肩の近くにある大黒天から、目を上の飾り棚に移動してみてください。大黒天は上の棚のどの辺りにあったと思います？」

「中央あたりです」

「そうですよね。大黒天のあった場所は棚の中央辺り。そこが落下場所。そして、落下地点は宗一郎氏の後頭部。宗一郎氏は中央の引き出しを開けようとしていた訳ですからこれは理屈に合っている。では、宗一郎氏の膝の近くに落下した梟と馬。この二点は棚のどの辺りにあったと思います？」

「中央から六十センチくらい左と思いますけど」

「私もそう思う。——そこでさっきの話に戻ります」

「さっきの話とは？」

「臼井典子さんの証言ですよ。そう言えば、大黒天と鳳凰の場所を変えるのは午前中と決まっているそうですね？」

「そうです」

「ところで、十二月二日、事故の起きる前日です。臼井さんはお昼に家に帰ってから、置物の場所替えを忘れたことに気が付いた。だから三時にお屋敷に戻ったとき、真っ先に大黒天と鳳凰の場所を変えた。三時五分頃だそうです。中央にあった大黒天と、左方向五、六十センチの場所にある梟と馬、これを入れ替えた。ここでは鳳凰の入れ替えは省きます。宗一郎氏の死と直接関係がありませんから。さて、事故の前日、大黒天は臼井さんの手によって置かれた場所が変わった。どうです？　変だと思いませんか」

「別に思いませんけど」

「津田さん、それはおかしい。津田さんは頭のいい人だと思う。この矛盾に気づかないはずがない。気づいているのに気づかないふりをしている。違いますか？」

「――」

「図星のようだ。あなたの顔を見ていれば分かる」

「――」

「十二月一日までは、確かに大黒天は棚の中央にあった。だが、十二月二日の午後三時以降、大黒天は棚の中央から五、六十センチ左に移動し、梟と馬が中央に置かれた。だとすると、宗一郎氏の頭を直撃するのは梟か馬ということになる。だが実際には大黒天が直撃している。魔法でも使わない限り、こんな不思議はおこらない」

「では、誰かが魔法を使ったんでしょう」

「津田さんらしくない言い方だなあ。こういう場所で、こういう状況下で、そういう言い方は軽薄です。下品と言ってもいい。あなたが最も嫌う庶民が使えば愛嬌になるが、あなたが使うと軽薄に感じる。言葉とは不思議だ。あなたの大切な鷹塚家が嘆きますよ」

「どう取られても結構です。他に何か？」

脇田が佐藤に合図を送ると、佐藤は紙袋に入れてあった大黒天を出して机に置き、数枚の写真を残し、あとの写真は片付けた。

「これは実際に凶器となった大黒天です。宗一郎さんの傷痕と大黒天の顔の彫りの部分が一致しました。あなたは毎日のように見ていたわけだし、当日も、こうなった状態を見ている。翡翠だそうですね。私のような無粋な人間にはその価値が分かりませんが、これでは、せっかくの大黒様の笑顔が台無しだ」

「――」

「これは綿密な検証が済み、資料も十分ですから、素手で触ってもいいんです。津田さんに触ってくれとは言いません。ただよく見てもらいたい。私がこの大黒様をいろいろな角度で動かします。注意深く見てください。後で感想を聞きますので、真剣に見てくださいよ。あ、そう言えば、この大黒天、重さ、どのくらいだと思います？」

「知りません」

「そうですか。知りませんか。やっぱり、この大黒天、一度も磨いたことがなかったんですね。五キロです。結構重い。しかし、女の人でも持とうと思えば持てる。現に、臼井さんだって一週間に二度、棚から降ろしたり上げたりしていたんですからね。話が逸れました。では始めます」

脇田は、なるべく全面が見えるように、指の置き場所に気を配りながらゆっくりと動かした。正面、側面、裏面、斜めに、縦に、時には机上に置いた。

津田峰子が真剣な顔で見ている。今までの聴取の中で最も真剣な顔つきだった。

「どうです？　何か気づきませんか」

「何も気づきません」

「では一つ助言をします。大黒天の上半身と下半身を見比べてください」

「……？」

「分かりませんか。ではこちらから言いましょう。何か意見があったら聞かせてください。宗一郎さんは大黒天の顔の直撃を受け、その際血液が飛散した。この通り大黒天の顔以外にも、この腹の辺りまで何ヶ所も飛んでいる。しかし、下半身を見てください。血痕は一つもない。つるりとして綺麗なもんです。それと、ここの腹に付いた血痕、形が不自然だと思いませんか」

「さあ」

「楕円形の血痕が途中で切れたように見える。ほらこの端、血の塊を刃物で切ったようにまっすぐでしょう。これはですね、ここで血が止まったからなんです。なぜ止まったか。障害物があって血はそれ以上流れなかった。大黒天の下半身に何かが巻かれていたか、手袋をした人が下半身を握りしめていた。あくまでも仮説ですが、これに対して何か意見がありますか」

「意見などありませんが、その話をわたくしに聞かせる理由は何です?」

「大黒天は落下したのではない。これは明白。となると、誰かが故意に宗一郎さんに一撃を加えた。大黒天の下半身に布を巻くか手袋をするかして。実は下半身には指紋もないんです。これも臼井さんの話ですが、一度、布を当てて棚に乗せようとして、滑って落としそうになったそうです。それからは、素手で持って置くようにしている。その場合、下半身を持つのが普通ですよね。臼井さんもそう言ってました。ところが下半身に彼女の指紋が一つもない。つまり、臼井さんの指紋は、布か手袋によって消されてしまった」

「だから、どうだというんです？」

「だからあの夜、宗一郎さんは倉元家にいた人によって殺されたということになる」

「その犯人がわたくし？」

「そうは言っていません。事実を説明しているんです。それにですね、困ったことに物的証拠がない。しかし、状況証拠はかなりある。今までの話の中にも何点かありますがね、他にもある」

「どんな状況証拠なんです」

「興味がありますか」

「ええ、まあ」

「あの夜、宗一郎さんは深夜にどうして居間に降りてきたんでしょう」

「それは、睡眠薬を取りに来たんじゃないですか」

「そうでしたねえ、そして、飾り棚の引き出しにある睡眠薬を出そうとしたが、引き出しが途中で滑らなくなり、無理に開けようとして飾り棚が揺れ、大黒天が落ちた。こういう推測でしたよね。ところが、それは通用しなくなった。宗一郎さんは殺害されたという結論が出たから。となると、宗一郎さんは、犯人によって居間まで誘《おび》き寄せられた、ということになる。倉元家の主。この人を夜中に呼び出すことのできる人は限定される」

「――」

「さっき津田さんも言ったように、宗一郎さんは元大工です。それもかなり腕のいい大工だったそうです」

「そのようですね、それで？」

「腕のいい大工は、いや、それほどでもない大工でも、引き出しが滑らないからと言って、棚が揺れるほど無理やり引っ張るようなことはしないそうです。そういう時の対処法を知っているから」

「――」

「しかし、実際に引き出しは途中から滑らなくなっていた。その理由は分かっている。犯人が、薄い雑誌を使って引き出しのレールに細工した。宗一郎さんが力任せに引いたと思わせるために。どうです？　何か言いたいことがありますか」

「別に」

「そうですか。さて、宗一郎さんは引き出しのそばで死んでいた。だから、宗一郎さんが引き出しに用事があったことは確か。あ、そうそう、宗一郎さんはその時、寝巻姿だった。あなたも見ていますよね。冬の深夜です。二階から冷え切った居間へ降りる時、何も羽織らないということも疑問の一つ。そうは思いませんか」

「特には思いませんけど」

「そうかなあ。我々の判断は、宗一郎さんはよくよく急いでいたか慌てていた。そして、宗一郎さんをそういう心境にさせることができるのは一人しかいない。瑤子さんです」

「何を言うんですか!!」

「無礼者、はやめましょうね。あなたは役者じゃないでしょ」

「瑤子様はお薬のために眠りが深いのです。それに病をお持ちです……」

「分かっています。しかし、宗一郎さんに対して、最も影響力を持っているのは瑤子さん。これは間違いないでしょう。そして、その瑤子さんに最も影響を与えるのが津田峰子さん。どうです？　何か反論ありますか」

「――」

「反論はないと判断します」

「その判断は、瑤子様とわたくしで宗一郎さんを殺害したことに繋がるものですか」

「そうは言ってません。事は殺人。重大な案件です。事を急いではいけない」

7

「この辺で、話の論点を変えましょう」

脇田はそう言って机の物を片付けだした。佐藤がそれを手伝う。

「ところでさっき、津田さんは激しく怒りましたねえ。芝居かと思ったがそうではない。本当に激怒した。訊きますけど、今も津田さんのように、身分制度や、その階級に固執している人がいるんですか。戦争が終わり、十五年以上過ぎた今でも」

「他の方のことは存じません」

「鷹塚家は元伯爵と聞いている。私はそういうことに疎いのですが、鷹塚家はどういう家柄なんですか」

津田峰子が、脇田をじっと見ている。

怒っている表情ではない。むしろその顔は自信に満ち、穏やかで、まるで何かに陶酔しているかのようだ。やがて峰子は額が机に付くほどに頭を下げた。また始まるのかと思い、一瞬身構えたが、峰子はゆっくり顔を上げ、穏やかに話しだした。

「お殿様は、豊前国中津藩第八代藩主、鷹塚宗頼公のご子孫、鷹塚家十三代、鷹塚清宗様でございます。爵位は伯爵でございます」

峰子はそこでまた深々と頭を下げ、顔を上げると、

「奥方様は、さる高貴なお家柄の一の姫様、鷹塚苑子様でございます」

脇田は何と応じていいか分からない。よけいなことを聞いてしまったと後悔したが、峰子の実情を知らなければ今後の取り調べに支障が出る。脇田は、宗一郎殺害の犯人は津田峰子と読んでいる。

「よくは理解できませんが、おおよそのことは分かる気がします。津田さんからおとぎの国のような話を聞いた後で、誠に俗な話になるのですが――」

「何でもどうぞ、お殿様、奥方様、姫様のことではなく、わたくしのことなら何でもお訊きください。答えられることは答えます」

「では率直に訊きます。津田さんの家柄というのはどうなんですか。鷹塚家のように立派なお屋敷に仕えるんです。誰でもいいというわけにはいかないでしょう。やはり、たいそう立派な家柄の出なんでしょうね」

「そんなことはありません。わたくしは、男爵の末裔、それも、枝が分かれに分かれ、わたくしの父は、津田家の家系図の一番下の端の方に書かれています。わたくしは女子ですから、家系図に名は書かれません。子供の頃から庶民生活でしたよ、それも貧乏な」

「へえ、そうなんですか。それがどうして鷹塚家のようなお屋敷に仕えることになったんです？」

「わたくしにもよく分かりません。ある日、知らない紳士が我が家へ来て、父と長い時間話していました。その内容は知りません。それから半年後、突然、お屋敷へのご奉公が決まったのです。ただ、決まる前の四ヶ月間、日本髪できちんと着物を着たお方が三日に一度の割合で我が家にいらして、わたくしは行儀見習いを厳しく躾けられました」

「なるほど」

「わたくしがお屋敷に上がったのは、大正十三年四月です。そこで二ヶ月間、行儀見習いがあり、六月から奥方様おつきの女中となりました。——他に訊きたいことがありますか」

「あります」

「どうぞ」

「津田さんの逆鱗《げきりん》に触れるかもしれない。しかし、これは私の職務ですから訊きます。津田さんは瑤子さんの実の母親ではないですか」

津田峰子が微かに笑ったような気がした。脇田は質問の意味が通じないのかと思い、もう一度言おうとした時、

「どうしてそのように感じるのですか」

「え？　ああ、何となくです。いえ、何となくではないな。我々一般人には分からないのかもしれないが、津田さんの瑤子さんに対する態度。確かに召使が主人に対する態度です。それはそうですが、その態度の中に肉親への溢れるような愛情が見え隠れする。たった二回しか会う機会がなかったから、初めて二人を見た時の印象が、そのまま鮮明に残っている。これが毎日のように会っていたら、こんな風には感じなくなっていたと思う」

「いつ、そのように感じたのです？」

「宗一郎さんの遺体を見るために、階段を降りてきて、二人が階段の下に並んだ時です。何となく似ているなと思いました。こういうことは理屈ではなく感じるものです。背丈もほぼ同じ、骨格も似ているから横並びしていると、同じ人が二人いるように見えた。顔を見ないとですけど」

「顔は似ていないんですね」

「いえ、顔の造作だって、知らない人に親子だと言えば皆、納得するでしょう。とにかく身体の造りが似ています。それから」

「まだあるんですか」

「宗一郎さんの遺体を見て、瑤子さんが二階へ上がる姿を、津田さんはずっと見守っていた。その姿、眼差しは、召使が主人を見送るものとは違う。実の子を、それも病に侵されている、実の娘を見守る母親に感じた」

津田峰子が微笑んだ。この人が、このように柔和な表情もするのかと思うほど、全身の硬さが取れ、まるで、戯《たわむ》れる仔犬を見ているような和やかな顔だ。

「さっき、刑事さんは、周りの空気を敏感に感じ取れる人間だと言いました。それは本当だったんですね」

「ああ、そんなことを言いましたね」

「刑事さんの言う通りです。瑤子姫様は、わたくしが御産みいたしました」

部屋の空気が動いたように感じた。佐藤がむせたように咳ばらいをし、控えている署員が、さっとこちらに視線を向けた。

「あの、もう一度、言ってください」

「瑤子姫様は、わたくしが御産みいたしました」

「ということは、津田さんは瑤子さんのお母さん、ということですね」

「それは違います。姫様のお父上はお殿様、お母上は奥方様です」

「しかし、瑤子さんは、鷹塚清宗さんと、津田さんの間に生まれたんでしょう」

「奥方様はお体がお弱くて、お子様を御産みすることが叶いませんでした。恐れ多いことながら、わたくしは、奥方様に成り代わりまして、姫様を御産みいたしました。もちろん、戸籍上も、瑤子様は、お殿様と奥方様の一の姫であらせられます」

なんだ、単なる妾ではないか、舌を嚙みそうなほど、言葉を飾りに飾って話しているが、昔風に言えば側室。今風に言えばお妾さん、あるいは二号さんだ。何がお殿様だ、奥方様だ、と言いたい。その言葉をのんで、脇田は、話を進めようとした。

「刑事さん」

「はい」

「わたくしが、宗一郎さんを殺害しました。これを、自白と言うのでしょう。嘘偽りではありません。わたくしが宗一郎さんを殺害しました」

「そうですか。確かに自白です。しかしそれだけでは、自白が成立しません。動機とチャンスと方法。これを明確にしなければ、警察の仕事は完遂しない」

「刑事さんは、わたくしが犯人だと分かっていたんでしょう。わたくしはそれを承知した上で、質問に答えていました。答えの中に嘘偽りはありません。ですから、刑事さんが、今まで話されたことで十分だと思いますけど」

「いいえ、全く不十分です。津田さんは今まで聞く側にいることが多かった。話の七割を私が話している」

「ですから、刑事さんの質問には答えました。反論すべきことは反論し、肯定すべきことは肯定しました。刑事さんと私の話を合わせれば、十割になりませんか」

「全くなりません。今までの話し合いは、言わば序の口。これからが本番です」

「では、何を話せばいいのでしょう」

「動機です」

津田峰子が小さな声で笑った。この人の笑い声を聞くのは珍しい。

「動機は、刑事さんの知っている通りです」

「私は知りませんよ」

「青山信二郎さんと面会したときに聞いているはずです。それとも、信二郎さんとは会っていない？」

「聞きましたが、調書というものは、本人が話したことだけが通用する。第三者の話は聞かなかったことと同じです」

「動機は、遺産が欲しかったからです」

「なぜ、今、遺産が必要だったんですか。それに、それだけでは動機が弱い」

「瑤子お嬢様は病が進行しております。通院治療ではもう無理なのです。療養所への入所を医師から勧められていました」

「だったら、宗一郎さんにそのように話せばいいでしょう。金はふんだんにあるんでしょ。駄目とは言わないはずだ」

「いいえ、あの人は瑤子お嬢様を手放しません。お金に糸目はつけないと言って、自宅療法を強要します。あの人にとって、瑤子お嬢様は掌中の珠なのです。あの人が世間に自慢できるものは瑤子お嬢様の夫であること。この執着というか、拘りは普通ではありません。その自慢の妻が家を出た。それも精神の病のため。あの人の立場上、その噂はすぐに世間に広がります」

「だから殺した？　やはり動機が弱い」

「では、言います。恐れながら、瑤子お嬢様の御身《おんみ》に恐ろしいことが生じられた時、倉元姓では駄目なのです。大工の妻では駄目なのです!!　鷹塚瑤子様でなければならないのです!!　瑤子お嬢様が倉元家の墓所にお入りになる。そのようなことは、あってはならないのです!!　これが一番の動機です」

あきれ返って言葉が出ない。津田峰子の顔が少し紅潮しているようだった。その顔には脇田の肩越しに遠くを見つめているような眼差し。取調室の中がしんと静まり返っている。

「つまり、由緒ある家柄の体面を守ることが動機？　そのために人一人の命を奪った？」

「そうです」

「では、次に行きます。宗一郎さんをどのような方法で殺害しましたか」

「それも、刑事さんが推理した通りです」

「同じことを何度も言わせない！　この調書はあなたの調書。あなたの言葉でどうぞ」

「宗一郎さんは、私の知る限り、睡眠薬を飲んだことはありません。あの夜、わたくしは宗一郎さんが慌てて居間へ来るように仕向けました」

「どのようにして？」

「恐れながら瑤子お嬢様にお願い申し上げました。宗一郎さんがベッドから飛び降りて、慌てて居間へ降りる。刑事さんが言ったとおり、そういうことを命じられるのは、瑤子お嬢様お一人です」

「どんな風に頼んだのです?」

「瑤子お嬢様のお薬については、ご幼少のころからわたくしがお世話させていただきました。そのことに関しては、医師よりも詳しいと思っております。その夜は薬の量を調整し、午前一時頃にお目覚めになるようにしました——」

津田峰子が俯き加減で、机の一点に目を当てている。

「どうしました?」

「——お薬を差し上げる前に、瑤子お嬢様とお話しいたしました。寝室の隣にある瑤子お嬢様の自室で」

「どんな話です?」

「お目が覚めたら、ご主人様をお起こしし、『薬』『飾り棚の引き出し』『持って来て』このように申し上げるようにお話しいたしました。瑤子お嬢様は、人との長い会話はおできになれません。それでも、わたくしの言うことはよくお分かりいただけます。その時、寝室から持って来た時計を指でお示しし、『一時』と申し上げました。お分かりいただけましたか、と申し上げますと、『分かった』とおっしゃいました。瑤子お嬢様が分かったとおっしゃると、必ずお約束は守っていただけます。頭脳は明晰でいらっしゃるのです」

取り調べの時間が二倍かかる。脇田が話したことのない話し方、敬語というのか丁寧語というのか、飾りのような言葉が多く、いくら書くのが仕事の記録係でも内心困っているだろう。

「それで、その通りになった」

「そうです。わたくしは飾り棚の一つの引き出しを半分ほど開け、一時になるまで戸棚の横で待機していました。飾り棚までくれば、当然中途半端に開いた引き出しに注目します。飾り棚の付近は明かりが届かず暗かったのですが、大黒天のある場所は大体分かります。像の輪郭をなぞれば大黒天だと分かりますしね。大黒天を選んだのは重量があったことと、俵の部分が手のすべり止めになって持ちやすかったからです。——長い歳月あの家にいたのです。大黒天を持ったことはあります。重さは知っていました。手袋をした手でしっかりと握りしめました」

「そこへ宗一郎さんが二階から降りてきた」

「そうです。わたくしは、瑤子お嬢様に深く感謝申し上げました。宗一郎さんは居間の明かりを点けましたから、わたくしは見つからないように、棚の脇の壁に体を押し付けていました。気配で宗一郎さんがどの辺りにいるか伝わってきます。わたくしは壁から離れ、飾り棚の前にそっと移動しました。宗一郎さんは思っていた通り、半分開いている引き出しの前で背をかがめ、引き出しの中を覗いていました。わたくしは大黒天を振り上げ、振り下ろしました」

「それから？」

「わたくしは、宗一郎さんが来る前に、引き出しを無理やり引っ張ったと思わせるように細工しておきました。宗一郎さんの死亡を確認した後、石の置物を七点、落下したように配置しました。大黒天を宗一郎さんの肩のそばに置き、梟と馬を宗一郎さんの膝のそばに置きました」

「実際に大黒天のあった場所と、宗一郎氏の頭部の位置の矛盾には気づかなかった？」

「十二月二日の午後二時半頃、大黒天は棚の中央にありました。瑤子様のお昼食がお済みになり、二階から降りた時です。その時に確認しました」

「それで？」

「大黒天はその日の午前中に移動され、中央に置かれた。そう思い込んでいました。臼井さんが、午前中にすることを忘れたとは思いませんでした。今までそういうことは一度もありませんでしたから」

「その後は確認しなかった？」

「していません。午後三時からは忙しくなりますし、夕食後は誰かが遅くまで居間にいます。何より、瑤子様とのお打ち合わせのことで頭がいっぱいでした。——大黒天がどこにあろうと、今更そんなことはどうでもいいのです。思いは遂げられたのですから」

脇田は吐息をついた後で言った。

「犯行の後、どうした?」

「居間の明かりを点けたまま、瑤子お嬢様のところへ行きました。瑤子お嬢様はソファに座っておいででした。わたくしは、思った通りでございました、と申し上げました。瑤子お嬢様は、『よかった』と、おっしゃいました……」

津田峰子の語尾が震えたように感じたので、顔を見た。目の縁が少し赤らんでいる。と言って泣いているわけではない。

「瑤子お嬢様は、死というものを、わたくしどものように感じ取ることができません。わたくしはそのように無垢な瑤子お嬢様をお使い立てしたのです。この上なく畏《おそ》れ多いことでございます。——これですべてです。もう話すことは何もありません」

「あの日の朝、我々が到着する前に、あなたは瑤子さんがいないと叫んで二階へ駆け上がった。そうでしたね」

「その通りです」

「それは何のために？　瑤子さんが安眠していることを、最も分かっているのはあなただ。それなのに、なぜそのような行動をしたんです？」

「宗一郎さんの死が、事故であることに信憑性を持たせるためです」

「なるほどねえ。確かにそうだ。階段を踏み外さんばかりに慌てふためいていたそうだが、あなたのそんな様子を見れば、誰だって瑤子さんを案じて二階へ駆け上がったと思う。現に、その場にいた人たちはそう思った。なかなかの役者ぶりだ」

事件の朝、峰子が二階へ駆け上がった真の理由が呆気なく明らかになった。青山信二郎が憶測した、宗一郎の睡眠薬常用を偽装工作するためではなく、宗一郎は事故死であることを強調するための演技だったということだ。

峰子は口を一文字に結び、ゆっくり瞬きをしながら、脇田の肩越しに壁の一点を見つめている。

「それはともかく、瑤子さんは殺人の幇助《ほうじょ》をしたわけですよね。これはれっきとした犯罪です。そういう人に遺産が入ると思いますか」

「さっきも申しましたように、瑤子お嬢様は、死というものを、通常に認識することがおできになれません。それに、わたくしは、瑤子お嬢様に、誰かを殺すなどとは一言も申し上げておりません。瑤子お嬢様は、わたくしの申し上げたことを、何のお考えもなく、忠実に宗一郎さんにお伝えしただけなのです。ですからさっき申し上げました。無垢な瑤子お嬢様をお使い立てしたと。大変畏れ多く、罪深いことだと思っております」

「瑤子さんは、これからどうなるんです？」

「朝、お見えになった方に一任してあります。瑤子お嬢様には財産を管理するお力はありません。これからはあの方が後見人であり、保護者となってくださいます。わたくし同様に鷹塚家を大切に思っていらっしゃる方なのです。どこか設備の整った療養所で、心優しい方に瑤子お嬢様のお世話をしていただくことになります」

「その男性があなたの弁護も引き受けるわけですね」

「さあ、どうなるのでしょう。わたくしの今後のことなど、全く考えておりません。——倉元家での十三年。辛い日々でした。宗一郎さんを筆頭に、教養や格式とは無縁の大人揃い。強制的に同席させられる会食、そこに集まる人たちも皆、宗一郎さんと似たような人ばかり。皆が、瑤子お嬢様を好奇の目で見る。この時間が早く済むように、いつも心の中で目を瞑っていました」

「そのお陰で、莫大な遺産が転がり込んだ」

「はい、忍耐の日々が報われました。これで瑤子お嬢様は、お殿様と奥方様の一の姫様、鷹塚瑤子様として生涯をお過ごしになることができます」

津田峰子は穏やかな口調でそう言った。正直と言えば正直。しかし、その内容も正直さも、理解の範疇を超えている。だが、目の前の津田峰子は体つきまで柔らかくなったように見える。脇田の肩越しに目線を遣る峰子に言った。

「しかし腑に落ちない。津田峰子がなぜ村木聡子に成り済まさなければならなかったのか。あなたは瑤子さんの母親ではないと言っている。戸籍上でもね。それなら他人に成り済ます必要はなかったはずだが」

「津田峰子が瑤子お嬢様を御産みいたしましたことは、何人もの人が知っています。村木聡子さんも知っていました。村木さんは、わたくしの産前産後の世話をしてくれた人ですから」

「それで？」

「戦後、瑤子お嬢様が二十歳におなりあそばした頃、ご縁談のお話が何回かございました。どのお話も、お相手様は立派なお家柄でした。でも、お嬢様の抱えているご事情を知ると、どのご縁談も成立しませんでした。その時、わたくしは腹をくくりました。お相手の家柄には拘らないと」

「それで？」

「その時、強く決心したのです。わたくしはあくまでも、鷹塚家の召使でなければならない。

瑤子お嬢様の乳母でなければならないと。縁談に、身上調査はつきものです。津田峰子のままではどんな支障が生じるか不安でした。――天知る地知る我知る人知る……」

「え？」

「天地が知っていてもいいのです。現実のことではありませんから。でも事実を知っている人間が何人もいることは確かなことです。何より、津田峰子はそれまで、心のどこかで、瑤子お嬢様を御産みいたしましたことを誇りに思っていました。そういうことは、知らず知らずのうちに表面に出ます。畏れ多いことでした。――御婚姻により、瑤子お嬢様と離れ離れになることは絶対にできません。最も良い条件でご縁談を成立させるために津田峰子を捨てました」

「なるほどねえ。そういうことですか。私には分かったような、分からないような話ですが、世の中には様々な事情があるということだ」

　津田峰子が脇田を直視して言った。「そういうことです」と。

　脇田が二度目に消防士官舎を訪ねたのは、津田峰子が宗一郎殺害を自白した二日後だった。まだ公の報道はされていない。

　脇田はドアをノックした。今回も前もって連絡してある。

ドアを開けた夫人は相変わらず清楚で聡明そうで好感の持てる人だ。脇田は遠慮なくちゃぶ台の前に座った。すでにお茶の支度がしてあり、脇田の目の前に置かれた。

夫人が座る。簡単な挨拶が済んだ。

「今日は、お子さんは？」

「ああ、ご近所の奥さんが買い物に行くので連れて行くって、おんぶしていったんです。ご自分のお子さんは手が離れて、もう相手になってくれないそうです」

そう言って微笑んだ。

「そういうものなんですね。早速ですが、奥さんは、倉元宗一郎さんのことで何か新しいことをお聞きになっていませんか」

「はい、何も聞いておりません。そのことは、この前刑事さんが見えた時、事故だったように聞いたのですが、何かあったんですか。刑事さんがお見えになると聞いてから気になっていました」

「それはそうですよね。刑事が客というのは有難くないのが普通です。ところで、これはまだ公表されてないんです。しかし奥さんには以前、いろいろお話を聞かせていただき、ご協力いただいたものですから、事前にお話しすべきと思って伺いました」

「協力なんてとんでもないです。忘れていることが多くて、何のお役にも立ちませんでした」

「いえ、そんなことはないです。実はですね」

「はい」

「倉元宗一郎さんは事故ではなく、殺害されたことが明らかになりました」

「え？　ご主人様は殺されたのですか。どうしてですか。だって、家の中での事故だったんですよね。それがなぜ……すみません。ちょっと混乱しています」

「そうですよね。混乱しますすよね。深夜の家の中での事故が、実は殺害されたと聞けば、いろいろに想像してしまいます」

「だって、あの、何と言いますか、ご主人様が殺害されたということは――」

「宗一郎さんを殺害した犯人は、村木聡子です」

夫人の目が大きく見開かれ、脇田を凝視した。その顔が強張り、血の気の失せていくのが分かった。

「驚かれますよね。お察しします。先日伺ったときに感じたんです。この人は、村木聡子を尊敬し、信頼しているんだなと。まだ二十二歳という奥さんが、大変常識的で、礼儀正しくて、とても素直な大人に見えるのは、村木聡子の日々の躾だったんじゃないかと感じましたから」

「本当のことなんですね。聡子さんが犯人というのは」

「本当です。一昨日、自白しました」

夫人の唇の端が小さく痙攣《けいれん》した。目は脇田をじっと見つめている。

「――何があったのでしょうか……」

そう言って俯いた夫人の目から、ぽとりぽとりと涙が落ちるのが分かった。夫人は、失礼しますと言って立ち上がり、部屋の隅の小引き出しからハンカチを出すと涙を拭き、「申し訳ありません。取り乱しました」。そう言って座った。

「瑤子奥様はどうしておいでですか。ご主人様を亡くされ、聡子さんまで――」

「瑤子さんは、信頼できる人に引き取られました。倉元家を出たのです。瑤子さんの今後については心配ないと思います。村木もそう言っています。それから」

「まだ何か？」

「ええ、また、驚かれると思いますが、実は、村木聡子は本名ではなく、本当の名は、津田峰子です」

夫人は、聞いた内容がうまく飲み込めないのだろう。少し首を傾げるようにした後、脇田に顔を向けた。

「本来、ここまで話すことは控えるべきなのでしょうが、本物の村木聡子さんは戦争中、空襲を受けて亡くなっています。故人だからこそ、自分の名前に汚名を着せられたままではならない。私はそう判断して奥さんに話しました。このことも新聞で報じられます。この事実を知らなければ、それこそ奥さんは混乱する。そうも考えました」

「お気遣いいただきありがとうございます」

脇田は、村木聡子こと、津田峰子は瑤子の実の母であるとも教えたかった。二人は母子。こう伝えたかったが控えた。そのことは記事にはならないはずだ。そして、夫人が今後、津田峰子や瑤子と会うことはないだろう。だったら、知らせる必要はない。改めてそう思った。

「いえ、実はまた奥さんには、不快を与えるかと思うのですが、先日もお訊きした、二人の青年の失踪の件なのですが、あれから少し日が経ちましたので、何か思い出したとか、何かに気が付いたとか、そういうことはないですか」

「特にありません。あの、——刑事さんは、ご主人様の死と、二人の青年の失踪に、関連性があると思っているんですか。先日お見えになったときも、ご主人様の死と二人の青年の失踪のお話をされました」

「特にそういうわけではないのですが——」

脇田は、津田峰子の語る宗一郎殺害の一部始終を聞いて、納得はしたものの満足したとは言えない。どうしても青年二人の失踪が頭から離れないのだ。津田峰子の語る宗一郎殺害の動機は現実離れしているが、その内容は受け入れられる。

だが、本当に動機はそれだけだろうか。もっと現実的で、峰子と瑤子が一日も早く倉元家を出て行かなければならない切迫した理由があるのではないか。

二人を脅かす真の動機、それは、二人の青年の失踪——!?

脇田は、二人の青年は生きてはいない、何の根拠もないのにそう思っている。そう思わせるのは、二人とも、倉元家へ商品を届けた後に失踪したから、これだけだ。そして、その疑惑の矢はまっすぐに津田峰子と瑤子へ向かう。これにも根拠がない。全くの勘なのだ。だが、その勘を信じる思いを消し去ることができないままでいる。

「この前も訊きましたが、村木聡子こと、津田峰子は自転車に乗れますか」

「乗れるかどうかは知りませんが、乗ったところを見たことはありません」

202×年　篠田家の冬

そのニュースは大々的に報道された。

テレビの報道番組では各局が競い合い、報道記者たちがカメラに向かって興奮気味に情報を伝達する。記者の遥か向こうにブルーシートが見え、記者の手が時々その方向に伸びる。

ブルーシートの手前は工事中らしく、重機が何台か見えるが人の姿はない。

画面が変わってテレビスタジオ、メインキャスターと居並ぶコメンテーター。お笑い芸人もいれば、元ニュースキャスターもいる。中には弁護士やら、元検事やら、元刑事やらと、にぎにぎしい。

またまた画面が変わり、場所は飛びに飛んで山形県。カメラに七十歳代の男性が映し出された。女性記者がその男性を紹介する。

「こちらは山形県寒河江市です。こちらにおいでの方が、六十三年前に行方不明となり、去年の七月に白骨体で発見された、川瀬武夫さん当時二十歳の、末の弟さんでいらっしゃる、川瀬幹夫さんです」

またまた現場が飛び、今度は福島県。

「こちらは福島県田村郡三春町です。こちらにおいでの方が、六十三年前に行方不明となり、去年の七月に白骨体で発見された、村上将太さん当時二十一歳の、すぐ下の妹さんでいらっしゃる、木村豊子さんです」

その記事は新聞でも大きく取り上げられ、社会面の三分の一ほどを占めて報道された。

「六十三年前の白骨体の身元判明。去年の七月に目黒区内の工事現場で発見された、二体の白骨体の身元が判明した。一人は、山形県寒河江市の川瀬武夫さん。当時二十歳。その当時、目黒区内の食料品店で働いていた川瀬さんは、昭和三十三年、六月六日午後三時過ぎ、商品の配達の途中で行方が分からなくなり、その後、六十三年間消息が摑めなかった。その間に両親始め、肉親も年老いて亡くなり、肉親で生存しているのは、末の弟幹夫さん一人。幹夫さんが、白骨体発見のニュースを知ったのは、ひと月ほど前。近所の男性が、六十年以上前の川瀬武夫さんの失踪を覚えていて、弟の幹夫さんに知らせた。幹夫さんは早速上京し、目黒南署を訪ねた。都内の科学捜査研究所に保管されていた二体の白骨体と幹夫さんとのDNA型鑑定の結果、一体の骨と血縁関係があることが判明。この白骨体は、川瀬武夫さんと断定された。また、同年の十二月十日、目黒区内の精肉店で働いていた、福島県田村郡三春町出身の村上将太さんが、商品の配達中に行方が分からなくなり、川瀬さんと同じく、六十三年間消息が途絶えていた。今回のニュースを十日前に知った、福島県郡山市在住で村上将太さんの実妹、木村豊子さんが上京。もう一体の骨のDNA型鑑定の結果、木村豊子さんと血縁関係があることが判明。この白骨体は、村上将太さんと断定された。尚、二体の白骨体の頭部には、致命傷となり得る陥没があり、白骨体の周辺から血痕の付いた石が二つ発見され、それぞれの石の血痕が、川瀬武夫さん、村上将太さんのものであることが判明している。また、白骨体の周辺から白骨体とはDNAが一致しない毛髪を数本採取。その他に二台分の自転車の残骸が見つかっている。白骨体が見つかった場所は太平洋戦争時に、崖に掘られた防空壕の中と見られ、長い年月による風化や、落石によって、出入り口が石や岩で塞がれて、防空壕が密室の状態となり、血痕の付着した石、自転車の残骸や毛髪、これらの劣化も少ない状態で発見されたと思われる」

「六十三年前っていうのがすごいな。それにこれ、殺人だろう。六十三年も経った事件を警察が捜査するのかなあ。捜査の仕様がないよな。その頃の警察官はみんな死んでるだろうし、関係者だって死んでるだろう」

珍しく浩平も話題に参加している。私は食後のミカンの筋を丁寧に取っている。

「お義母さん、すごーく丹念に筋を取ってますけど、筋にも栄養があること知ってます？」

奈緒美が適当に筋を取ってミカンを口に入れた。

「はい、知ってます。でもこれだけは駄目。だって、糸くずと一緒に食べてるみたいに感じるのよ。甘さも半分くらい減るみたいに思う」

「母さんさあ、六十三年前って言うと、目黒で女中してたんでしょう」

「そうだったわねえ」

「その当時、そんな噂聞かなかった？」

「私はね、東京には目黒区しかないと思っていたほどの田舎者でね。おっかない先輩に毎日叱られて、涙の乾く間もなかったの。人の噂どころではない」

奈緒美がミカンにむせたのか、私の話を面白がってむせたのか、激しく咳き込んだ。ミカンにむせると喉が辛い。

「大丈夫？　ほら、筋ごと食べるからそういうことになる」

「そうじゃないですよお。お義母さんの話でむせたんです。涙の乾く間もないってどういうことですかあ」

「言葉の通りよ。辛いこと悲しいことばかりで、いつも泣いていたから、涙の乾いているときがない。分かりやすいでしょ。ほんと、六十三年ねえ、長い間、防空壕に閉じ込められて気の毒だったわねえ。この頃の、このくらいの年齢の人は、家計を助けるために東京に働きに出る人が多かったからねえ。二人の親御さんも、可愛い息子に会わないまま死んでしまった」

「密閉された防空壕だったから、いろんなものの風化が少なくて、ＤＮＡの鑑定も速やかだったよな。しかし科学の進歩には驚きだ。つい十年くらい前までは、鑑定にかなりの時間がかかっていたと思う。そういえばさあ、奈緒美は防空壕を知らなかったんだろう」

「浩平さんだって、レンチン知らなかったじゃない」

私がいいなあと思うのは、この夫婦は、まだ名前で呼び合っていることだ。そばで聞いていて気持ちがいい。私の夫も死ぬまで、よし江と呼んでくれた。私は子供が言葉をしゃべるようになった頃には、夫をお父さんと呼んでいた。娘夫婦はパパ、ママ、孫夫婦もすでに、パパ、ママと呼び合っている。

「レンチンと防空壕を同じ土俵に上げるのも変なもんだ。さて風呂に入るか」


鏡台の引き出しの鍵を開けた。

箱を取り出し、蓋を開ける。ガーゼのハンカチをめくると、螺鈿細工の髪飾りが見える。今回の報道を聞いてから、よく見るようになった。時には一日に、二回も三回も出して見る。今までは、カールした二本の髪の毛も眺めたものだが、今はそれをしない。髪飾りを引き出しに仕舞った。

鏡掛けの布をめくる。磨き込まれた鏡に、八十歳の老婆の顔が映っている。たるんだ皮膚、そこに刻まれた無数の皺。両耳の下に点々と張り付いた茶色い染み。人は、若く見えると言ってくれるが、それはお世辞が半分以上。八十は八十。七十歳とは違う。

鏡の前で目を瞑る。八十歳の顔が消える。

広がる庭、行儀よく分類されて咲く春の花。すみれ、ミソハギ、クロッカス、にちにち草、チューリップも咲いていた。庭の隅の桜の花は、まだ蕾が固そうだったことを覚えている。

その頃、お屋敷の外でする作業は下駄履きだった。

まだ十分、日差しの残る庭。気持ちよく乾いた洗濯物。私はホカホカに乾いた洗濯物をたたむのが好きだった。だから、下駄の音を鳴らして、さっさと取り込み、温みが残っているうちにたたたむ。

それなのに、どうしてあの日、そうしなかったのだろう。まだ、一本の竿に洗濯物が残っていたように思う。そのあたりのことは曖昧でよく覚えていないが――。

覚えているのは、……虫……虫……無残に潰れた虫。

どうして、わざわざあんなものを見に行ってしまったのか――。

そして、どうして小池のおじさんにあんなことを訊いたりしたのだろうか――。

「何にやられたのか、踏み潰されたような虫が何匹も転がっていた。前にも一度同じようなことがあったが、何だろうね」

虫……虫……無残に潰された虫。

私は昨日、茅ヶ崎にある《松風苑》を訪ねた。

そこには二歳年上の友人が居住している。行くことは、一週間前に予約してあった。そういう決まりなのだ。その人の部屋は、八畳ほどの個室。私の畳の部屋と同じくらいの広さだ。

その部屋はフローリングで、中はベッドの他に、日常生活に不自由しないものがコンパクトに配置されている。小さいキッチンも付いている。

彼女は、私の持参した和菓子を出し、お茶を淹れてくれた。しばらく世間話が続いたが、相手は、私の訪問の理由を知っている。

「聞いてみたわよ、それとなく」

「迷惑かけなかった？」

「そんなことはない。だって、同じ松風苑の人だもの。ただ、私とは住む部屋が格段の差。同じ一部屋なんだけど、広さが違う。設備が違う。相当いいところの奥様だったみたいね」

「まさか、本人に聞いたわけじゃないでしょう？」

「それこそまさかでしょう。その人と同じランクの部屋に入っている人と親しくしているのよ私。だから、それとなくね。あなたが知りたがっている人、結構目立つのよ。何をするってわけじゃないんだけど、何となく目立つ。だから友達にも聞きやすかった」

「それで、なんて？」

「元華族の出、爵位とかまでは分からないけれど、噂では伯爵の末裔だって。そんなこと聞いても私にはよく分からない。そうそう、歳は、私たちよりもかなり上みたい。はっきりは分からないけど、九十歳は過ぎてるんじゃないかなって言ってたわ」

私はごくりと唾を飲み込んだ。

「名前、分かった？」

「当たり前でしょう。いくら個人情報がどうのこうの言ったって、お互いに名前を知らないんじゃ、何のための入居か分からないじゃない。その人のお名前は、鷹塚瑤子さん。たかという字もようことという字もちょっと変わっているから、書いておいた」

彼女は、メモを渡した。老眼を気遣い、大きな字で書いてあるので眼鏡を掛けなくても見える。私はその名前をいつまでも見ていた。

「どんな病気？」

「その人、恵まれたお家柄に生まれたけど、病持ちで、今でもそれが続いているらしい」

「人とコミュニケーションが取れない、それも全く」

「全く？」

「らしいわよ、話すのは単語だけ、それも今は独り言だけみたい、単語だけのね。子供の頃からそういう傾向があったんだけど、だんだん悪化したみたいよ。それからこんなことも言っていた、その友達」

「何？」

「今は体力もなくなったから、そんなことはないけど、もっと若い頃は、ちょっと気に入らないことがあると、癇癪《かんしゃく》を起こして、周りの人に乱暴したりしたこともあったって。それから、嫌な話なんだけど、——庭にいる虫、春や夏にいろいろ出てくるでしょ、虫が」

「ええ」

「あの虫を殺したり、足を引き抜いたり、かなり、異常な行為をしていたみたい。だから、そういうことを緩和させる薬をずっと飲んでいるみたいだって」


次の日、私は目黒南署へ向かった。

電車の中で話しかける。

聡子さん、ごめんなさい。ずいぶん考えたんですよ。でも、川瀬武夫さんにも村上将太さんにも親も兄弟もいます。二人の親御さんは、行方不明になった息子さんに会うことができないまま、亡くなっています。

私も八十歳になり、子供も孫も曽孫もいます。みんな大切な家族です。ですから、武夫さんと将太さんのご両親のことを思うと胸が痛みます。こうしていてはいけないのだと、何かに急き立てられます。

私は知りませんでしたけど、お屋敷の裏の崖に防空壕があったんですね。

聡子さん、あの日の深夜、物置で何をしていたんですか？　本当にマットを出そうとしていたんですか？　あそこには手押し車がありましたよね。本当は、何かの用事で、手押し車を使ったんじゃないですか？　それも、何回も何回も。

例えば、手押し車に何かを乗せて防空壕に運んだ――。

防空壕の入り口を、石を積み上げてふさいだ――。

そんなことを想像すると体が震えてきます。でも、それは私の憶測。あの日の深夜、私は何かを見たわけではありません。音を聞いただけです。ですから大変な間違いをしているのかもしれません。

それから、お屋敷のご主人様が亡くなられた後、脇田英雄さんという刑事が我が家を二回訪れました。二回とも、脇田刑事が最後に私に訊いたのは、

「聡子さんは自転車に乗れますか」、でした。

私は、乗れるかどうかは知りませんが、乗ったところを見たことはありませんと答えました。でも、聡子さんは自転車に乗れる人でしたよね。これは聡子さんから直接聞いて知っています。

脇田英雄刑事はなぜ、聡子さんが自転車に乗れるかどうかに拘ったのでしょう。脇田刑事は私に、いろいろなことを訊いたり、報告したりしましたが、一番知りたかったのは、聡子

さんが自転車に乗れるかどうか。そして、聡子さんは自転車に乗れると期待していた。

その時はそんな風に想像してしまいました。でも、聡子さんが自転車に乗れることと二人の青年の悲劇がどう結び付くのかは分かりません。

私のバッグの中に、瑤子奥様から頂いた螺鈿細工の髪飾りが入っています。そこには瑤子奥様の二本の髪の毛も入っています。この髪の毛にどういう意味があり、二人の青年の失踪、殺害にどう繋がるのか私にも分かりません。これから私はこれを持って目黒署へ行きます。屋敷内で見たこと聞いたことは決して外へ漏らしてはならない。それが女中の鉄則。それを今、私は破ろうとしています。許してくださいと言っても、聡子さんは厳しいお人ですから、許してはくれないでしょう。

今、私の心は六十三年前に戻っています。本当は、峰子さんと呼ばなければいけないこと、承知していますが、私は、津田峰子という人を知りません。私が知っているのは、五年間、私を導いてくださった村木聡子さんなのですから。


目黒署の正面玄関を入った。その騒がしいこと。急に現実に戻されたようだ。自動車の免許証書き換えに行くたびに感じたこの雰囲気。どこの警察署も同じだ。

私は総合受付に行った。若い警察官が、「はい、何でしょう?」、とにこやかに応える。きびきびした声だ。

「私はこういう者です」

名刺がないので、四角い白い紙の中央に、《篠田よし江》と書いてある。

「六十三年前、その頃の目黒区下目黒三丁目に住んでいました。今、報じられている、二体の白骨体のことで伺いました」

若い警察官の口が半開きのようになり、じっと私を見つめると、「ちょっと待っていてください」。そう言うと、さっと立ち上がり、足早に奥へ行った。

二分ほど経った時、靴音を響かせて五十代半ばと思われる男性が現れた。きちんと背広を着てネクタイを締めている。指先に、さっき若い警官に渡した紙片を持っていた。その男性は、驚愕とも感動とも言える顔つきで私をじっと見つめている。私も相手を見つめた。――見覚えがある。この人とどこかで会っている。

「あの――」

「篠田よし江さんですね」

相手はそう言うと、背広の内ポケットから名刺を出し、私の目の前に差し出した。私はそれを受け取った。眼鏡を掛けなくても少し遠ざければ読める。名刺にはこう書かれていた。

《目黒南警察署長　脇田英和》

私は絶句した。さっきまで、電車の中で、何回も何回も回想した脇田英雄刑事。

その時、突然、本当に突然、私の脳裏にある光景が鮮明に広がった。

「お子さん、見せていただいていいですか。実は、うちも生まれるんです。結婚して十年目でようやく親になれそうです」

六十年近く前だった。そこは二間だけの官舎だった。窓の外には浴衣を解いて作ったおしめが並んでいた。脇田刑事はそっと歩いて、寝ている冴子を覗き込んでいた――。

「脇田刑事さんの息子さんですね」

「そうです。脇田英和といいます。父は生前、仕事の話はほとんどしなかったのですが、晩年になり、私がまだ警察官として駆け出しだった頃、川瀬武夫さんと村上将太さんの話をしました。その時、篠田さんの話も出たんです。父は二人の青年の失踪を、死ぬまで忘れることができなかったようです。その件に関するメモの書かれた手帳もあり、その中に篠田さんの名前もあります。どんなことでもいいんです。是非とも話を聞かせてください。父も一緒に聞くと思います。こちらへどうぞ」

私は脇田英和さんの広い背中の後に続いた。脇田さんが、一つの部屋のドアを開けて、「お入りください」、と言った。

津田峰子の罪名は殺人。第一審で懲役十三年の判決を言い渡された。峰子は控訴せず服役した。津田峰子が獄中で病死してからちょうど五十年になる。

この作品は書き下ろしです。

他言《たごん》せず

天野《あまの》節子《せつこ》

令和6年12月5日　初版発行

発行人――石原正康
編集人――高部真人
発行所――株式会社幻冬舎
〒151-0051東京都渋谷区千駄ヶ谷4-9-7
電話　03(5411)6222(営業)
　　　03(5411)6211(編集)
公式HP　https://www.gentosha.co.jp/
印刷・製本―中央精版印刷株式会社
装丁者――高橋雅之

検印廃止

幻冬舎文庫

ISBN978-4-344-43436-3　C0193　　あ-31-7